有匪

YouFei

肆

挽山河

—大结局—

Priest 作品

CNS
PUBLISHING & MEDIA
中南出版传媒

湖南文艺出版社
HUNAN LITERATURE AND ART PUBLISHING HOUSE

博集天卷
CS-BOOKY

长河入海，

茫茫归于天色。

目 录

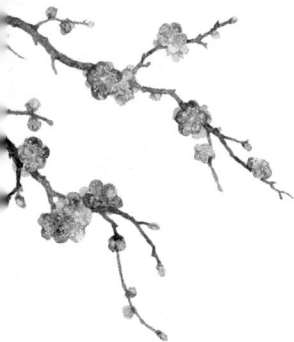

【卷七】

落霞与孤鹜齐飞，
秋水共长天一色

第一章·
暗流

泄密的诏书好似一把野火，
将南都贵族们连日来的忧心畏
惧一股脑地点着了。

周翡这一行，过淮水，入南朝地界，再一路向西，很快到了楚地。

济南府已经木叶脱落，楚地却依然是溽暑未消。山路崎岖，沿道两旁隔上几里便有简陋的茶棚子，供下地老农同过往的行人歇脚，收上几个铜板聊以为继。

小茶棚顶子漏了，一个少年正挽着裤脚拿茅草补，棚中有三条板凳一张桌，已经叫人占上了，其他过往行人只能买些饮水、干粮站在旁边吃完或者带走。

李晟放下一把铜钱，又将灌好粗茶的水壶回手丢给周翡，自己端着个破口的大碗慢慢啜饮热茶，想发一身热汗歇歇脚。方才站定，便听茶棚中那几个占了长凳的汉子议论道："都这么传，我看那铁面魔想必确实是死了。"

李晟一顿，越过热气腾腾的水汽望过去。

另一个汉子断言道："死了！那还能不死吗？我听说那铁面魔有三头六臂，被李家少侠引入圈套，百十来人截他不住。幸亏李少侠临危不惧，指挥众人截杀，还亲手将那铁面魔的三头六臂挨个儿砍下来，怪虫都死了一地，隔日烧来，听见里面有怪物咆哮，惊天动地的。那些虫子分明已经碎了，大火里却能看见个一人多高的影子，头生双角，怒目圆睁……你们说怪不怪哉？"

李晟差点让热水呛死，连烫带咳，好生死去活来，眼眶都憋红了。

那三个聊天的汉子莫名其妙地回头看了他一眼，见他是个小白脸，便不去理他，仍然自顾自地讨论道："李少侠究竟是哪个？"

"这你都不知道？南刀没听说过吗？蜀中四十八寨的那位！李少侠便是南刀李徵的长孙。"

"这可真是一战成名了，啧啧，要么说长江后浪推前浪呢……"

李晟实在听不下去了，落荒而逃，见了鬼似的催促周翡等人道："快走快走！"

周翡耳力卓绝，早一字不落地听见了："原来李少侠砍的不是二百五十个殷沛，是铁面魔的三头六臂，失敬！"

李晟怒道："再废话你就自己拿着地图滚。"

周翡跟马车里的两个女孩笑成了一团。

不过这一路，除了沿途听了些八竿子打不着的谣言外，勉强还算是太平。

这日，一行人方才行至江陵一代，不知是李晟带错了路还是怎样，附近连个人影也没有，周翡等人趁着时日尚早，在路边饮马。忽听身后有快马追至，那骑士恨不能马生双翼，将鞭子甩得响作一团，尚未行至周翡身侧，马背上的骑士已经迫不及待地抽出了刀。他自马背上站起，泰山压顶一般冲着周翡后背举起，雁翅环刀"哗啦啦"的动静将年轻的神骏吓了一激灵，长腿离地，往上高高抬起，马背上的人将刀顺势下劈，斩向周翡。

李妍一声惊叫。

周翡却不慌，倏地转身，碎遮未出鞘，便已经架住这当头一刀，她神色不动，好似全然不在意这种程度的偷袭，横刀一卡，随即巧妙地将对方往上掀起。岂知马背上那人是个倔脾气，不肯认输，偏要跟她硬抗，然而周翡碎遮上传来的力量不大，却微妙得很，四两拨千斤似的轻轻一摆，刚好破坏了骑士、马和雁翅刀之间的平衡。

那骑士往后一仰，好不容易拉住缰绳稳住自己，雁翅刀却已经脱力，滑了出去。

周翡不用看也知道是谁，头也不抬地道："杨黑炭，你又吃饱了撑的吗？"

马上那人正是杨瑾，他千里偷袭，听了人质问，居然毫无愧色，瞪向周翡道："我与你下帖约战，你几次三番假意应战，遛我去给你办事，等我办完事，你又出尔反尔，你们中原人……"

李晟忙打断他滔滔不绝的控诉，问道："杨兄怎么甩开贵派门人，独自在此？"

杨瑾甫一交手，便感觉到自己和周翡之间的差距，越发暴躁。他没好气地一摆手，说道："擎云沟这个掌门我是干不下去了，一天到晚被他们纠缠鸡毛蒜皮的琐事，哪片药田生了杂草这种屁事也要来找我定夺，害我练刀的工夫都没有。"

李妍从周翡身后露出个头来，问道："我听说贵派本来就只重药理不重武功，分明是你用武力胁迫，才做上了掌门，结果你做了几天又嫌烦不爱做，你是小孩子吗？"

"胡说八道，我是被他们骗去比武的！"杨瑾两条浓眉倒竖，怒道，"虽说打赢一群整日种田的药农也没什么趣味，但既然是比武，自然要赢，谁也没告诉过我他们在选继任掌门！这群……不说这个——喂，李兄，那些人都在找你，你们这是要上哪儿去？"

李晟客客气气地回道："我们打算绕南路去蜀中，替家里人跑趟腿，然后就回家了。"

李晟不想拖家带口地再带上一帮闲杂人等——尤其杨瑾还是个不亚于周翡的大麻烦，因此从时间地点到路线目标，没半个唾沫星子是真的，光天化日之下公然骗傻小子，想让他自行离去。

谁知杨瑾半分不会看人脸色，毫不迂回地说道："那行，我送你们一程。"

李晟："……"

周翡将碎遮在腿上磕了两下，嗤笑了一声。

杨瑾对她怒目而视，周翡便翻了他一眼，说道："我们用得着你送？"

然而很快，周翡便为自己的多嘴付出了代价，只见这南疆第一炭郑重其事地在怀里摸了摸，摸出一张皱巴巴的纸，费了九牛二虎之力方才将平，一巴掌摔在周翡面前。

周翡："……"

纸上墨迹糊成了一团，间或能辨认出几个支棱八叉的影子，得扒开眼仔细看，才能看到一点汉字的模样，这玩意儿简直可以直接贴在门上辟邪镇宅。周翡磕磕绊绊地念道："'单'书……甲午年八月，'敬'云……什么……哦，沟，'敬'云沟掌门杨瑾，'要'南刀一……一'单'，决一胜负……"

"战"字少写了半边，"擎"字中途腰斩，"邀"字写错了，只提"南刀"，未提周翡，不知是不是杨掌门"翡"字不会写了。

杨瑾不待她念完，便知道自己出了丑，面红耳赤，一把将那破纸抢了过来。

李晟与吴楚楚涵养所限，倒都强行忍着，憋出一副若无其事的表情，李妍却不管那许多，头一个咧开嘴大笑起来。

周翡哭笑不得道："杨掌门，你怎么写份战书也能这样偷工减料，写了这么多半字？"

杨瑾的黑脸烧成了一块黑里透红的炭，冲周翡喝道："拔刀！"

周翡忙着想找齐门禁地，哪儿有心情同他纠缠，撂下一声"不应"，话音落下时，她人已经在数丈之外，翻身上马跑了。

杨瑾立刻去追："你是怕了吗？"

周翡不怎么在意地应道："可不是，吓死我啦！"

李晟懒得管他们，慢条斯理地套上马，慢吞吞地赶上前去，突然，一马当先的周翡倏地拉住缰绳，马往旁边错后半步，她微微探身，皱着眉看向路边。

只见路边草丛中横陈着几具衣衫褴褛的尸体，都是普通农户打扮，旁边有个装满了干草的筐，筐里好似有什么活物，一直在动，被马蹄声惊到，狠狠地一哆嗦，僵住了。

周翡艺高人胆大，自然不怕死人，她当即翻身下马，用碎遮将那倒扣的筐往上一掀。里面的"东西"狠狠地瑟缩了一下，在地上缩成一团，畏惧地盯着她。

那居然是个小孩，有几岁大，非常瘦小，滚了一身的稻草。

周翡瞥了一眼旁边的尸体，想起这一片异乎寻常地不见人烟，突然觉得有点不对劲，便半蹲下来，冲那小孩道："你是谁家孩子，爹娘去哪儿了？"

小孩狠狠地咬住嘴唇，瞧见她手里的长刀，吓得瞳孔缩成一个小点，却又不敢出声，小小的胸膛风箱似的起伏，抖得厉害。

这时，杨瑾和李晟等人赶了上来。

吴楚楚拉过碎遮，往周翡身后一别："藏着点你的刀……你们都不要围着他，我试试看。"

周翡不置可否地退到一边，去翻看旁边几具尸体——尸体总共有四具，三男一女，都是年轻力壮的，已经凉了，却未见腐烂迹象，想必也是刚死不久。

"寻常庄稼人。"李晟翻过一具尸体的手脚看了看，随即又奇怪地"咦"了一声，"奇怪，死因是剑伤，还是一剑封喉……"

李妍问道："这是谁啊？杀几个庄稼人做甚，莫非是沿路打劫的？"

"应该不是，"周翡道，"这几个人身上轻伤不少，不知走了多远，而且他们事先将小孩塞进干草筐里藏好，恐怕是被人追杀。"

说着，她皱了皱眉——江湖仇杀并不少见，只是这几具尸体都是粗手大脚，面有菜色，周身肌肉松散，掌心的茧子看着也不像是练过武功的模样，分明只是寻常百姓。

李妍道："江陵现如今是咱们南朝地界，官府该有人管吧？"

李晟摇摇头，说道："这边靠近前线，争得厉害，今天姓南，明天姓北，朝廷不会那么快派正式官员过来，都是由军中之人暂代太守，一旦吃紧，就得跟着大军跑，听凭调配，未必有心思管民生之事……"

他话没说完，旁边周翡骤然拔刀，只见一串流星似的箭矢破空而来！

"锵"一声寒铁相撞——

此时，蓬莱秘岛上，刘有良正清扫香灰，铁护腕不小心同香案撞了一下，碰歪了小炉，他忙伸手扶正，擦了擦额头上被热出来的汗，小心翼翼地回头看了一眼一直昏迷不醒的人。

却不料正好对上了一双清亮的眼睛。

刘有良吃了一惊，随即反应过来，忙上前一步跪下："殿下！"

谢允无力回话，便只是冲他眨眨眼睛，眼睛里却是带着笑意的。

刘有良回过神来，忙冲谢允一拜，起身就跑，口中叫道："大师，同明大师！"

小岛上人烟稀少，却硬是一阵慌乱，林夫子"啊哟"一声跳了起来，陈俊夫紧张地丢下渔网，反倒是同明老和尚似早有预料，端着一碗黑乎乎的药汤，不紧不慢地走进来道："我猜你也该醒了。"

谢允躺了许久，一时提不起力气，就着老和尚的手将一碗药汤喝下，刘有良恭恭敬敬地在旁护法，三个老东西默契地分别按住谢允头顶、手臂等处，以内力打入其少阳三焦。不过片刻，谢允头顶便有白气蒸起，原本惨白的脸上竟冒出一点血色，约莫一时三刻，他人虽虚弱，却有力气言语了。

谢允低声道："多谢师父、两位师叔。"

说着，他目光往洞府中扫去，见一边明珠下挂着一张软皮，皮上是一堆墨迹，乱七八糟地画着个鬼脸。

林夫子笑道："哈哈，那是从你脸上拓下来的，你那小娘子，可真不是东西！太顽劣，别的就算了，额头上给你画了个'王'，下面一左一右两撇小胡子，那不就是'王八'了吗？"

谢允心有余悸地抬手摸了一把脸，微笑着对林夫子道："师叔教训得是，下回我一定给她写在信里代为转达。"

同明却面无笑意，将药碗放在一边，沉声道："'三味汤'，你已服下第二味，再有一次，老衲也别无他法了。"

此言一出口，林夫子和陈俊夫都不言语了。

好一会儿，陈俊夫才道："同明兄，你……你这是什么意思？"

"意思是说我是回光返照。"谢允扶着旁边石墙，试着站起来。

说来也怪，他方才还连话都说不出来，这会儿一碗药下去，虽然十分吃力，却居然摇摇晃晃地站住了。接着，谢允又试着在原地走了几步，大概是感觉不错，他语气十分轻快，说道："上回我经诸位师叔多次调理，才勉强能在石洞里转一转，这回感觉好多了。"

同明大师叹了口气，说道："蛟香提神，'三味'吊命，两味相叠，能逼出你身上最后那点活气，叫你不至于无声无息地衰落而亡，只是治标不治本，吊一次命，就少一簇'真火'，三味过后，如果还是找不到解药……"

陈俊夫脸色一沉，问道："那你为何要给他用这样的虎狼药？"

同明大师道："透骨青全靠他身上那点内力相抗，一旦人衰弱下去，那就彻底没救了，我实在才疏学浅，翻遍《百毒经》，也只能想出这样的权宜之计。"

谢允不怎么在意地说道："陈师叔，'生死有命，富贵在天'，中了透骨青，还能像我一样活蹦乱跳的有几个，连'回光返照'都能照上三回，想必是古往今来头一份了，还有什么不知足的？"

陈俊夫听了这番劝解，眉头却并未舒展，他深深地看了谢允一眼，谢允便坦然抬头冲他一笑。陈俊夫重重地叹了口气，眼不见心不烦地离开了燥热的洞府。

林夫子耷拉着眼角眉梢，滑稽地哭丧着脸，说道："那怎么能知足呢？你还没娶媳妇呢！"

谢允便道："那有什么，林师叔，你不也没有吗？"

林夫子满腔悲伤立刻被谢允目无尊长的嘲讽刺痛了，气得他原地蹦了三蹦，薅掉了两根白胡子，也愤怒地跑了。

谢允不依不饶地抬高了声音道："师叔，好歹我定情信物送出去了，您啊，实在不行就养只母猫聊解寂寞吧。"

林夫子在洞口咆哮道："孽徒！混账！"

谢允得意扬扬地伸手去摸他那"定情信物"——装满贝壳的小盒子，打开一看，见里面原来整理好的贝壳好像被猫爪挠过，被人翻得乱七八糟的，而周翡领了他的"好意"，却没有全领，她只挑了好看的带走，稍有点歪瓜裂枣的，一概给他剩下了。

谢允："……"

这丫头还怪不好伺候的。

同明大师对旁边紧张侍立的刘有良说道："刘统领先去歇息吧，今日多有劳烦，安之既然已经醒了，剩下的叫他自己打扫便是。"

刘有良迟疑了一下，不知叫端王殿下自己扫山洞是否合情合理，但随即看出老和尚同他有话说，也只好识趣地躬身一礼，倒着退了出去。

见他走了，谢允才问道："哪个刘统领？"

"曹仲昆身边的禁军统领，据说是最后一个'海天一色'，"同明大师道，"前一阵子他从旧都逃出来，一路被童开阳带人追杀，途中正好碰上阿翡，将他救下，便顺手托付给了你林师叔。"

谢允有些意外地挑了挑眉，不知是讶异于"周翡居然能从童开阳手下抢人"，还是不明白最后一个"海天一色"为什么会暴露。

同明大师将燃尽的蛟香换下来，重新点了一根，插在香案中，又道："曹仲昆死了。"

谢允骤然听得这消息，吃了一惊："什么？这么说我居然熬死了曹仲昆！"

同明大师："……"

谢允有些兴奋地扶着墙站起来，绕着石床开始走动，蛟香的味道浓重得有些呛人，他伸出手指，那袅袅的白烟便好像有生命似的，缠缠绵绵地往他手上卷，继而钻进他七窍百骸之中。

他每走一圈，脸色就比方才好看一些，身形便也更轻盈一些。

走到第十圈，谢允便不用再扶着墙了，拖沓的脚步声一步比一步轻，接着，他蓦地将长袖抖开，运力于掌，轻轻一挥，数尺之外的石桌上的画卷被他精准的掌风弹开，"唰"一下铺了满桌。

画上满身红衣的女孩子好似要破纸而出，笔墨间的风华照亮了暗淡的石洞。

谢允收回手掌，负手而立，感慨道："师父，我觉得自己都快好了，你这三昧汤真的是毒不是解药吗？"

同明大师道："阿弥陀佛，自古伤病，都是来如山倒，去如抽丝，服下后病去也好似一夜显灵之物，便是吕国师也不曾见过，凡人岂敢奢望？"

谢允随口一句玩笑话，便勾出了老和尚一堆长篇大论，忙道："同你说着玩的，不必这么认真。"

他一边说，一边将那块墨迹斑斑的软皮摘了下来，仔细欣赏周翡的杰作，问道："师父，我能出去转转吗？"

同明大师没吭声，寂静的石洞中，只能听见他转动念珠的声音，好一会儿，他才低声道："随你，带好蛟香。"

谢允就明白了，既然同明肯答应，就说明他能一直活蹦乱跳到下一次喝三昧汤的时候。他想了想，又改口道："算了，不去了，一月半月，走也走不了多远，没意思，我还是在岛上陪您老人家说话吧。"

同明大师无声地念了一声佛号，伸出枯树枝似的手，抚上谢允的肩头，说道："亏你不嫌弃我们三个快入土的老东西。"

谢允笑道："师父天潢贵胄，当年连我这姓赵的乱臣贼子之后都肯收留，徒儿怎么敢反过来嫌弃您？"

同明大师听了，沟壑丛生的脸上露出了一点温暖的笑意，说道："你知道自己是谁就行了，是谁的儿子、谁的后人，很重要吗？何况老衲身在红尘槛外，往来如萍，四大皆空，若是还计较几百年前的俗家事，我这一世修行岂不都是耽搁工夫？"

谢允竖起一根手指摇了摇，反问道："生老病死既是凡人之苦，也是修行之道，师父，你既然不计较俗家事，怎么见徒儿修行，反要愁眉苦脸呢？"

同明一时居然有点无言以对。

谢允又道："师父，你不知道，我方才做了一个特别长的梦。"

同明："梦见什么？"

"梦见小时候的事……那时我不听你的规劝，一意孤行要回金陵，觉得自己经天纬地、学艺已成，一定要回旧都报仇。"谢允跷着二郎腿坐在石床边上，在一片蛟香中轻声说道，"其实旧都和我爹娘，我都只是有一点印象而已，记不太清了，本不该有这样大的执念，想来是小时候一路护送我、照顾我的王公公反复在我耳边念叨的缘故。"

当年谢允身中透骨青的前因后果，同明大师虽然心里有数，却还是头一次听谢允自己说起，便不打断他，只是静静地听。

"我到了金陵，皇上与我抱头痛哭，我以前还当满朝上下都怀着国仇家恨，恨不能隔日便北伐杀回去报仇，后来才发现根本不是那么回事。大家都不想打仗，就想安安稳稳地占着南半江山，继续当混日子的达官贵人，没有人愿意毁家纾难地'复国'，皇上拿他们一点办法都没有。那段时间，皇上时常召我一同饮酒，他沾酒必醉，每醉必能吐出满肚子苦水。我本就一腔激愤，见此更是忍无可忍，接连数日在朝堂上与主和派斗嘴，闹得乌烟瘴气。后来又自作聪明，请命巡边，用计诱来北人，谎报军情，在边关骗来三千守军，趁机夺回三城，以此大捷为由头，煽动我父亲旧部与一干没依没靠的寒门子弟攻讦兵部……"

同明感慨道："小小年纪。"

"小小年纪不知深浅。"谢允笑道，"其实那时北朝正是兵强马壮时，南方却接连两年水患，本就民不聊生，而且朝廷上下不是一心，根本不是开战的好时机，连皇上都不过是借由主战与主和两派争端，在金陵'新党'和'世家'之间相互制衡而已。大家都明白这个道理，偏我不懂。"

赵渊用"懿德太子遗孤"，给主战一派立下了一个巨大的靶子，嘴上一而再，再而三地声称自己准备禅位，叫盘根错节的南方旧党整天惶惶不可终日，唯恐金陵朝廷落在那整天想着报仇复国的半大小子手里。

同明大师问道："后来呢？"

"后来皇上下诏予我亲王之位，"谢允说道，"随后又请大学士代笔拟旨，要在我班师回朝之日便正式册封我为太子，待我大婚之时，便要禅位还政。既然尚未宣发，便本该是密旨，但不知从哪里走漏了风声，一夜之间烈火烹油，传遍了暗流汹涌的金陵。"

他语气平平淡淡，可这三言两语中好似裹挟着惊涛骇浪，听得人一阵后脊发凉。

泄密的诏书好似一把野火，将南都贵族们连日来的忧心畏惧一股脑地点着了，他们没料到赵渊竟然会"软弱"到这种地步，只好孤注一掷地打算除去未来的"暴君"。

"我当时远在前线，每天忙着布防对抗，还得想方设法将被战火牵累的百姓安顿得当……都不知道这件事。"谢允一低头，看着自己惨白的手指尖，将"毕竟我年幼无知"这句颇有些尖酸的话咽了回去，只是用局外人的口气说道，"后来的事师父大概也听说了，我军粮草被刻意拖沓，我递回金陵的折子被扣留，无奈之下只能兵行险着，偏巧军中有叛徒泄密，被曹宁围困孤城，援军又久久不至。

"这么多年，我虽然写过《寒鸦声》，卖'血'当盘缠，其实没有真正同别人提起过此事，"谢允说道，"方才梦到，桩桩件件犹似昨日，突然便忍不住想找人聊一聊。"

那一回东窗事发，建元皇帝震怒，满朝哗然。

端亲王毕竟是"华夏正统"，却险些在两军阵前死于自己人手中。据说金陵城中的太学生们写血书闹事，要求朝廷严惩"国贼"，事情越闹越大，江南旧党不得不推出数十只替罪羊来平息事端，御林军当街打马而过，抄家抓人……南渡十余年，赵渊第一次以此为契，狠狠地在铁板一块的江南势力中楔下了自己的钉子。这个"软弱"的幼帝凭着他不可思议的隐忍，一步一步走到如今这地步。

同明大师沉默好一会儿，方才问道："当时有亲兵自愿做你的替身，率兵引开廉贞、曹宁等人，掩护你突围脱逃，你为何不肯呢？"

如果当时"留得青山在，不怕没柴烧"，以他在军中与民间的威信，再加上将来吃一堑长一智，还说不准最后鹿死谁手。

谢允便笑了笑，说道："不知道，命吧。"

他说完，伸了个懒腰，将这话题与昨日一同揭了过去，问道："师父，我好几年前没事打的那把刀去哪儿了？"

"熔了，没来得及开刃，"同明也默契地不再提，只道，"你陈师叔说你手艺不行，拿出去丢人。"

"哦，那算了，"谢允道，"我再去同他请教请教，重新打一把。"

同明道："阿翡那里……"

谢允道："不必知会她，可遇而不可求的东西，你催她也没用，等我哪天实在撑不下去，再告诉她来送终不迟。"

他说着，起身将画卷卷好，又把旁边周翡留给他的信收起来，准备留着慢慢看，继而深吸一口气，缓缓走出这一方小小的山洞，冲海边的陈俊夫叫道："陈师叔，有好铁吗？"

传世神兵所用的铁好像都有点来历，唯有"碎遮"名不见经传，没有什么"天外落铁"的神秘背景，只是普通凡间之物炼制，却因吕国师与南刀这前后两任主人而不凡于世。

杨瑾羡慕地望着削铁如泥的碎遮，感觉漫天的铁剑在它面前好似都是泥捏的，忍不住问道："你这是把什么刀？能叫我看一下吗？"

周翡还没来得及答话，李晟先暴躁道："杨兄，都什么时候了！林间下箭，窄道埋伏，放箭时一波一波节奏分明、训练有素，肯定不是普通山匪……阿翡你做什么去？"

他话音没落，周翡已经逆着箭雨而上，悍然从密密麻麻的箭阵中劈出一条路，转眼没入林间，好几声惨叫四下响起，漫天的冷箭瞬间便稀疏了，李晟等人连忙跟上前去，不过片刻，周翡已经秋风扫落叶一般，将林间的刺客放倒了半数。

放箭需要距离，一旦人到了近前，便很难施展威力，尤其双方武力差距极大。放冷箭的人见势不妙，当即溃不成军，便要奔逃而去。李晟飞快地冲杨瑾使了个眼色，两人一边一个堵住了逃兵去路，三面合围，转眼将仓皇逃命的刺客包了饺子。

"阿翡，你……"李晟正要说话，忽然看见周翡肋下插了一支箭，吓了一跳，"这怎么回事，等等，你别乱动！"

周翡闻言，不怎么在意地低头瞥了一眼，伸手便将那支铁箭摘了下来，箭头上一滴血迹都没有，反而被撞平了。

李晟："……"

旁边杨瑾倒抽了一口气，没料到周翡的武功居然已经到了"铜皮铁骨、刀枪不入"的地步，他顿时升起满腔望尘莫及的悲愤。几年前明明还相差无几，凭什么她就能走出这么远？

一定是擎云沟那帮药农耽误了他练功！

"我穿了甲，看什么看。"周翡伸手将破了个小口的外袍掩住，白了一眼那两个没见过世面的乡巴佬，俯身打量被他们放倒在地的人。这林间埋伏的，一水儿都是精壮汉子，身上以树叶树皮等物做遮掩，藏在树丛之中，个个蒙着面。

周翡问道："这些会是什么人？"

李晟将一具尸体的手心翻过来，低头仔细观察了片刻，又探手拨开那人衣襟："护心甲，令旗……旗上画的这是个什么？我还真没见过这一路。"

那令旗上画的是一只鸟，不像鹰隼之流，身形十分优美，目光却透着几分诡秘的凶狠。

李晟又道："这些人惯用弓箭，似乎也训练过长枪、砍刀等物，会隐蔽，埋伏得住，令行禁止……我怎么觉得有点像当兵的。你看他们用的那些铁箭也是，制作精良，型号统一，一般造反的匪人没有这种财力，等会儿挨个儿搜搜，找找有没有什么能证明身份的东西。"

周翡抬头与他对视了一眼，两人的神色都有些凝重——虽然因为战乱，此地暂时没什么秩序，但好歹也是南朝的地界，往来军中兵将……好像都是周以棠的人。

"别乌鸦嘴，"周翡先是这么说了一句，随即想了想，又气弱地小声道，"那什么，咱们不会真打了我爹的人吧？"

她话没说完，角落里一个黑影突然暴起，那儿竟有一条漏网之

016

鱼。他趁没人注意，一跃而起，撒丫子便要往密林深处跑去。

周翡正被自己的猜测闹得疑神疑鬼，一时没决定好是追还是放，迟疑着动了一下脚步，还没来得及赶过去，便见那黑衣人一步一步倒着从密林中退了出来，脖子上架着一把窄背长刀。

原来吴楚楚照顾那捡来的孩子，与李妍落后一步才赶到。

李妍难得派上一次用场，她一手拿刀，一手还冲周翡他们挥了挥，得意扬扬地叫道："阿翡，这里还有一个呢！"

那差点跑了的弓箭手有三十五六岁，面孔黝黑，脸上还有一道伤疤，未曾言语，眼珠先转，一看就十分油滑，方才显然是在一边装死，听李晟说"挨个儿搜搜"，才被逼无奈地自己跳出来。

李晟制住那人穴道，问道："你们是什么人？"

那弓箭手眨眨眼，小心翼翼地赔了个笑，说道："英雄，英雄饶命！小的有眼不识泰山，看几位香车宝马、穿戴不俗，便想讨几个零花钱用用，断然不是……嗷！"

杨瑾简单粗暴地抽出一支铁箭，扬手便抽了那弓箭手的脸，他下手非常巧妙，正好抽到弓箭手眼睑的嫩肉上，却又一丝一毫都没有伤及对方的眼珠。

剧痛却给人造成一种要瞎的恐惧，那弓箭手不能动，只好杀猪一样地号了出来。

杨瑾挑衅似的看了周翡一眼，周翡不明白这有什么好较劲的，便"虚怀若谷"地后退一步，冲他比画了一个"你请"的手势。杨瑾便用箭尖戳了戳那弓箭手，耍威风道："不说实话，下次打爆的就是你的眼珠，要试试吗？"

杨掌门皮肤黝黑，五官轮廓又比普通人深一些，倘若别人不知道他是个爱写半边字的傻狍子，单看这险恶的一笑，还真有些中原传说中那些叫人"求生不能,求死不得"的巫医模样。

那弓箭手捂着自己肿得老高的眼睛,哀哀叫道:"我我我是……是'斑鸠'军下一个小兵,听命行事的!英雄……不,少侠!大侠!几位大人不记小人过,饶……饶我一命。"

周翡听着有点耳熟,便用眼神示意李晟——好像是曹宁的人啊?

"嗯,曹宁手下有一支著名的斥候军,取名叫作'斑鸠',"李晟缓缓地说道,"行军极快,据说能在最艰难的山路中一日千里,无孔不入。"

那弓箭手——斥候忙点头道:"是是是,小的奉命深入前线来打探军情,没想到……"

他话没说完,李晟便轻笑了一声打断他,对杨瑾道:"这人还不老实,杨兄,抽爆他的眼珠,给我们听听响。"

旁边李妍配合地抬手捂住自己的耳朵。

"别!别!别!少侠您想问什么?!"

李晟半蹲在他面前,盯着他的眼睛问道:"斑鸠的人名我还是在我姑父那儿听过,术业有专攻,等闲情况,谁会将你们这样的顶级斥候当弓箭手冲锋陷阵用?要么是你们老大傻,要么是你在胡说八道……你喜欢哪个说法?"

那斑鸠的斥候立刻大叫道:"傻!是傻!我们老大傻!少侠,你去看看那面传令旗就知道,那上面画的就是一只斑鸠嘛!端王殿下将斑鸠并其他几支队伍拨给了'巨门'和'破军'两位大人使用,那两位大人不上心,指派任务都是随意安排人手,我也说嘛,哪儿有叫斥候做刺客的道理?"

"巨门"谷天璇和"破军"陆摇光可是四十八寨的老冤家了,周翡双臂抱在胸前,站在两步之外,问道:"跟着他们俩来干什么?"

斥候有些畏惧地看了看她手里那把碎遮,小心翼翼地说道:"来……

来探个路，端王爷想……"

周翡面无表情地打断他："再说一句'端王爷'，我就打碎你的牙。"

那斥候十分乖觉，立刻从善如流地改口："那曹……曹胖子近来被朝廷……伪朝频频掣肘，因此迫切想拿下江陵六城，来堵住太子——他那大哥的嘴，定下声东击西之计，命那两位大……大……大北狗，带精兵绕至敌阵……不不，是我朝……我大昭的后方……"

"哦，"周翡淡淡地说道，"杨兄，你动手吧。"

杨瑾对她怒目而视——这两兄妹真把他当打手了！

"我说的都是真的！姑娘！女侠！"那斥候嘶声惨叫起来，"拿我亲娘老子、拿我祖宗十八代发誓！"

"说绕过敌阵就绕过敌阵，"周翡挑眉道，"阁下是会飞天还是遁地？要那么容易，我早把曹仲昆的脑袋摘下来当球踢了。"

"不不不，听我解释，"斥候吓疯了，嘴皮子却居然更利索了，几乎不歇气地飞快说道，"为防大批流民往南跑，端……那个曹胖子之前命人散布南朝种种谣言，说他们暴政啊，抓住没有通牒的流民一概按奸细杀头云云，反正怎么惨怎么编。再者两边一直打仗，这边也没比北边好到哪儿去，便还真止住了流民南下的势头……"

杨瑾不耐烦道："你不能长话短说吗？"

斥候自觉已经把十句缩成一句说了，还是被人嫌弃，也是委屈。他拿出了民间说书艺人的功夫，两片嘴皮子说得上下翻飞："前一阵子不知因为什么，前线斥候又发现不时有小股小股的流民南下，源源不断。我们觉得奇怪，便逮住了一帮人，这才知道，原来湘水间有一条秘密的道路，可以通到一处人迹罕至的山谷，群山掩映，十分隐蔽，寻常人找不着。渐渐地便有人在那地方聚居，以种地捕猎为生，有那亲戚朋友在山谷里的听说了，便也拖家带口地前去投奔，非得山谷里的人来接才找得着路。曹胖子听了，立刻心生一计，便命巨门与破军两个人带着我们，假冒流民跟着混了进去。最早一批人探路，确定此路可通，还能避过南人眼线，我们这才分批行进，打算在此聚集四万精兵，给那贼……南边的大将军来个前后夹击。诸位大侠，我说的都是实话，真是实话！"

李晟一脸不相信。

那斥候又道："我们为了保密，便将原来在谷中生活的人都抓起来扣下了，不料前几日竟跑出了几个人，巨门大人知道以后震怒，连续派了三拨人马追杀，我们便是奉命来扫尾的，谁知遇见了你们几位，一时……"

李晟问道："你们来了多少人？"

那斥候支吾了一下。李晟也不废话，一掌下去来了个分筋错骨手，那斥候登时疼得涕泪齐下："两……两万多，快三万人马，其他人正在赶来的路上。"

周翡忽然觉得那山谷怎么听怎么像木小乔口中所说的"齐门禁地"，位置难找、布满密道……好像都对得上，便问道："你说的那山谷在什么地方？"

斥候带着哭腔道："那地方古怪得很，寻常人一进去便容易晕头转向，只有我们斑鸠的'谛听'受的影响少一些……哦，'谛听'就是瞎子，耳音都训练过，平日里探听是一把好手。我们每一队人马都要配一个谛听引路方才能顺利进出那邪门的山谷。"

他一边说，一边哆哆嗦嗦地用目光示意了一下，众人顺着他的眼神看去，只见角落里躺着一具尸体，翻过来一看，确实没有眼珠，果然是瞎的。

杨瑾撇了撇嘴道："这么说你没用了？"

说着，他便轻轻地摸索了一下手中的铁箭，缓缓向前。

"有用有用！"那斥候忙喊道，"我们斑鸠对走过的路向来过目不忘，虽说那地方邪门，但……但……但我只要仔细分辨应……应该也找得着，我我我……"

李晟一抬手，将半颗药丸弹进了那斥候嘴里。

斑鸠斥候猝不及防地咽了下去，噎得直翻白眼。李晟将他随身包裹里那涅槃母虫的尸体露出半个身子给那斥候看，笑道："喂你吃一只涅槃蛊，好好带路。"

斑鸠斥候弄不清他们这些江湖人用的都是什么魔头套路，吓得肝胆俱裂，只好磕磕绊绊地领路。李晟只解开他腿上的环跳穴，遛狗似的拿了根长绳拴着，叫他僵着上半身在前面走，低声对周翡道："我知道你想找齐门禁地，但如果他说的是实话，咱们几个人恐怕不好擅闯。且先去看一看究竟，回头得知会你爹才行。"

周翡点点头。

李晟又看了一眼吴楚楚抱着的孩子，那孩子乍一看不过两三岁，但仔细一看，实际年龄恐怕要再大几岁，只是战乱年代生活困苦，吃不饱穿不暖，方才长得格外瘦小。他想必也知道谁要杀他谁要救他，老老实实地窝在吴楚楚怀里，安静极了，一声也不吭。

斑鸠斥候带着他们在一片山水中走了足有两个时辰，从正午一直走到金乌西沉，饶是习武之人，看着周遭来来回回的山重水复也疲惫不堪了。周翡虽然早就将当年出门就找不着北的毛病改了，但好像对方向的感觉天生就比别人差一点，时隔三年，又体会了一回当年在岳阳附近不辨东西的茫然。

她伸脚在斑鸠斥候身上踹了一脚，冷冷地说道："你不会带着我们兜圈子呢吧？"

那斥候本就腿软，被她一脚踹了个大马趴，倒在地上半天爬不起来，他被李晟封住了哑穴，连叫都叫不出声，只好满脸畏惧地拼命摇头。

李妍跑到一棵大树下，指着一个人脚踩出来的新坑道："咱们来过这儿，看，我还做了记号！"

杨瑾冷冷地道："我们不做记号也认得出来过的地方。"

李妍瞪他。

"你们这些磨磨蹭蹭的中原人。"杨瑾嘀咕了一句，一把抓起那斑鸠斥候的头发，"走错一次，我剁你一刀。"

说着，杨瑾便从脚腕处拔出一把匕首，手起刀落便剁下了那斥候一根手指，李妍飞快地退开，却还是躲闪不及，鞋上被溅了几点血迹，她尖叫道："你这个野人南蛮！"

吴楚楚再要捂住那孩子的眼睛已经来不及了，仓促间只好抱着他转过身去。

那孩子却不知是被吓着了还是怎样，突然在她怀里挣动起来。吴楚楚大小姐出身，哪里会抱孩子，手忙脚乱中一松手，便叫他脱了手。那孩子摔了个屁股蹲，他也不在意，拍拍土便自己跳了起来，径直跑到了一块山岩附近，踮起脚来，伸手去抠那块石头。

第二章·
进退

"李兄，快别兜圈子了，
你婆婆妈妈地说了这许多，
不就是留下不敢，走了不安吗？"

石头的位置虽然很低，但对小孩来说，也须得踮着脚了，他那小细胳膊约莫也就两根手指粗，基本没什么力气，扒着山岩半晌，那石头仍然纹丝不动。

周翡问道："你做什么？"

小孩被她的声音吓得一哆嗦，警惕地侧过身，后背紧靠在山岩上，像一只受了惊吓的小动物。

周翡无奈，只好顺手将"凶器"碎遮往杨瑾背后一挂，走上前去，抠住那块石头，往下一掰……她没掰动。

周翡有些意外，手指陡然绷紧，手背上跳出一片青筋，她使了八成力，沙土为内力所激，簌簌地往下落，那石块却仍然纹丝不动。先前她见那孩子笃定地伸手抠，还以为只是一块虚虚塞在里面的石头，没想到它居然和后面的山岩是一体的。

吴楚楚半蹲下来，小心翼翼地看着那小孩的眼睛，问道："你为什么要去抠那块石头呀？那里有什么吗？还是你看见家里大人把它拿下来过？"

那小孩怕周翡，对吴楚楚倒是还行，他低着头不吭声，手指有一下没一下地抠着背后的石缝，偷偷瞥了周翡一眼，然后飞快地点头。周翡皱了皱眉，她近几年确实专注破雪刀，可也不代表别的功夫不行，到了一定程度以后，武学一道都是触类旁通的——倘若连她都掰不开那块石头，那几个寻常农夫又是怎么做到的？

他们要是有这手功夫，岂会被人轻易杀死在路边？

李妍弯下腰看着那孩子，问道："哎？他怎么都不说话？我看他跑得挺利索的，也听得懂别人说话，不该不会说呀。"

小孩把自己缩得更小了。

周翡想了想，说道："说不定山谷中人确实是靠一些活动的石头做路标，但这小崽不见得记得是哪块，不如我们在附近找一找。"

杨瑾抓紧一切机会嘲讽她道："是你不行吧？"

周翡对"杨挑衅"这种没事找事的货色无话可说，干脆往旁边退了一步："你行你来。"

杨瑾哼了一声，十分宝贝地将碎遮安放在一边，拽出自己的断雁刀。他是个南疆人中的异类，生得十分高大，双臂一展足有数尺，手持那雁翅大环刀的时候，天然便有架势，只见他退后半步，双肩微沉，低喝一声。

"断雁十三刀"在他掌中绝不仅仅是架势，杨瑾蓦地上前一步，大刀好似要横断泰山般轰然落下，刀风也被利刃一分为二，"呜"一声短促的尖鸣。站在三步之外的李妍被那劲风刮得半个臂膀生疼，她骂了一句"蛮人"，急忙拎起缩成一团的小孩，往旁边躲去。

刀刃与山石撞出一声叫人牙酸的响动，"锵"一声在山中经久不绝，刀尖精准无比地切入了几乎被尘土盖住的细小石缝中，整个岩壁都被他这石破天惊的一刀震得颤动不休——然而没什么用。

断雁刀以蛮力将原本的石缝加深了半寸有余，但那块小孩指认过的石头仍然纹丝不动地长在原地。

杨瑾怒吼一声，从脑门一直红到了锁骨，当即便要抽刀再战。

李晟方才没来得及出声阻止，此时终于看不下去了，说道："杨兄，就算那山谷中的人真用活动的石头做路标，那也是大人做的路标，大人怎会特意挑这么矮的石头？你……你……"

周翡"嗤"一声笑了出来，接道："是不是傻？"

杨瑾："……"

吴楚楚眼看几个同伴有内讧的趋势，忙出声打岔道："但至少说明这孩子沿途曾经看见过父母取下山壁上的石头，对吧？孩子如果有样学样的话，会不会说明放石头的大人当时也是踮着脚的？"

周翡伸长了胳膊，微微踮起脚，在上层的山岩上摸了一圈，感觉每块石头都结结实实地扎根在原地，没摸出哪块被人动过手脚。

"还是没有。"周翡皱眉道，"会不会是那小崽连地方也记错了？"

"那应该不会，"吴楚楚轻声细语地说道，"前面就是岔路口，你看，阿妍一个从没来过此地的人，都知道在树坑下做记号，如果谷中人真的留下过记号，肯定也是在每个岔路附近。"

众人闻言，一时都沉默下来，五个人十只眼睛都不时若有所思地往那小孩身上瞟。那孩子好像更不安了，将自己蜷成一小团，脸埋在了吴楚楚怀里。显然，指望从他嘴里问出点什么是够呛了，何况这么小的孩子也未必能条分缕析地说出他见过的事。

突然，李妍开口道："有没有可能……"

众人一同望向她。

李妍缩了缩脖子："就……我就随便一说，那个，姐……会不会是你……不够高？"

周翡瞥了她一眼，杨瑾斜着眼一瞥周翡头顶，露出个鄙视的笑容。

李妍忙气沉丹田，站稳立场，铿锵有力道："不过长那么高没用，咱又不立志当傻大个！我是说……要不你往上看看？"

傻大个杨瑾："……"

他为什么要和这些讨厌的中原人混在一起？

李晟道："我来。"

他话音没落，便见周翡脚尖在地面上轻轻一点，倏地蹿上了山岩间，脚步轻得好似一片羽毛，被断雁刀祸害了个够的山壁上竟连一粒沙都没滚下来。李晟从来都知道周翡不以轻功见长，然而时至今日，她这仿如清风的轻功却叫他心头突然冒出"无痕"二字。

不知怎的，李晟想起了谢允。

"发什么呆，"周翡轻巧地攀在山岩上，说道，"刀递给我。"

李晟回过神来，忙将碎遮扔给她，周翡便用刀柄将上上下下的石块来回敲过去，忽然，李妍叫道："小心！"

只见一块巴掌大的石头凭空脱落了下来，周翡眼明手快，一伸手接住，翻身从山岩上一跃而下。山岩上多出了一个空洞，露出里面小小的机簧来。一旦石块被人敲击，机簧就会自动起跳，把那石头弹出来，只是机簧经年日久，已经微微有些生锈，幸亏周翡谨慎起见多敲了几遍，否则一不小心便将它漏过去了。

李晟问道："石头上有什么玄机？"

"好像画了个方向。"周翡道，"等等，这又是个什么？"

"拿来我看。"李晟忙接过来，只见那小小的石板上居然刻了一幅八卦图，旁边是密密麻麻的注解，都是蝇头小字，一不留神便要看串行，而内容也十分高深，不说杨瑾之流，就算周翡都不见得能把字认全。

这东西会出自谷中避难的流民之手吗？

李晟大致扫了一眼，见那刻石的人好像怕人看不懂，在一堆复杂的注解中间腾出了一小块地方，刻了个简单粗暴的箭头，一面写着"出"，一面写着"入"。

"是指路标。"李晟道，"这山谷怕是人为的，进出的密道也都是前人事先留下的……会是齐门禁地吗？可既然是禁地，怎会容这么多外人靠近？"

几个人想着无论如何要先看看再说，便就地解决了那斑鸠斥候，沿途摸了过去，每到一个岔路口，便按照这种方式四下寻找石头路标，李晟还将每个路标上面复杂的八卦阵法图解都拓了下来。都是年轻人，脚程很快，然而尽管这样，还是在此地绕了有两个多时辰。周遭山石林木简直如出一辙，若不是石头路标上的注解各有不同，他们几乎要怀疑自己还在原地兜圈子。

从日落一直走到夜深，露水都降下来了，那好似一成不变的林间小路终于拐了个弯，视野竟开阔起来。李妍心神俱疲，见此又惊又喜，刚要开口叫唤，被周翡一把捂住嘴。李晟一摆手，几个人便藏在路边阴影处，那孩子也十分乖觉，睁着大眼睛一声不吭。

片刻后，只见小路尽头有人影闪过，竟有人来回巡逻。

李晟冲周翡一点头——找对地方了。

周翡提起碎遮，倏地旋身而起，这一夜正好月黑星暗，她掠上树梢，一片叶子也未曾惊动，像一只警惕的鸟，转眼便不见了踪影。

深夜潜伏的事她已经驾轻就熟，不着痕迹地从夜色中穿过，几个起落便逼近了山谷入口处。周翡探头一看，只见那里居然守着十多个卫兵，守卫比普通的城门楼还要森严些，卫兵们个个披坚执锐，却是面朝山谷——显然，这些人不担心外人能闯进来，防的是山谷中的人逃出去。

整个山谷亮如白昼，山谷入口附近，碎枝杈与木头桩子堆在一堆，都是新砍下来的树，叶子还很鲜亮，不知是不是因为有人借着山间密林出逃后加强了防备。

不时有披甲之人来回走动的金石之声顺风传来，森严非常，果然是有大军驻扎。

这时，周翡听见一声熟悉的鸟叫，她抬头一看，见山上有什么东西冲她一闪，原来是李晟他们爬到了高处。

周翡同他十分有默契，一听这鸟语，便明白了他的意思，手中扣了一把喂马的豆子，扬手打了出去，黑豆加了劲力，撞到山岩石块上，"噼里啪啦"一阵乱响，卫兵们立刻被惊动，纷纷拿起刀剑四下寻觅。

周翡倏地从树上落下，卫兵们只觉得一道黑影闪了过去，根本看不出是不是人，当即如临大敌地追了过去，尖锐的哨声四下响起，那山谷入口处一时一片混乱。趁周翡引开卫兵的时候，李晟等人飞快地从山岩上比较黑的地方跑过，好在山上的树没来得及砍光，只有入口处清理干净了，躲过了那一小段路，里面不至于无处藏身。

入口处的卫兵叫周翡遛了个够，最后，一圈拿着刀剑的人顺着声响小心地逼近木头堆，为首一人连着冲手下打了好几个手势，继而蓦地上前一步，大喝一声，用手中长枪捅向一堆树叶。只听枝叶间一声惨叫，吓得众卫兵纷纷拔刀拔剑，小头目却将长枪一撤，只见他的枪头上竟扎了一只大鸟，还没死，扑腾着翅膀垂死挣扎。

"怎么是鸟？"那小头目莫名其妙地搔了搔头，"散了散了，各自回岗位……这是乌鸦还是什么？怎么这么大个？真邪了门了！"

见是"虚惊一场"，山谷入口很快又恢复平静，只有那小头目觉得半夜三更突然冒出一只大得吓人的乌鸦不吉利，便将那大鸟拿去火上，打算直接烧死。他哼着不知是哪里的小曲，长枪悬在火堆上，没留神身后缓缓探出一点寒光，直指他后心。

这时，突然一阵脚步声传来，谷中巡逻队走了过来，远远冲他打招呼道："烤什么呢？偷吃可以，不要误事！"

那小头目吃喝着应了一声，没看见他背后那一点寒光又缓缓地缩了回去。

周翡转头望向开阔的山谷，见谷中有不少寒酸的民居，有些被推平了扎了寨，正中间一个巨大的中军帐在火光掩映下十分显眼，粮草高高堆起，战马整齐划一——这和她想象中的"齐门禁地"相差太远，尤其那些没来得及被推平的民居，显然是经风沐雨，有些年头了。她从高处目光一扫，还能看见几块破砖烂瓦和倒了一半的牲畜栏圈。

齐门从来神秘莫测，"禁地"更是个传说，那黑判官在齐门中混迹了那么多年，都没有摸到禁地的边，里头会有一帮老百姓养猪放羊吗？

不可能的。

周翡止不住失望，暗自叹了口气，只觉这一天一宿都是白忙，其实想想也知道，哪儿那么容易就撞进齐门禁地里了，要是有那个造化和运气，她还能东奔西跑三年多一无所获吗？周翡索然无味地收回碎瓷，看了一眼那无知无觉中捡条命的北军小头目，悄无声息地闪身贴着山壁边角避走了。

北朝大军在此集结，便不是他们这些草莽人能管的江湖事了。

周翡心道：最好还是趁天黑，怎么进来的，怎么出去。

李晟因为带着吴楚楚和一个小孩，不敢太过冒进，一直小心地在山谷外围借着山石林木遮掩往里探查，越看越心惊，低声道："你们看，粮草和武库充足，整个山谷没有一个老弱残兵，全是精壮人……那斥候说得不对，有将近四万人了，主要是骑兵和弓箭手。"

杨瑾和李妍大眼瞪小眼，全都不明所以，没人理他。

只有吴楚楚轻轻地接道："辎重很少，恐怕不会在此久留。"

李晟总算找到个听得懂人话的，欣慰地叹了口气。吴楚楚又伸手一指，问道："那里是怎么回事？"

几个人都是习武之人，夜间视力极好，顺着她手指方向望去，只见山谷角落里有一处重兵把守之地，四下以铁栅栏拦着，隐约可见其中有衣衫褴褛的身影。

这时，身后突然传来一声轻响，有人用刀柄敲了一下石头，杨瑾吓了一跳，猝然回头，见来人是周翡，这才放下断雁刀。周翡有些不耐烦地说道："快走吧，咱们就这么几个人，还带着个小崽子，被人发现不是玩的——哥，回头我自己去找齐门，你先赶紧赶回去找我爹，别耽搁正事。"

"等等。"吴楚楚忽然道，"你们快看，他们要干什么？"

只见一个传令兵从中间的大帐里跑了出来，站在空地上，举高了手。

铁栅栏旁边围坐的一圈看守看见来人，全都站了起来，周翡他们离得太远，不知道双方交流了些什么，反正片刻后，那传令兵便转身离开了，铁栅栏外的卫兵们却接二连三地点起了周围的火把。铁栅栏原本建在黑暗处，先前只能看见里面好像关着一些人，李晟他们刚开始以为那只是个靠山的小角落，关的大约也是比较倒霉的流民，不过十几二十几个。

可是随着一个又一个火把亮起，几个人都呆住了。

只见那铁栅栏原来并不是背靠山脚，而是封着一个山洞，山洞看不出有多深，里头全是人，老少兼有，一水儿的衣衫褴褛、面容呆滞，仅从表面大略一看，便足有数百人之多，那些人像牲畜一样被困在铁栅栏后，铁栅栏的尖头上顶着一颗已经烂出了白骨的人头！

李妍震惊道："天……天哪，怎么会有这么多人！"

杨瑾诧异道："是流民？这么多人不杀也不放，把他们都关起来做什么？养着吗？"

"我猜北斗巨门和破军初来此地的时候，肯定看得出这山谷的隐蔽是人为的，摸不清情况，心里拿不准这山谷是否有其他密道，"李晟轻声道，"此地有这么多流民，倘若贸然痛下杀手，万一流民们知道其他秘密出入口，逃出几个漏网之鱼，他们这回的戏就唱不下去了。"

吴楚楚立刻明白了他的意思，恍然大悟道："所以他们要先稳住这些流民。"

"不错，比如刚开始的时候，这些北军可以恩威并重。一方面说流民南渡是叛国，该当诛九族之罪，再从中抓一个领头的，杀一儆百。杀完以后顺势将罪名都推到死人头上，再对惊慌失措的流民施以怀柔政策，宣布他们是受奸人蛊惑，若是诚心悔过，则罪责可脱。"李晟略微思索了一下，接着道，"如果是我，我会假装派人重新给他们编册入籍，告诉他们如今北方人口锐减，朝廷打算重新丈量、分配撂荒土地，持此籍者，日后回去，都能分得一等田。这样一来，流民稳住了，人数清点完了，还省得有人浑水摸鱼。"

杨瑾低头一看，发现自己被李晟三言两语说得起了一身鸡皮疙瘩——这些中原人杀人不用刀。

有威逼再加上利诱，对付失了头羊的羊群，一圈一个准。流民大多胆小，毕生汲汲所求，也不过就是一隅容身之地。不到活不下去，不会贸然逃跑反抗。只要能有吃有喝不挨打，就能叫他们老老实实地待在这里，或许还能收买那么几个心志不坚的，帮这些北军排查其他密道。

等北军将地形摸得差不多了，就可以撕破脸皮了——而到了这步田地，这些流民早已失去了一开始的能力和勇气，基本只有任人宰割的份儿，这时候要杀他们灭口也好，要支使他们做苦力也好，怎么摆弄都可以。

但是可惜，再怎么千人一面的人群，也总能生出异类——那几个带着小孩逃出去的人就是。他们倒也未必有什么大智大勇，或许是机缘巧合，因为什么缘故不得不跑，还一不小心成功了。

而北军已经快要集结完毕，此时泄密必将功亏一篑。在这个节骨眼上，李晟都想象得出谷天璇等人得有多震怒，因此不惜派出数批人马追杀几个村妇农夫，非得赶尽杀绝不可。同时，既然养着这些流民已经没有价值，那为防类似的事再发生，正好将他们统一灭口。

山谷中，铁栅栏外，一队卫兵齐刷刷地扣上铠甲，提起锃亮的砍刀——周翡他们也不知怎么赶得那么巧，居然正好撞上这"灭口"的一幕。

吴楚楚抱着的孩子再次拼命挣动起来，可这回吴楚楚长了记性，硬是抓着他没让动。那孩子情急之下喉咙里发出小兽一样的呜咽声，低头便去咬她的手，只是还没来得及下口，便被一只手掐住了下巴。

周翡强行掰开他的嘴，抬起那孩子的小脸，冷冷地瞥了他一眼，手指轻弹，拂过他的昏睡穴。小孩的眼圈一下红了，却无从抵抗，只好心不甘情不愿地闭了眼，眼泪一下被合上的眼帘逼出眼眶，流了满脸。

周翡擦去指尖沾上的眼泪，低声道："李晟。"

李晟强行收回自己的目光，迟疑了一下，咬牙道："江湖有江湖的规矩，不惹朝廷事，一码归一码，走吧。"

李妍难以置信地睁大了眼睛："哥？"

李晟充耳不闻，抓住她的肩膀轻轻往前一推，催她快走，同时对吴楚楚伸出手："这孩子我来抱，你们走前面。"

　　山下，"待宰"的流民好像明白了什么，人群恐慌地乱了起来，那昏暗的山洞里也不知挤了多少人，他们尖叫、推搡，求饶与痛骂声沸反盈天，从宽阔的山谷一直传到高处，不住地往几位少侠的耳朵里钻。

　　李妍仓皇间回头去看，不留神被李晟一把推了个趔趄。

　　"看什么看，"李晟暴躁起来，不耐烦地呵斥道，"走你的！"

　　李妍不由得叫道："李晟你瞎吗？他们是要杀人！杀一路逃荒过来手无寸铁的人……那么多人，一个山洞都是，阿翡！你倒也说句话呀！"

　　周翡的脚步顿了顿，却没吭声。

　　李妍还以为她没听见，"阿翡阿翡"地连着叫了好几声，周翡却一直没理她。一瞬间，李妍好像明白了什么，她愣愣地看了看周翡，又看了看李晟，大眼睛里映着的光好像被冷水浇过的小火堆，惊愕地逐渐黯淡下去。

　　好一会儿，她讷讷开口道："不……不管他们啊？"

　　李晟冷声道："你想找死吗？"

　　李妍委屈极了："可是在济南府，阿翡不是还从童开阳手里救了那个大叔？"

　　周翡低头摩挲着碎遮的刀柄。

　　李妍又对李晟道："还有你，你路上不是还吹牛，说自己在柳家庄带着一帮人打退了铁面魔殷沛，你……"

　　"你有完没完？"李晟截口打断她，"阿翡跟童开阳交手不止一次，拔刀之前她心里就有数。柳家庄那次，大家本来就商量好了围剿殷沛，你知道'围剿'是什么意思吗？若不是这些年各大门派都是一盘散沙，殷沛根本不可能蹦跶到现在——你再看看这里！"

　　他倏地回头往山谷下面一指："那是多少人？这又是几？我们总共五个人，带着个累赘小崽子——还有你这样不能当个人使的。我实话告诉你，李妍，今天别说是我和你，就算是大姑姑带着咱们寨中所有前辈都在这儿，她也不敢贸然对数万北朝精兵出手。"

李晟对她总是没有好脸色，却也很少真的疾言厉色。李妍被她哥的突然发作吓住了。

李晟深吸了一口气，声音压低了些："就算你法力无边，能搬山倒海，把这数万大军都镇住，然后呢？你看看那些人，大多数是站都站不起来的，你怎么把他们救走，啊？李妍，不小了，说话什么时候能过过脑子？"

很久以前，李晟曾经满心想着"出人头地"，自己同自己怄气，怄得私自离队，他真心实意地相信李少爷天下无双，认为自己总有一天能将天也捅个窟窿，死也不肯承认周翡比他功夫好。而今，他学会了怎么井井有条地打理寨中防务，学会了在外人面前做到真正的八面玲珑，也学会了韬光养晦，知道"天下无双"并非什么好词……他甚至会因为霓裳夫人几句意味深长的暗示而临阵脱逃。

他长大了。

很久以前，周翡也曾经初生牛犊不怕虎，她操着一把半吊子的破雪刀，一边跟谢允冷战，一边不知天高地厚地杠上青龙主郑罗生，还自觉很有道理，认为"乱世里本就没有王法，如果道义也黯然失声，那么其中苟且偷生的人们，还有什么可期盼的"。

到如今，她破雪的无常刀已成，能让木小乔亲口说出李徵"也未必能赢你"的话，手脚却好像被"绑"了起来。她会在与童开阳狭路相逢的时候虚与委蛇，也会在群雄围剿殷沛的时候隐藏在暗处不露面。甚至有时候，她想起迷雾重重的前事，心里会生出无边的怀疑与不解。

李晟要回四十八寨，寨中一大堆琐事杂务还在等着他。李瑾容不可能永远庇护四十八寨这条风雨飘摇中的小舟，她在缓缓将担子往年轻一辈肩上移。周翡还要去齐门禁地，去寻找那一点微末的希望，近年来她总有种不知从何而来的紧迫感，好像自己不快一点，谢允就等不了了。

吴楚楚知道自己本领低微，能把人家后腿拖稳了已经是超常发挥，心里有再大的不平，也万万不敢慷他人之慨，因此只有默默听着李晟兄妹吵架。

谁也不是孑然一身，哪怕真能做到"轻生死"，后面也还跟着一句"重情义"，怎敢逼这等鲁莽无谓的英雄。

江湖风雨如晦，未必会让英雄的血脉变成贪生怕死的小人，却也总能教会一个人"不惹麻烦"。

李妍艰难地抽噎了一声，下意识地叫道："阿翡……"

周翡避开她的视线，没有附和李晟，却也没袒护她，只生硬地插话问道："还走原路出去吗？"

杨瑾一脸举棋不定，五官快要纠缠成一团。

这时，好一会儿没吭声的吴楚楚再次看了一眼山谷，忍了半晌，还是忍不住说道："那个铁栅栏后面关的……好像没有女人。"

从北往南的流民里自然是男女老少什么人都有，这些流民远道而来，在山谷定居务农，不可能只剩下一水儿的男子，那么女人既然不在这里，又到哪儿去了呢？

漫山遍野血气方刚的兵，此事自是不必言明的。

吴楚楚一句话出口，众人都闭了嘴。

"锵"一声，哭喊阵阵中，利器捅开了铁栅栏。

此时，风平浪静的东海之滨，谢允正拿着一把刀反复端详："陈师叔，你那'好刀'的标准到底是什么？能不能给个明白点的说法？"

陈俊夫身上可没有透骨青，被滚烫的炉火烤得浑身大汗淋漓，他将上衣脱下来抹了一把下巴上的热汗，语气却依然是不温不火的："你觉得呢？"

"首先得材料好，其次手艺好，刀利而不脆，刀背坚而不动，逆风时不受阻，顺风时不轻浮……当然，还得结实耐用——这是好刀。"谢允顿了顿，又道，"若是刀主人本领大，叫刀铭声名远播，便成了传世名刀。"

陈俊夫笑了笑。

谢允问道："怎么？"

陈俊夫道："你不用刀，说的都是工匠的话，若是叫阿翡听见了，必要笑你的。"

谢允没皮没脸道："术业有专攻，随便笑——师叔，您说句不'工匠'的听听。"

陈俊夫道："好多年以前，有个出手大方的小丫头，到蓬莱求我做一副刀剑，说是要赔给朋友。刀铭为'山'，剑铭为'雪'……"

谢允道："这我倒是有幸见过。"

"那把'山'是盛世之刀，"陈俊夫说道，"我未曾见过原物，都是那小女娃娃自己描述的。她是个爽快人，活泼得很，说话像倒豆子一样，她描述的刀剑是她仰慕的英雄所持。不是我自夸，那刀剑打出来，便温柔又庄重，里头装着美酒酬知己的心意，那就是好刀好剑。再比方说……妖刀'碎遮'。"

谢允道："吕国师遗作，我小时候在皇上那儿见过一次。"

"吕润一生，文成武就，当得起'经天纬地、惊才绝艳'八个字，然而一生身不由己，上对不起家国，下对不起朋友，中间对不起自己，死后数百年，师门药谷还因为出了个他，而要被曹仲昆戕害，分崩离析。"陈俊夫道，"吕润受制于天、受制于人、受制于命，漫天华盖无从挣脱，只好不看不闻不问，故其所做妖刀'碎遮'，咄咄逼人、满怀激愤，虽在阿翡之前，它从未开刃，却已经有了横断乾坤之戾气。"

谢允微微皱起眉。

"但那也是好刀，绝世好刀。"陈俊夫道，"两把好刀，材料都是稀世少见的好铁，手艺都很好，刃都很利，刀背都坚，'逆风时不受阻，顺风时不轻浮'是最基本的，也都结实耐用得很——两者却天差地别，这么说，你明白了吗？"

陈俊夫伸手拍了拍谢允的肩膀："一把盛世之刀，一把破坏之刀，你想打一把什么样的刀？"

周以棠在蜀中将碎遮交给周翡的时候，曾经同她说过一个故事。那是人之一生、刀之一世、草木一秋……造化的一个冷笑。

这时，被锁在山洞中的流民恐慌地往山洞里挤去，北朝卫兵在铁栅栏外组成了一道刀剑围墙，其中一人上前，甩出一个长长的卷轴，对着名单开始念上面登记的名字，念了谁，倘若一时无人答应，先前闯进去的卫兵便会用装了倒刺的马鞭在人群中抽打。这样一来，哪怕一开始有人犹犹豫豫地不敢应声，也会被周围抱头鼠窜的同伴推出来。

点名人的嗓门很大，铿锵有力，山壁上的周翡等人都能零星听见几声——他们竟然真如李晟所料，将流民通通登记在册，严格确保没有一条漏网之鱼。

挥鞭的声音在夜色中格外清晰，吴楚楚意识到自己多嘴了，抿抿嘴，低下头道："别管我，我只是……"

李晟不便像发作李妍一样发作吴楚楚，他微微垂了一下眼，轻声解释道："当务之急，咱们得尽快让姑父和闻将军他们知道这件事，否则我朝大军腹背受敌，干系就大了。不然我们就算跟着山谷中人同归于尽，一起炸上天，照样没什么用。"

李晟这人，心里越是郁结，嘴上便越是理直气壮，他会拼命给自己找一堆理由，还非要自欺欺人地说出来，恨不能将"我有理"三个字裱起来顶在脑门上。杨瑾不善言辞，周翡比较内敛，两人谁也没接李晟这话头，可是都知道他在扯淡——因为报信的事根本不是借口，倘若单为了给大军报信，叫李妍和吴楚楚先走不就行了吗？江陵离蜀中也没多远的路，李妍再不济也是秀山堂中拿到名牌的人，有吴楚楚这稳重人看着她，难不成她俩还找不着家里的暗桩送封信？

李晟将这苍白的借口在嘴里含了一会儿，怎么尝怎么不是滋味，于是怒气冲冲地看向其他人，迁怒道："怎么没人说句话？都哑巴了？"

周翡心里将自己要做的事从头盘算了一遍，她要去找齐门禁地，还得去找解透骨青的办法，得回四十八寨。

殷沛还没死，王老夫人的仇还没报，"海天一色"更是个随时准备兴风作浪的隐忧……可是她挑挑拣拣，感觉哪一桩都不能掏出来说，因为心里即便有对她自己而言重于泰山的理由，一说出口，便卑劣了。

杨瑾却忽然说道："李兄，快别兜圈子了，你婆婆妈妈地说了这许多，不就是留下不敢，走了不安吗？"

倘若此时是白天，李晟的脸皮大概都涨红了。

"我也是啊。"那姓杨的南蛮口无遮拦道，"喂，周翡，都不傻，你也痛快点，别装了。"

周翡无言以对。李晟觉得自己方才是鬼迷心窍了，居然指望这几个货能说出什么有建树的话。他重重地吐了口气，眼不见心不烦地不再看杨瑾他们，将整个山谷抛诸脑后，率先顺着来路往回走去。他不过是四十八寨的一个小小后辈，既不是山川剑，也不是老寨主，更不是什么武林盟主、皇亲国戚，闹不好一辈子籍籍无名、庸庸碌碌，那为什么要自作多情地背这种英雄的负疚和不安？

死再多的人，不也都是路人吗？和他有什么关系？

结果他刚这么一转身，杨瑾便道："我倒是有一个办法。"

杨瑾此人，天生与"办法"二字没有一点关系，突然说出这么一句话，众人都一起呆呆地将目光投向他。

杨瑾便道："你们都背过身去。"

周翡道："你要干什么？"

杨瑾一摆手："快点，别废话。"

等几个人都依言转开视线，杨瑾便弯腰从地上捡了几根细长的草茎，其中四根掐成差不多的长短与形状，另一根留了个长尾巴草根，完事以后他将这五根草茎攥在手心里，递到众人面前。

李晟嘴角抽了一下："……杨兄，这是什么意思？"

杨瑾便说道："我们那里信奉万物有灵，逢年过节，或是遇上什么大事，都要请个巫来占卜是非吉凶，他们神神道道的那一套我不太懂，但是道理总归差不多的，都是听老天爷的——你们抽吧，一人抽一根，有一个人抽到了特殊的那根，咱们就走，要是谁也抽不到，让它最后留在我手里，咱们就好好合计合计怎么办，行吧？"

众人一时无言以对，连李妍都翻了个白眼。

李晟从未想过还有这么"别出心裁"的解决办法，当即尴尬地干咳一声，委婉道："咳，这个，杨兄……"

周翡直白地补全了他的下半句话："你是不是有病？"

杨瑾额角跳起了一小簇青筋。可还不等他笨拙地反唇相讥，周翡便突然伸出手，从那五根垂头丧气的草茎中抽了一根，摊手一看，草根被掐掉了，便道："我这根不是。"

李晟："……"

这女的到底站哪边，为什么这么善变！

李妍在关键时刻，永远都是跟着周翡跑，也学着她抽了一根："我的也不是。"

吴楚楚紧跟着抽了第三根："不是。"

杨瑾将仅剩的两棵草递到李晟面前："你抽不抽？"

生死存亡之际，他们几个人躲在山坡上抽草茎玩，这说出去都是什么事！李晟不由得悲从中来，成日跟这帮二百五混在一起，还能有什么前途？

然后……他就自暴自弃地从两棵草里挑了一棵，缓缓将它拉出杨瑾的手心。纤细的小草从长出来那天开始就没想过自己有一天会肩负这种重任，在夜风中瑟瑟地微颤，好像随时会断，五个人十只眼全都盯在了那根小草上。

抽出来的草茎下面光秃秃的，杨瑾将手摊开，那根留下草根的草茎静静地躺在他黝黑的手掌中，细小的根须上还沾着土渣。两个年轻男人相对静默了片刻，同时将手中的小草往旁边一扔，李晟一改方才逮着谁咬谁的狂躁，眨眼间便冷静下来，说道："我们不能全留在这里，叫阿妍跟吴姑娘带着这孩子先走——李妍，你知道最近的暗桩在什么地方吗？"

李妍刚跟着他将各地暗桩从西往东捋了一圈，立刻回道："知道。"

李晟又道："原路出去，最好不要等天亮，附近也许会有北斗的斥候巡逻，那些斥候狡猾得很，多半会乔装改扮，你们俩蒙上脸，快马加鞭赶紧走，装作赶路路过，把身上的兵刃都亮出来，谁叫都不要停下，遇上挡路的就一刀劈过去。真遇到应付不了的事，及早放寨中的烟花，万一有自己人或者道上朋友遇上了，能救命。"

周翡想了想，转身走到密林中几棵大树后面，片刻后，她拎着一件仿如丝绸的银白软甲出来。周翡手指一划，那软甲边角处点缀的一排贝壳便齐刷刷地掉下来落入她手心。她将贝壳收好，把软甲丢给吴楚楚，说道："软甲'彩霞'，跟当年殷夫人的'暮云纱'出自一位大师之手，刀剑不入、水火不侵……当然，软甲不能防撞，遇上掌风能隔山打牛的那种高手还是得跑，你们俩带上，自己商量谁穿。"

说完，周翡又搜遍了自己全身，从随身带的包裹里翻出一个扣在手腕上的铁护腕，纤细的少女尺寸，非常精致华丽，像个别致的宽边手镯："这也是那位大师做的一个小机关，里面藏好暗器，遇到危险可以保命，一丈之内，只要你不慌，瞄准了，像你哥这种水平是躲不开的。"

李晟无端遭到毁谤，一脑门官司地瞪她。

周翡平日里没有用暗器的习惯，生疏地给李妍和吴楚楚展示了一下这东西怎么用。她翻开那铁护腕一看，机关是很好，但里面空空如也，什么都没有，正尴尬，杨瑾突然递上一个小纸包："这个装得进去吗？"

李妍诧异地接过来，见那纸包里居然是一把细针。

"有些是蛇毒，有些是迷药，我也分不清，就放一起了，你们赶上什么是什么吧。"杨瑾蹭了蹭鼻子，又道，"都是那些药农瞎鼓捣的。"

李晟道："一会儿谁去入口处制造一点骚乱，你们俩趁机走。"

"我。"周翡责无旁贷，说道，"我去露个面，给那两个北狗下一封战书，陆摇光和谷天璇不是正经八百的将军，听说有人挑战，一定会按照江湖规矩露面，阿妍和楚楚趁这时候走，你们俩趁这时候去救人。"

杨瑾震惊道："你一个人打得过两个北斗？"

"当然打不过。"周翡坦然道，"但我是后辈，当着这么多北军，只要我一开始表现得弱势一点，他们俩未必会抛开面子一起上。"

李晟皱眉道："我看他俩未必会出手，最大的可能是叫人把你乱箭射死，死丫头出的什么馊主意？"

"乱箭射死我自然容易得很，可是凭他手下那些兵，想活捉我是不可能的。"周翡道，"如果我让他们觉得蹊跷，谷天璇和陆摇光拿不准我身后是否还有别人，他们一定会亲自出手。"

"明白了，"李晟叹道，"故弄玄虚，全靠你来演——滚蛋，不行，太凶险了。"

周翡："那你说怎么办？"

李晟虽有将帅之才，奈何巧妇难为无米之炊，看着眼前这两三个人，着实也是一筹莫展，不由得哑然。

"我还有这个。"杨瑾说着，从怀中摸出了两个圆滚滚的东西，"也是旁门左道的药农弄的，据说砸在地上能激发出大把的药粉，叫人睁不开眼，可能受了点潮，不知道还能不能用。可以把这个砸在铁栅栏的卫兵堆里，趁他们乱，咱们把人放出来就是，算是尽力了，能不能跑了，全看他们的造化，也不必佛送到西。"

李晟想了想，迟疑道："我身上还有几个我们寨中联络用的烟花，弹出来有火星，放出来他们可能会以为咱们要火烧连营，倒是能分散他们的兵力……不成，这计划太粗糙了，我怎么想怎么觉得不靠谱——咱们首先得快如疾风闪电，得运气够好，北军集结与反应速度必须要慢，他们的将领必须都得是草包，还有……谷天璇和陆摇光至少有一个得要脸，否则阿翡脱不了身。这得是什么运气？得有个太上老君当亲爹才行。"

周翡补充道："那些流民还得够机灵，指哪儿打哪儿才行——我看也够呛。"

几个人短暂地沉默下来。先前不知天高地厚的李妍听到这儿，终于意识到自己好多事没想到，忍不住小声道："所以呢，咱们还是……"

不要管了吧？

李晟沉吟了一下，说道："咱们四个人都没把那根留根的草抽走，我相信这是天意。既然是天意……运气应该总有一点，是不是？"

最后一句，他说得也不太有底气，求助似的抬头看了一眼周翡。

　　周翡将碎遮扣在手中，一拍李妍肩膀："走，我送你俩出去。"

　　李妍突然想哭，后悔起自己方才幼稚的激愤和仗义。周翡却没给她留下抹眼泪的工夫，她在各种林中隐秘穿行格外驾轻就熟，转眼便将吴楚楚和李妍带到了临近出口的没有树木掩映的地方。

　　周翡忽然对李妍说道："我刚下山的时候，比你现在还要小一点，功夫强不到哪儿去，也是被两个北斗包围，一边哭，一边发誓一定要把楚楚护送回蜀中……那时她可还是个大小姐，跑都跑不动，现在她师从大当家，至少不用你护送了。"

　　李妍悄悄抹了一把眼泪。

　　吴楚楚朝她点头道："你放心。"

　　周翡露出了一点吝啬的笑容，随后又转向李妍道："要是我们运气不太好，你……你就替我去一趟南国子监，找那位林老夫子，跟他说一声就行。"

　　李妍张了张嘴，正要说什么，周翡却深深地看了她一眼，在暗夜中化成了一道残影，倏地飞掠了出去。

第
三
章
·

螳臂当车

从周翡亮出名号，走进山谷那一刻开始，所有的环节全跟他们的计划
背道而驰。
这先人的在天之灵已经不是不肯保佑她了，简直是在诅咒她！

周翡身形太快，以至当她从光秃秃一片的山岩上穿过时，一水儿的
卫兵眼大不聚光，愣是都没察觉。她脚尖在堆成一堆的木头上轻轻一借
力，支棱出去的树叶"唰"一声轻响，山谷入口处的卫兵闻声一激灵，
忙提起手中火把，往那声音传来的地方望去，可还没等他看出什么所以
然来，脖颈便被两根冰凉的手指扣住了。

山谷入口处一大帮卫兵同时拔出兵刃，如临大敌地围成一圈，盯着
突然落到他们中间的女人。

周翡目光四下一扫，手指紧了几分，那卫兵整个人往后仰去，喉
咙里"咯咯"作响，翻起了白眼。她轻轻一笑，吝惜嗓子似的低声道：

"叫谷天璇和陆摇光出来，就说有故人前来讨债。"

她既不高，又不壮，站在那里的时候好似会随风而动，像个突然从深沉夜色中冒出来的女鬼，凭空带了三分诡异。一个头目模样的中年男子匆忙赶来，呵斥开众人，从一圈卫兵中分开一条路，在五步之外戒备地瞪向周翡："你是什么人？好大的胆子！"

夜风中飘来几不可闻的窸窣声，只有极灵的耳力，才能分辨出夜风掠过石块的声音和脚步声之间细微的差别。周翡的目光静静地望向山谷中，耳朵却已经捕捉到吴楚楚和李妍的小动静，她用一根拇指缓缓推开碎遮，寒铁与刀鞘彼此轻轻摩擦，发出"锵"一声又长又冰冷的叹息，正好给那两个轻功不过关的人遮住了脚步声。

然后她忽然笑了，一字一顿道："去和你们领头的说一声，就说四十八寨周翡，破雪刀第三代传人，今日不请自来，代我祖辈、父辈与几年前折在他们手中的诸位同门，同两位北斗大人问声好，劳烦通报。"

"周翡"这名字，她一年到头要被人叫好多遍，听得耳根生茧，可是自己说出来，却总觉得陌生又拗口。她下山至今，很少自报名号——初出茅庐时是没必要说，反正说了也没人知道。后来"南刀"阴错阳差地传出了些声名，她又忽然懒得说了，有时是怕给四十八寨惹麻烦，有时也觉得自己从未做过什么长脸的事，传出个"南刀周翡"未免厚颜无耻，因此多半不提。

直到这时，周翡才知道，原来"南刀"二字于她，不是"寻常布衣"，而是一件祖辈流传下来的"盛装"，衣摆曳地数丈之长，锦绣堆砌、华美绝伦，堂皇的冠冕以金玉铸就，扣在头顶足有数十斤重。这么一身盛装，她就算再喜欢、再向往，也不可能整天披着它喝茶吃饭、上山下地……但也总有那么一两个场合，能将其穿在身上，远远窥见先人遗迹。

被她掐住脖子的卫兵身上突然传来一股臭烘烘的臊味，居然生生地被吓尿了。

周翡"啧"了一声，甩手将那废物扔在一边，然后提着碎遮，旁若无人地往山谷中走去。

从入口到山谷腹地的一小段路，转眼便被北军围满了，个个如临大敌。周翡余光扫过，心里微微一沉——原想着陆摇光和谷天璇两个"统帅"都是半桶水，但"兵尿尿一个，将尿尿一窝"的场景居然没有出现。

这些北军显然各有各的组织，中层及以下的兵将绝非他们想象中那种被外行人瞎指挥的草包。四万大军名义上是听两位北斗大人指挥，实际上，陆摇光和谷天璇恐怕更像是两个比较厉害的随军打手。

一探深浅，便觉出师不利。

"杨神棍"好的不灵坏的灵，周翡忽然有种不祥的预感，心道：闹不好今天真得被乱箭射死。

她不动声色地将余光收回，暗自深吸了两口气，心里默默念起内功心法的口诀，周身真气好像一团被搅动的水流，忽而疾走，顺着她的经脉缓缓游走全身，外放出来。周翡脚下"咔"一声轻响，石阶被她踩出了几道蛛网似的裂纹。一片半黄的树叶飘飘悠悠地从她身边落下，行至半空时，倏地一分为二，陡然加速冲向地面，其中一片扎进路边泥土里，露出好似被利刃割开的断口，整齐而肃杀地直指夜空。

此事早有人报入中军帐中，陆摇光与谷天璇听罢，这一惊可谓非同小可。来之前，端王曹宁特意反复叮嘱过他们俩，这回行军关系重大，一在快，一在保密，须得万无一失，否则他们身家性命危矣。如今眼看已经快要成功，老天爷却好似发了疯一样跟他们作对，先是让几个流民跑了，随后又来了这么个不速之客！

陆摇光顿时有些沉不住气，撂下一句"我去看看"，便起身出了大帐。

当年周翡在两军阵前劫持端王曹宁，实在太让人印象深刻，时隔数年，陆摇光竟一眼认出了她，脱口道："是你！"

周翡笑道："陆大人，别来无恙？"

满山谷的黑甲冷刃，她一个年轻姑娘若无其事地身处其中，八风不动——在陆摇光看来，此事太蹊跷了，必定有诈！

陆摇光脑子里那根弦一瞬间便紧绷到了极点，再联想起周翡的身份，当时便下意识地往山谷周遭的树丛中望去，只觉得到处都是敌人的埋伏。

周以棠的女儿在这儿，他会不知道？

陆摇光先把自己吓出了一身冷汗，心里只剩下一句话："这回完了。"

而就在这时，好似为了佐证他的猜测，密林深处突然弹起了一枚冷冷的烟花，尖叫着便上了天，炸得整个山谷轰鸣作响，火树银花一般遍染苍穹。

陆摇光当即色变。

高手对阵，最忌走神，周翡一见他眼神浮动，立刻便知他被这动静吓住了，而谷天璇还没赶来。此机断不可失！

碎遮倏地动了，刀光流星似的递到了陆摇光眼前。

陆摇光大喝一声，仓皇间只好横刀与她杠上。周翡顾忌那此时仍然不见露面的谷天璇，分出一半心神来留意周遭，出手刻意留了三分力，被他生硬地一撞，碎遮立刻走偏，她好像气力不继似的脚下跟跄了半步，刀光下的笑容顿时看起来有些勉强。陆摇光从来自负，果然中计，心道：南朝这帮窝囊废，盛名之下其实难副者多，一个小丫头片子也配叫"南刀"了。

他嘴角轻轻抽动了一下，阴沉地看着周翡："就凭你？"

说着，陆摇光竟不顾手下一干兵将，当即便要亲自上前将周翡拿下，两人转眼绕着大帐缠斗起来。

周翡这边仗着陆摇光傻，勉强还算顺利，李晟和杨瑾则在谷中气氛绷紧时悄然靠近了铁栅栏。就这么片刻的光景，铁栅栏里的流民名单便都已经清点完毕。中军帐中闹出那么大的动静，这些卫兵居然丝毫也不擅离职守，依然有条不紊地准备杀人灭口。

流民被鞭子抽了几顿，吓破了胆子，懵懂地依着那些北朝卫兵的要求，排排站好，两侧卫兵立刻上前，点出十个流民，将这第一拨倒霉蛋五花大绑地推出铁栅栏外。

临时充当刽子手的卫兵提起了砍刀，后面的流民这才知道大祸临头，在铁栅栏里没命地挣扎起来，哭喊震天。

李晟借着这动静，吹了一声长哨，示意杨瑾动手。杨瑾远远地冲他一点头，伸手探入怀中，摸出那颗传说中能放出药粉的"药弹"，李晟立刻以布蒙面，遮挡住口鼻，捏紧了腰间双剑。

就在屠刀第一次落下的瞬间，两个人同时动了。

杨瑾猛地将药弹摔向地面，与此同时，李晟好似大鹏一样，倏地从众人头顶掠过，提剑直指那一排刽子手，打算趁着药弹制造的浓烟快速混进去，从卫兵之间杀一个进出。两人配合可谓十分默契，然而谁知就在这个节骨眼上，意外又出现了。

杨瑾砸在地上的药弹"噗"一下裂开，却没有炸，那小球跟咳嗽似的"扑哧扑哧"呛了几声，原地冒了几行小白烟，滚了滚，不动了！

杨瑾："……"

李晟："……"

杨黑炭这死乌鸦嘴，他平时一身臭汗还老不换洗，那药弹放在他身上果真受潮了！

原本"烟尘滚滚，神兵天降"的效果顿时变得逗乐起来，小药弹艰难地在地上放着白烟屁，李晟孤零零一个人站在一群卫兵中间，措手不及地跟他们大眼瞪小眼。李晟浑身的汗毛都竖起来了，"飞流冷汗三千尺"，脑子里一片空白。

所以他们可能是把"天意"理解错了，那被抽走的四根无根草不是叫他们留下救人，分明是让他们能走多远走多远！

然而到了这步田地，再说什么都晚了。

李晟一咬舌尖，不理卫兵的喝问，背着一身冷汗，当即动起手来——倘若此时冲出来的是杨瑾，躲在暗处的是李晟，李晟一定知道当务之急是故弄玄虚，绝不会贸然现身。药弹失效，他还可以先以暗箭伤人，靠出手快营造出有埋伏的效果，再放出几个信号弹制造声势，将带有明火之物瞄准谷中粮草库，叫谷中北军以为是有敌夜袭，拖延一二。

可杨瑾那傻狍子哪里是"故弄玄虚"的料？他完全不会随机应变，一看药弹失效，跟事先说好的不一样，便顿觉黔驴技穷，干脆自暴自弃地当起了打手。

不待李晟阻止，杨瑾便直接从他藏身之处跳了出来，将大刀一沉，"嗷嗷"叫着闯入北军之中，冲杀起来。结果这边铁栅栏一遇袭，周遭临近的北军队伍顿时训练有素地集结围拢过来，同时，哨兵奔赴中军帐。

谷天璇近年来留起了小胡子，手中扣着折扇，显得越发老奸巨猾。

陆摇光慌里慌张地冲出去迎敌，他没阻止，听见外面陆摇光和周翡打得昏天黑地，他也愣是坐镇帐中，不为所动。此时听了哨兵来报铁栅栏遇袭，谷天璇突然目光如电地抬起眼，问道："他们来了多少人？"

哨兵一愣，随后讷讷道："人……人不多，仿佛只有两三个，但都是高手，咱们兄弟一时半会儿拦不住他们。"

"哈，"谷天璇冷笑一声，"有意思，原来是跑到别人家门口来唱空城计的。"

准备不充分，还唱砸了。

谷天璇蓦地站起来，将身上大氅往下一褪，露出里面一身精悍的短打，吩咐道："调弓箭手围住他们，既然有'大侠'执意要救那帮碍事的叫花子，干脆叫他们同生共死吧。"

他说着，大步走出中军帐，一掀帘子，人影一闪便到了周翡近前，抬手拍出一掌，同时手中折扇"唰"一下打开，那扇骨竟是精铁打造，寒光凛凛地直指周翡眉心。周翡对谷天璇早有防备，破雪"斩"字诀在自己身前画了个巨大的圆弧，将这一掌一扇一同隔开，倏地落在三步之外。

陆摇光不悦道："你这是干什么？区区一个乳臭未干的小丫头，我……"

"破军啊，你可真是数十年如一日地不长进。"谷天璇低声叹了口气，随后脸色陡然一沉，"此乃军营重地，哪儿容宵小捣乱，还不速战速决拿下她！"

中军帐中众守卫一听，顿时齐齐大喝一声，数十杆长枪快速结阵，冲周翡当头压下来。

同时，谷天璇将手中铁扇一摆，毫不留手地冲周翡刺去。

陆摇光只觉一阵眼花缭乱，却见方才他觉得"名不副实"的周翡手中破雪刀陡然变脸，"风"字诀一起，三招之内便将数十亲兵的长枪阵挑得七零八落，同时，她竟还能在间隙中接下谷天璇的铁扇。

碎遮映着周遭火光，烈烈灼眼，陆摇光自然看得出谷天璇并未留手，而他那把纵横江湖数十年的铁扇竟隐隐有被长刀压制之势。陆摇光心里大震，这才知道，原来方才周翡只是为了拖住他，故意放水！

陆摇光虽然身居北斗之末，却也凶名远播，何曾受过这等奇耻大辱，当即大怒，横刀而上，与谷天璇联手将周翡困在中间。

周翡虽然面不改色，心里却是一阵焦躁——李晟和杨瑾那两个不靠谱的货也不知道在搞些什么，原来说好在浓烟滚滚中放出流民，叫北军在措手不及之下弄不清多少人闯入山谷，好配合她这边装神弄鬼。

谁知那俩货这么半天一点动静都没有，让她唱独角戏！

而谷天璇与陆摇光显然没有半点高手风度，非但以二打一，还叫来一大帮卫兵随时结阵，逼得她到处游走。从周翡亮出名号，走进山谷那一刻开始，所有的环节全跟他们的计划背道而驰。

这先人的在天之灵已经不是不肯保佑她了，简直是在诅咒她！

铁弓上弦声从四处传来，在山谷中隐约带了回声。

周翡心道：要完。

李晟近年来与周以棠接触最多，时常给他姑父跑腿，甚至亲自跟着南军上过战场。他根本不必听弓弦声响，就已经知道他们陷入最糟的境地里了。杨瑾这么猝不及防地冲出来，意味着他们仨都在明处，连个可以当后援的也没有。

如此境地，别说是他李晟，就算换了历朝历代哪个兵法大家来，手中无人可用，也得玩完。

李晟实在没有别的办法，只好一往无前。他一剑捅穿了两个挡在他面前的北军，完事之后也懒得往外拔剑，直接将双剑之一连同尸体一起推出去当了盾牌，横冲直撞到铁栅栏门前，顺手一丢。随后，他用仅剩的另一把剑捅入门锁，一别一弯，便将北军仓促之间锁上的铁栅栏撬开了。

他回手宰了一个追上来的北军卫兵，冲铁栅栏里的人吼道："快出来！"

铁栅栏中一水儿的流民惊恐畏惧地看着他。李晟一阵气结，他一把拎起铁栅栏门口那险些被斩首的流民，将那人身上的绳子砍断，随即猛地将他向前一推："跑！"

那流民本以为大限将至，谁知峰回路转，竟又捡回了一条小命，踉跄着站稳后，立刻下意识地撒腿狂奔起来。有了这么一个领头的，那些被关押的流民终于反应过来，争先恐后地一拥而上，从铁栅栏中往外挤，后面的人不住地推搡催促前面的人，竟连试图拦截的北军卫兵都撞开了，恐慌好似找到了闸口的洪水，总算汇成了一股力量。

还不等李晟松口气，杨瑾便突然喝道："小心！"

李晟只听耳边一阵厉风擦过，他来不及细想已经错步闪开，偏头一看，只见一根铁箭被断雁刀从半空中削了下来，正好落在他方才站立的地方。随即，弓弦的"嗡嗡"声好似刚被捅了窝的马蜂，四下响起，叫人头皮发麻，致命的流矢从各处射来，雨点一般倾盆落下。跑在最前面的流民在众目睽睽之下被一支铁箭贯穿了脑袋，直接被钉在了一块大石头上，红红白白的染了一片。

跟着他乱跑的流民吓破了胆子，全乱套了。

李晟被漫天箭雨逼到了一棵古树后面，从敌军的尸体上随便捡了一把砍刀，一边勉力抵挡周遭流矢，一边大声吼道："分开跑！找地方躲，不要聚在一起，不要回头！别回那山洞！不能往山洞跑！"

乱哄哄的流民往哪儿窜的都有，一部分人四处乱钻，很快被钉在地上；有一拨比较聪明的学着李晟的样子，在谷中分散躲避，钻到各种能藏身的巨石与大树后面；还有一小撮人在慌乱之下，也不知听没听见李晟的喊声，居然又掉头往铁栅栏后面的山洞中跑去。

李晟嘶声叫道："出来！快出来！他们会用火！"

他觉得自己就像个蹩脚的羊倌，嗓子都喊哑了，那些人就是不听他的。

李晟突然沉默下来，听着山谷中风声、箭声、吼叫声与惨呼声，不知怎么想起霓裳夫人那句"振臂一呼天下应"。当时他觉得惶恐之余，还有点小得意，现在想来，却简直要苦笑出声。别说"天下应"，他连这百十来人也拢不到一起来。

想来是霓裳夫人素来不拘小节，闹不好只是见他青春年少，过来随便撩个闲逗他玩的。

李晟想，自己只不过是个肤浅又善妒的年轻后生，这辈子大概只配管一些琐事，将来变成另一个秀山堂大总管马吉利，便算是到了头。毕竟，少年时大当家就说过，他连练武的资质都不怎么样。

"火！火！"

李晟猛地回过神来，低喝一声，狼狈地用砍刀撞开一支横空射来的箭。北军这一批箭的箭尖上果然淬了火油，从空中划过时火苗喷溅，好似一颗颗天外流星。

李晟的侧脸被火光烤得发烫，他藏身处的古木树根已经被火燎着。火星与树木自身的水汽相撞，很快两败俱伤——树干焦黑了一片，火光也暗淡熄灭。然而很快，更多点了火油的箭矢也接二连三地破空而来。

他们来的时机太不巧了，北军已经集结完毕十之八九，看着样子，北军应该本来便已经准备好杀光此地流民，一把火毁去山谷，奔袭前线……那点火油一点没浪费，全都给他们用上了。

跟着李晟四下躲藏的人虽然狼狈，却一时半会儿间还算能勉力支撑，方才执意要躲进山洞的那些人境遇就不那么美妙了——本想着进了山洞便能躲避漫天乱飞的弓箭，谁知飞来的小火球落在山洞口，很快点着了流民们自己垫的干草和席子。

这夜的风刚好是往山洞里吹，顷刻便将火苗卷入洞中，那山洞既然被北军当成天然的牢房，里面自然是一条死胡同。而方才躲入洞中的流民为了保命，全都缩在最里头，根本来不及反应，浓烟便铺天盖地地滚滚升起,火苗爆发似的转眼便成势,结结实实地堵住了洞口。

此时再要跑,已经来不及了。

不知是不是李晟的错觉,他总觉得自己闻到了一股烧焦的肉味,胸口登时一阵说不出地恶心,李晟拼命忍着想要干呕的冲动,眼泪都快出来了。

忽然,李晟眼前人影一闪,杨瑾踉踉跄跄地落在他面前。

南边的人不大习惯像中原男子一样束发,往日里披头散发还能算是个"黑里俏",这时候披头散发可就作死成"黑里焦"了。杨瑾的头发被四处乱飞的火箭烧短了一截,焦香扑鼻地打着妖娆的弯,那形象便不用提了。所幸他脸黑,叫烟熏一熏也看不出什么端倪。

"管不了了!"杨瑾冲他大吼道,"除非会喷水,我反正不行,你会喷吗?"

李晟:"……"

李少爷被他喷了一脸,心里那点优柔寡断被杨瑾简单粗暴地一把扯碎,他立刻回过神来,沉下心绪,狠狠地抹了一把自己脸上的灰。

李晟侧头放眼一望,将整个山谷中的场景尽收眼底,一眼便瞧出问题——所有弓箭手和火油都冲着铁栅栏这一侧使劲,山谷正中处的北军反而有些混乱。

对了,还有周翡!

"叫剩下的人跟我走,"李晟沉声道,"没到走投无路的时候。"

周翡被谷天璇与陆摇光两个人堵在中军帐前,刚开始还有心情忧心一下自己小命要玩完,到后来已经基本无暇他顾了。

她先前向杨瑾承认,自己一个人斗不过巨门与破军联手。可是事到如今,却没有尺寸之地容她退缩,再斗不过也得硬着头皮上。周翡认命认得也快,既然觉得自己今天恐怕是死到临头,便干脆收敛心神,全神贯注在手中碎遮上。

就算今日这把走无常道的破雪刀会成绝响，也得是一场酣畅淋漓的绝响。

谷天璇的铁扇居高临下地冲着她前额砸下，同时，陆摇光自她身后一刀极刁钻地捅来，罩住她身上多处大穴。眼看周翡避无可避，她整个人竟在极逼仄之处倏地旋身，碎遮与刀鞘自她身前交叉，一上一下，竟同时别住了谷天璇的铁扇与陆摇光的刀。

浸润在她经脉中数年的枯荣真气在这片刻的僵持中苏醒，运转到了极致，将她周身的经脉撑得隐隐作痛，而后周翡倏地一松手，那华丽的刀鞘不堪重负，当空折断，其中劲力竟丝毫不泄，咆哮着分崩两边，谷天璇与陆摇光不得不分别退避。

碎遮"嗡"的一声，被铁扇压得微微弯折的刀尖倔强地弹了回来。

周翡双手握住微微温热的刀柄，沉肩垂肘而立。那一瞬间，她心里冒出一个清晰的念头，想道：我未必会输。

武学中的慢慢求索之道，四下俱是一片漆黑，那些偶尔乍现的念头好像忽然明灭的烟火，瞬间划过便能照亮前路……叫她顿悟一般地看清竟已落后半步的对手。

"北斗"是中原武林二十年破除不了的噩梦，当中有贪狼、文曲与武曲那样的绝顶高手，也有禄存、廉贞那种擅长旁门左道与暗箭伤人的无耻小人，更有奸猾者如巨门，权贵者如破军。他们身为北朝鹰犬，权与力双柄在握，自几大高手相继陨落之后，更是横行世间，再无顾忌，令人闻声胆寒。

可是再长的噩梦，也总有被晨曦撕碎的时候。

周翡那一双手，从背面看，还是细嫩水灵的女孩的手，掌心却在生茧与反复磨破之后落成了坚硬的线条。

　　这双手拿过几文钱买的破刀，拿过路边死人身上捡来的烂剑，拿过当世大师仿着南刀李徵佩刀所铸的"望春山"，也拿过吕国师留存人世间最后一把悲愤所寄的碎遮……一线的刀刃曾与这江湖中无数大大小小的"传说"相撞，也曾从最艰险之地劈出过一条血路——

　　周翡的虎口处崩开了一条小口，她满不在乎地将手上的血迹抹在刀柄上，生平第一次有这样一种笃定的感觉，手握长刀，便不怕赢不了的对手。当年大笑着说出"我就是麻烦"的段九娘，一身骄狂原来并没有随着那人身死而消失，而是顺着暴虐的枯荣真气流传下来，深深地埋在她的经脉与骨血中。

　　李瑾容曾经同她说过，"鬼神在六合之外，人世间行走的都是凡人"。周翡一直记得这句话，并且常常以此自勉，而直到这一刻，当她双手握住碎遮时，方才心领神会。

　　谷天璇目光阴沉地掠过刚伤了他一侧耳垂的半截刀鞘，开口说道："冲着你爹是周存，你要是现在束手就擒，我们会留你一条命。"

　　周翡一缕长发从脸侧掉下来，垂落腮边，她嫌碍事，用长刀轻轻一卷，便将它削了下去，然后她好像十分忍俊不禁似的，淡淡地垂目一笑。

　　三大高手过招，战圈中可谓瞬息万变，根本不是外人能随意插手的。

　　纵然中军帐前围着数万大军，也只能投鼠忌器，团团围在一边，丝毫不知该怎么插手。

　　斗了这么久依然没个结果，此时除非陆摇光和谷天璇两人中有一个人肯豁出去挨上一刀，缠住周翡，让另一个人趁隙退出战圈，再想方设法以暗器从远处偷袭掩护，方才能打破这种僵局。

　　可谷天璇与陆摇光虽然共事多年，表面兄友弟恭，私下里看对方却都不太顺眼——谷天璇嫌陆摇光心性浮躁毫无长进，陆摇光觉得谷天璇虚伪做作，本领未必有多大，钻营倒很有一手。

此时他们俩断然不肯为对方豁出命去。

谷天璇这时候已经后悔和周翡动手了，他料到了周翡的武功必然比她刚开始表现出来的高，却没料到她已经到了这一步——这倒是很正常，因为动手之前，连周翡本人也不知道，她居然真能牵制住两大北斗，而且缠斗良久，丝毫不露败象。

再这样斗下去，谷天璇知道，纵然是以二打一，心生畏惧的也肯定不是周翡。因为拳怕少壮，刀剑怕……人也怕。

黄尘遍染，不能是只老英雄，光阴的劫难，"噩梦"也终于难逃。

几十年里，谷天璇的修为纵然一再精进，可当年四大北斗围攻南刀李徵时那种年轻人的贪婪与凶狠再难重现，以至于如今面对着这张后辈的面孔，他心里竟然隐隐升起恐惧。

李晟在浓烟中纵身跃起，高高蹿到树梢，朗声道："你们想不想活命！"

一支火箭"笃"一下钉在了他脚下踩着的树枝上，树枝"噼啪"作响，他却看都不看一眼，喊声里带了内劲，震得附近的石块轻轻颤动："你们是不是爹生娘养，还是不是人？！既然是人，为何要让他们当成畜生糟践残杀？"

那树杈齐根断裂，李晟足尖一点，翩然落地，捡来的砍刀与从大树缝隙中落下来的流矢相撞，撞了个"玉石俱焚"，他便毫不吝惜地把断刀丢在一边，俯身捡起一把北军身上掉下来的重剑。

一个流民模样的少年突然从他藏身的大石后面冲出来，从尸体上抓起兵器，又将滚落在侧的头盔往脑袋上一顶，露出一双通红的眼睛，大叫一声跟上李晟。无数火油浸泡过的铁箭终于战胜了草木，他们躲藏的地方黑烟再也压不住烈火，幸存的流民避无可避，唯有拼死挣扎着往外逃。

　　杨瑾削去自己烧焦的发尾，一马当先地开路，往山谷正中混乱的中军帐附近闯去。厚重的断雁刀崩掉了好几个齿，刀背上的几个环不知脱落到了什么地方，再也发不出骚包的雁鸣声。

　　淬了火的箭雨一路紧随他们，所经之处树丛、小草纷纷倒伏，烧出了光秃秃的地面，杨瑾他们竟将火势引到了中军帐附近，射过了头的弓箭手很快被喝止。

　　周翡与两个北斗打得刀光剑影，叫人分不出谁是谁。巨门与破军的亲兵团不敢上前，往来请示的哨兵与各自为政的将军们也都不敢擅自做主，只好分别令士兵亲身上阵，在谷中肉搏阻截乱窜的流民。

　　流民短暂的悍勇很快被蜂拥而至的大军敲碎。李晟不知砍了多少人，双臂已经没有了知觉，腰间被火箭擦过的伤口火烧火燎地疼，喉间泛起腥甜。就在这时，原本进退有序的北军突然自乱了阵脚。

　　李晟用力按了按自己"嗡嗡"作响的耳朵，听见有人嘶声惨叫："蛇！哪儿来的蛇！"

第四章·

应"姑娘"

堂堂毒郎中,莫名其妙地跟一帮流民混在一起,这也就算了,他混的还是女人那堆,而且怕暴露身份,居然一直装哑巴,没敢跟人家开口说过话!这事真有点不能细想。

什么玩意儿来参战了?

李晟刚开始还以为是自己耳鸣听错了,正在错愕间,便见那杨掌门一反方才大刀开路的威风,屁滚尿流地撤退回来,吓得面如土色,连肩上的箭伤往外冒血都顾不上了,失色道:"那边为什么来了那么多蛇?!"

李晟:"……"

人都不怕,居然怕蛇,杨大刀实乃奇人哉。

杨瑾一本正经地建议道:"保险起见,我看咱们换条路撤退吧?"

李晟将他往身后一推:"敌军太多,流民都陷进他们阵中了,能不能撤退还两说呢。你来得正好,快去帮忙。"

　　只要不让杨瑾直面可怕的毒蛇，叫他单枪匹马地去刺杀北帝都行。杨掌门二话不说，转身便向李晟身后冲去，悍然从密密麻麻的北军侧翼直接闯入，断雁刀上下翻飞，杀了个几进几出。陷入敌阵中正绝望的流民见他如见救星，连忙自发聚拢在他周围。

　　混乱是从山谷西北角开始的，数万大军群龙无首，突然听见这动静，不由得有些恐慌。

　　江陵一带夏日里潮湿闷热，野外确实有不少蛇蝎之类的冷血爬虫。可是大凡动物都怕人，很少成群结队地往大批人马聚集处靠近。更何况此地数万兵马煞气冲天，方才又放了一场火箭，几乎烧了小半个山谷，此时浓烟四下弥漫，而火势还在蔓延……怎么还会有蛇往里闯？

　　李晟觉得奇怪，抓起一个被他一剑刺穿的北军当盾牌，一边左躲右闪，一边诧异道："西北到底有什么？"

　　他本是自己随口念叨，不料旁边却有人带着哭腔回道："是我姐姐，她们被关在那边。"

　　李晟将北军尸体一推，砸开几个从背后偷袭的，偏头一看，见是那个最早捡了北军头盔和兵刃跟着他冲出来的少年。那少年运气不错，也颇为机灵，一路紧紧地跟着李晟，此时除了脸上蹭了不少灰，几乎是毫发无伤。

　　李晟奇道："你说什么？"

　　那流民少年面黄肌瘦，手长脚长，身体却仍是细细的一条，好像蹿个子蹿一半没力气了，半途而废地歇在那儿，还是个孩子样。

　　李晟这么一问，他便当场哭了起来："我姐姐……还有其他人，都被他们抓去了，就关在西北的大帐里。我想跟他们拼了，可是他们按着我，让我不要没事找事。他们说，路上几个馍馍便能买走一个大活人，能值几个钱？女人们跟他们走也是好事，起码有口吃的能活命。他们叫我不要拖累她，还说我那是害她……"

李晟在乱军丛中替他挡开几支冷箭，一时竟无言以对。

在村落与城郭间安居乐业者，叫作"黔首"，叫作人。人一旦流离失所，就成了野狗草芥，死上成千上万也不值一提。难怪当年他们与王老夫人下山行至岳阳附近，那些村民宁可守着穷山恶水也不肯迁移。

不过……既然西北边关的只是一群可怜的女人，那这些北军慌什么？总不能是女人就地变成了蛇吧？

此时山谷中瞬息万变，李晟他们两人带着的百十来个流民与混乱的西北方向几乎连成一线。眼看谷中要失控，北军低沉的号角声四下响起，七八个披甲的北军将领赶来，越众而出。有一人看不出品级，却挺敢说话，冲谷天璇和陆摇光大喝道："二位大人，此时当以大局为重，何必与这等江湖草莽纠缠不休！"

他不吭声还好，一说话，谷天璇热汗都冒出来了——这些将军虽然日常也习武，但与真正的武林高手可不是一码事，根本看不出三人一进一退之间险象环生，还以为谷天璇他们俩是执意逞强斗勇，才与人打斗不休，指不定心里还在奇怪，破军也就算了，巨门大人平日里挺有城府的，今天唱的是哪一出？

谷天璇虚晃一招，想将破雪刀引到陆摇光那边。

周翡和陆摇光却都不上当，只见那陆摇光斜劈一刀，看似斩向周翡，凝成实质的刀风却隐隐指向谷天璇。周翡则根本不接招，兀自走起蜉蝣阵法，一把长刀以破雪为魂，当中又带出几分"断水缠丝"的险峻奇诡，叫人只觉那刀光若即若离，却又无处不在，只要踏错一步，便有割喉之危。

三个人各怀鬼胎，谁都挣脱不开谁。

而就在这时，李晟总算看见了骚乱的来源，那边跑来的居然真是一群衣衫褴褛的女人！

女人们个个面有菜色，发丝凌乱，是典型的流民打扮，脖颈与手腕间却是一片花花绿绿，走近一看，才知道她们身上根本不是什么项链手镯，而是缠满了大大小小的毒蛇！

那些毒蛇好像生了灵智，并不畏惧人群与烟火，反而攻击性十足，但凡有人靠近，便抬起三角脑袋，张开大嘴作势去咬。除了女人身上，地面上也有不少大小毒蛇窸窸窣窣地游过，无孔不入，到处乱钻，像给那些女人保驾护航一般。

两路逃命的人马很快会合，李晟听见身边那少年突然大叫一声"姐姐"，拔腿便往那边跑去。他慌里慌张间险些踩到一条蛇，那长虫凶狠地抬起上半身，仰头便咬，李晟眼明手快地一把揪住他后颈，将他拖了回来。

一个身披花蟒的年轻女孩看见了那少年，连忙喊道："小虎，不要靠近，也别踩蛇！远着点跟着蛇姑娘和我们走！"

李晟："……蛇姑娘？"

不远处传来一段尖锐的笛声，更多的蛇好似从地下冒出来的，汇成了一道叫人头皮发麻的"蛇流"，顺者昌逆者亡地呼啸而来。李晟定睛望去，只见那吹笛人个头高挑，头上梳了个不伦不类的发髻，也不知是要打扮成妇人还是女孩，露出一张苍白清秀的侧脸……怎么看怎么眼熟！

好像是当年在永州见过的那位毒郎中应何从！

"应……"李晟愣怔间险些被几个北军的长枪挑个正着，狼狈不堪地踉跄闪开，"应兄"二字愣是没说出口，他震惊道，"应……那个什么，你……你是女的？"

这可是真人不露相！李晟感觉自己从未见过女扮男装扮得这么像的大姑娘！

应何从一脸一言难尽，阴恻恻地说道："你是不是找死？"

他一出声，李晟就放心了，这嗓音虽说不上浑厚，却也十分低沉，一听就不是女人。小虎的姐姐却好似大吃一惊："呀！蛇姑娘，原来你会说话？"

"闭嘴！"应何从脑门上冒出一排青筋，"快走！"

堂堂毒郎中，莫名其妙地跟一帮流民混在一起，这也就算了，他混的还是女人那堆，而且怕暴露身份，居然一直装哑巴，没敢跟人家开口说过话！

这事真有点不能细想。

好在此时形势危急，李晟也没那个闲工夫，他大声道："小心弓箭手和骑兵，冲击他们中军帐！"

那满地的毒蛇实在太可怖，两拨流民会聚成一股，彼此间却也不敢靠太近，只见应何从将手探进怀中，不知摸出了什么，往李晟身上弹了几下，那些游走的毒蛇便自动避开了他，很快将李晟纳入己方。

女人们见了，纷纷有样学样，在自己相熟的人身上弹上避蛇的药粉。这么一来，除了杨瑾，众人一路被围追堵截的压力顿时都小了不少。

应何从道："我的蛇虽然暂时能开路，但他们只需两侧骑兵让开，高处弓箭手火攻，我就没办法了，还是得尽快想对策……不过奇怪得很，他们现在怎么不放箭了？莫非是火油用完了？"

李晟道："他们投鼠忌器。"

靠近中军帐，那两位碍事的"主帅"不肯挪地方，弄得亲兵团与一众将军围着他们团团转，弓箭手岂敢往谷中射火箭。

应何从愣了愣，正待问个明白，便听李晟运气丹田，喊道："周——翡！"

周翡耳根微动，虽没回头，却能通过声音大致辨出李晟等人的位置，她倏地一沉手腕，枯荣真气与碎遮分外合拍，那长刀好似十分愉悦地发出一声轻响，破雪刀陡然凌厉起来。

而后周翡好似抽了风，居然就这么丢开陆摇光，拼着后背硬挨上破军一刀，直指谷天璇。

到了他们这种境界，哪个高手会将自己的后背亮给敌人？因此陆摇光第一反应就是有诈。而那谷天璇方才几次三番想要祸水东引，陆摇光心里的怒气已经积累到了一定程度，此时见他倒霉，陆摇光心里还划过一丝窃喜。

这一点犹豫和窃喜，叫他出手时不由自主地凝滞了一瞬。就在这一瞬，一眼未曾眨完的间隙，谷天璇居然在猝不及防间硬接了周翡十四刀。

两人的速度已非人眼能看清，简直是全凭直觉。谷天璇手中的铁扇竟不堪重负，当场支离破碎，四分五裂的扇骨将谷天璇的手割得鲜血淋漓，他大叫一声——直到这时，陆摇光姗姗来迟的长刀才堪堪抵达周翡肩头。

周翡好像忘了自己已经将"彩霞"脱给了吴楚楚，被北斗破军从背后一刀砍过来也依然有条不紊，刀尖堪堪划破她肩胛上一层油皮的千钧一发间，她踩在蜉蝣阵上的脚步方才滑开，魅影一般上前，头也不回，长刀自下而上挑向谷天璇下巴。

谷天璇此时已是赤手空拳，还有一掌重伤，只好咬牙大喝一声，用没受伤的手掌拍向碎遮刀背。周翡顺势就着他的掌风往旁边荡开，刚好避开了陆摇光从身后追至的一刀，她竟以谷天璇为掩，绕着他转了半圈。

谷天璇方才情急之下一掌拍出，使的是十分力，根本来不及撤，此时掌风未散，他咽喉要命处已经被笼在了破雪刀下。

谷天璇僵住了，陆摇光也傻了。连好不容易混入中军帐附近，还在思索下一步该如何脱身的李晟也愣住了——

堂堂巨门星，纵横江湖这许多年，有朝一日，竟尝到了脖子上被人架刀的感觉。

周翡方才打斗中全神贯注，浑然不觉，这会儿忽然停下，她才发现方才实在已经到了极限，她的五官六感与四肢经脉全都被使用过度似的，一身大汗倏地便发了出来，整个人瞬间脱水，嘴唇竟裂开了几道小口。

然而无论她是什么形象，都无法改变碎遮架在了谷天璇脖子上这一事实。

周翡的胸口还在剧烈起伏，气海处裂开似的疼，她咬牙强行撑住了，生生挤出一个冷笑，说道："谷大人既然执意要送我们一程，那我们便却之不恭了。"

这话音未落，周翡已经出手如电，隔空封住谷天璇身上好几处大穴，刀刃稳稳当当地压在了他的颈侧，远远地看了李晟一眼，喝道："走。"

北军数万精锐齐聚谷中，主帅之一竟被擒在中军帐前，说出去，此地兵将简直得集体自杀！

周翡一字一顿道："让路。"

里三层外三层的北军别无办法，只好让出一条路，周翡推着一身僵硬的谷天璇，方才迈出一步，便觉自己好像脚踩刀山一样，针扎似的疼痛从脚下一直传到腰间。她不动声色地深吸口气，甚至有暇冲陆摇光冷笑一声，在神色阴晴不定的破军眼皮底下大摇大摆地走了出去。

两拨流民敬畏地望着周翡，连人带蛇，跟着她从北军让出来的通道中鱼贯而出。

周翡身上实在太难受了，使用过度的枯荣真气隐约有反噬的迹象，偏偏还不能在谷天璇面前表现出来，她只好尽量转移自己的注意力，一眼便瞥见了那打扮诡异的应何从，当即一愣："你怎么是女的？"

应何从："……"

她跟刚才那小子肯定是亲兄妹。

周翡看了看旁边披着毒蛇的女人们，又看了看应何从，好像有点明白了，便道："所以你是一直跟她们在一起？你怎么会跑到这里来的？"

"说来话长，"应何从面无表情地道，"我本来是为别的事来的，机缘巧合被困在这里了，要不是你们今天这场大闹，就算我再多带点蛇，也不见得能带她们出去。"

"嗯，"周翡不客气地接道，"我知道，你功夫不行。不过话说回来，应……公子，还是姑娘？唉，随便吧，你怎么每次都这么能捡漏？"

应何从眼角猛跳，一条红彤彤的小蛇从他领口露出头来，狠狠地冲周翡龇了一下牙。

李晟："行了，阿翡，你别欺负……"

他话音突然顿住，目光跳过周翡，落在她身后巨大的山谷中，被北军烧过的地方草木成灰，火势便慢慢往其他地方走了，露出光秃秃的山岩和地面，远看好像……组成了某种图形！

李晟不知道自己是不是太过疲惫，以至于出现了幻觉，不禁用力揉了揉眼睛——来时路上，每个拐角处的指路石上都有一个简单的路标，只需认得"出入"俩字就能看懂。但除此之外，旁边还有一个复杂的八卦图，李晟当时只是粗略扫了一遍，并没有细想，因其与冲云子学过齐门阵法、对五行八卦、奇门遁甲之道颇有兴趣，还特意拓下来随身带着，预备日后仔细研读。

此时他却忽然怎么看怎么觉得，那烧出来的空地正好与路标上的太极图一角对上了！

李晟猛地往四下望去，如果按照这个尺寸推断，那这整个山谷仿佛就是一张完整的太极图。如果真是那样，那这山谷是何人所建？建来做什么？

这些鸠占鹊巢的流民与北军知道其中的秘密吗？

他忽然有种浑身战栗的感觉。

李晟立刻将手探入怀中，去摸那些拓印的图纸。

就在这时，一声惊叫在耳侧炸开，李晟倏地回过神来，尚未及反应，肩头便被人重重一推，一支铁箭破空而来，正好钉在他方才站立的地方。

推开他的应何从喝道："小心！"

李晟吃了一惊，只见谷中北军竟在这短短数息间重新集结列队完毕，弓箭手整肃地站成两排，不管谷天璇死活，直接放箭了！

陆摇光手一挥，大批北军迅速封堵了山谷出入口，高处的弓箭手更是重新架起了火油的大桶，"刺啦"一下，第一根蘸了火油的箭在半空中着了起来，燎着了行将破晓的天。别说应何从手里那堆小蛇，就算他手里有条龙王，也未必能在火海里扑腾起来。

周翡当时之所以刻意挑了比较不好控制的谷天璇下手，就是防着这一手。

她知道，倘若她挟持的人是陆摇光，走不出三步，谷天璇这老奸巨猾惯了的东西准能当机立断，让他们俩一起血溅当场……谁知陆摇光傻归傻，反应也确实慢了些，骨子里的狠毒却一点也不少，傻毒傻毒的。

谷天璇没料到陆摇光与自己称兄道弟这么多年，关键时刻竟然直接翻脸，要连自己一起烧死，当时目眦欲裂，恨得要咬碎牙根。偏偏他穴道被制，叫也叫不出声来，只憋得死去活来，一脸青紫。

铁箭接二连三地呼啸着落下，流民们抱头鼠窜。

周翡自动断后，眼看一支利箭逼至眼前，她本想拽着谷天璇躲开，谁知恰好胸口一痛，又呛了一口烟，手脱力从谷天璇身上滑落，自己趔趄半步没能拉住他。

耳畔"噗"一声闷响，周翡瞬间睁大了眼睛，谷天璇竟被一支铁箭射穿了小腹。

他僵硬地站着，脖颈间的青筋暴起，好像要炸开皮肉涌出来怒吼，喉咙里"咯"的一声响，喷出了一口黑紫色的血……也不知是伤是气，他好像走火入魔了！

周翡这会儿哪儿还顾得上他，狼狈地就地滚了两圈，顺手将一个吓傻了的中年女人揪起来往后推去："别愣着，快跑！"

周翡本身就不属于内力深厚、一掌能推倒山的路数，更别提此时她已经力竭。一掌打出去掀飞一堆铁箭什么的，她连想都不用想，只好疲于奔命地拿碎遮挨个儿去挡，尽可能地给周围的流民断后。她无意中回头看了一眼方才落脚的地方，见漫天的火油已经将地上的青草点着了，火光四下蔓延，大口地吞噬着立在中间的人。

谷天璇直挺挺地站在火海之中，胸腹、四肢上插满了自己人的箭，畸形的影子被火光打在山岩石壁上。

本也该是一代英才。

山谷腹地中无处藏身，众人只好本能地往两侧的树林里跑。

可是一帮腿肚子转筋的流民哪儿跑得过训练有素的精兵？转眼，便有北军沿着山谷外围包抄过来，守株待兔地等着他们自投罗网。李晟心里一慌，挥开铁箭的动作用力过猛，将捡来的重剑也撞断了，他倒退两步，方才被自己拉出了一半的图纸倏地从怀中掉了出来，纸蝴蝶似的在凌厉的夜风中瑟瑟乱飞。

一支火箭倏地从他身边划过，照得四下亮如白昼，李晟的瞳孔剧烈收缩，纸上的太极图一瞬间洞穿了他的视线。利箭带着火苗，一下将那太极图钉在了地上，大片的宣纸瞬间着了，杨瑾一把拽着他的后颈往后拖去："你发什么呆？"

李晟死死地盯着那堆转眼化成灰烬的纸，突然，多年前在岳阳附近的小村里，冲云子当成游戏一般讲给他听的那些阵法，与整个山谷的太极图产生了某种说不出的联系，还有那迷宫一样的入口、烧焦的地面上露出的痕迹……

"我知道了！"李晟蓦地挣脱开杨瑾的手，"我知道了！"

杨瑾莫名其妙："啊？"

李晟撒腿便跑："快跟我来！"

众人都不知道他要干什么，可是此地处处是绝境，谁都没有主意，难得他笃定非常，便只好不分青红皂白地跟着跑了起来。

他们一路敢死队似的向着山谷边缘的北军正面冲了过去。

杨瑾大包大揽地说道："要干什么？强行突围吗？闪开，我来！"

应何从不知什么时候凑上来，皱眉道："他们人太多了，层层包围，还能守望相助，恐怕不成。"

杨瑾乍一听见应何从的声音，整个人便是一僵，他见鬼似的偷偷瞟了那养蛇的一眼，悄无声息地往旁边挪了两尺有余，然后掉头就跑，边跑边喊道："周翡，周翡！快点，你来开路，换我断后！"

应何从莫名其妙，完全不知自己哪里得罪过此人。

周翡和杨瑾飞快地交换了一下位置，她像一把尖刀，直接捅进了敌阵中。此时，天色已经蒙蒙亮起来，她一身淡色的衣衫早被血染得红黑一片，也不知是自己的血还是别人的血。

李晟口中正念念有词地算着什么，一眼瞥见周翡这形象，被她吓了一跳："你没事吧？"

周翡一进又一退，刀尖上挂了好几个拦路的北军，冷冷地回道："死不了。"

"死不了就帮我一把，"李晟不客气地吩咐道，"听我说，'冬至一阳初生，从坤之左，起于北'……"

周翡下意识地道："啊？不是西南吗？"

李晟道："不，那是'后天八卦'的方位，我看此地怕是以'先天'为体……"

周翡也就是早年钻研蜉蝣阵法的时候，浅尝辄止地了解过一点，全然是死记硬背，听他说什么"先天后天"，头都大了两圈，太阳穴一跳一跳地疼，立刻打断李晟道："你就说让我干什么吧。"

李晟深吸一口气，指着密林中一处说道："你从这里上去，必能见一棵树木异于其他，或是过粗，或是过细，找到它以后，想办法拔出来！"

周翡顺着他的手指望去，没看见什么异常的树，倒是先看见了密密麻麻越聚越多的北军。

她轻轻一提肩膀，深吸了口气，又重重地吐出来，听来好似一声长叹，随后对李晟道："哥，真玩完了，往后你每年都得跪着给我烧纸。"

周翡一句话撂下，不管李晟在这个节骨眼上让她拔一棵树的要求有多荒谬，也不问他的目的是什么，全盘照办。她再次强提一口气，感觉自己的极限好像一根弹力十足的弦，每次觉得自己紧绷到了极点，却还能再拉一下。她飞身而起，披着一身寒霜与干涸的血迹，从无数迎面冲下来的北军头顶掠过。

林间弓弩已经装上，明枪暗箭里三层外三层地将她裹在中间，周翡轻叱一声，碎遮几乎织就了一道银色的篱笆，弩箭与刀枪撞在刀背上的声音震得人耳生疼。周翡不顾自己手腕麻得快要没有知觉，不过几息间，已经闯入了密林深处。她视线开始有些模糊，便用力眨了一下眼，肩头上中了一箭，不便直接拔出来，便挥刀将箭尾暂时砍去，同时目光往四下一扫，居然真的看见了一棵特殊的树——这山谷显然历史悠久，所生树木很多都是合抱粗的古木，只有那一棵小树，纵向极高，与周围古木并肩站立毫不突兀，树干却才不过小孩子手腕粗，夹在一片郁郁葱葱的树丛间，像是与旁边哪棵大树共生的枝条，并不显眼，倘若李晟不提示那一句，她恐怕也会熟视无睹地略过去。

周翡矮身躲开一支暗箭，飞身落到那"树苗"旁边，一伸手抓住树干，本想先砍断再说，谁知才用了一点力气，那树干却在她掌中原地转动了半圈。

周翡一愣。

这时，一群北军四下赶上来围攻她，周翡一手抓着那小树干，以其为轴，碎遮在原地画了一个巨大的圆，一刀破开七人攻势。而那树干被她强行带着在原地转了一整圈，只听"咔"一声轻响，似乎是什么机簧弹开了，周翡差点没站稳，愣愣地看着被她连根从地面薅起来的树干，一头雾水，心道：不施内力就能单手倒拔小树……我这神力什么时候练就的？

下一刻，她发现这树下的根非常畸形，裹着地下埋的一块怪模怪样的"石头"，那"石头"边缘生着一圈小刀刃，刃上泛着寒光，割开了所有裹着它的小树根须，割下来的部分还是新鲜的，"石头"周围的泥土翻开……周翡想起自己方才听见的那一道细小的机簧声，好像是她触碰了什么机关，让"石头"周围弹出小刀刃，瞬间割开树根，然后将整棵树往地面顶起。

周翡试探着用碎遮在那"石头"上敲了一下。

"噹"一声……

空心的？

周翡用刀尖在那石头周围轻轻划了一下，果然找到了一条细小的接缝，一翻手腕往上一别——怪"石头"的上盖便被她揭开了，里面有一个和当年鱼老在江心小亭中控制牵机的机关很像的东西。

周翡一愣，就在这时，又一拨北军扑了上来，周翡下意识地将石盖下面埋的机关拨了下去。

霎时间，整个山谷都开始震颤，地面下传来地震一般的"隆隆"声，中间竟隐约夹杂着龙吟似的咆哮。周翡蓦地抬头，见整个山谷一侧竟然往下陷了下去，毫无防备的北军一阵人仰马翻。而就在这时，不远处的李晟拨动了另一个机关，地面再次巨震，山谷的另一边高高掀起，轰然撞在山岩之上，原本埋伏在那儿的弓箭手们猝不及防，纷纷滚落下来，岩石挤压中，火油桶就地炸开，一面山岩都着了起来。

倘若山谷是一方小世界，那么它肯定有一把钥匙，拿到这把钥匙的人便能在此地翻云覆雨。

李晟大声道："周翡！毁去那机关，别磨蹭！"

周翡一刀斩下那机簧连接处，随后她顾不上一身伤，一跃而起，从陷入混乱尚未回神的北军中掠过。

李晟："阳顺上艮位……阿翡，若我推断不错，此地应有七处'定山准星'，对应的是齐门'北斗倒挂'之阵。"

"北斗？"周翡低声道，"真巧。"

她依照李晟的指点，很快找到第三棵树，依样画葫芦，山谷正中竟平地隆起，陆摇光的中军帐转眼上了天，旁边悬挂北斗旗的旗杆从高处砸了下来，一堆亲兵躲闪不及，纷纷中招。

陆摇光狼狈地跳上马背，大吼一声狠狠拎起辔头："拦下那两人，不论死活！"

流民们一时倒没人管了，人和蛇一起不明所以地呆在原地。

杨瑾眼见大批北军向着山坡上的两人包抄而去，立刻上前掺和，将卷刃的断雁刀往旁边一扔，捡起两把大砍刀便冲杀上去，生生将迟来的北军队伍撞出个缺口，直抵周翡身边："我来帮你，干什么？"

周翡缩回递出去的碎遮，翻出第四棵树，一下合上机关。

这一回是他们这边的山坡巨震，两人险些都没站稳，整个山岩一端下沉一端上升，中间裂开了一个大断层，追杀他们的北军成片地摔了下去，周翡扶住一棵古木才站稳，对杨瑾道："去问李晟！"

杨瑾被她不由分说地赶走，深一脚浅一脚地四下找寻李晟，还没等他在一堆乱石翻飞里找着人，第五个机簧不知被谁打开了。杨瑾脚下一空，忙大叫一声，砍刀一下砍上旁边的树干，险险地将自己吊了上去，定睛一看，他脚下竟不知什么时候改天换地，多出了一个巨大的山洞入口。

这时，一只手将他拉了上去，杨瑾一抬头，便看见了满头泥沙的李晟。李晟将他拉上去，狠狠一抹脸："带着他们从这里走，快！"

其实不必他吩咐，照看流民的应何从一见那洞口现身，身边的大小蛇便不知为什么纷纷往里钻，他自来相信动物胜过相信人，立刻便当机立断，驱赶着流民往里跑。

山岩上平白无故地开了瓢，冒出那么大一个洞，北军不瞎，自然也看见了。应何从带着流民往打开的洞里跑，附近的北军便紧跟着也追上来。

好在他们的火油桶炸了，只要没有那些喷云吐雾的火箭，应何从的蛇群就还能有点用处。蛇群在养蛇人的笛声下，散落于众多流民外围，呈扇面形排兵布阵，硬是阻断了北军的脚步，杨瑾低头看了一眼，冲李晟道："松手。"

说完，他调整好姿势，从山岩上纵身一跃而下，大马猴似的，几个起落便跃至蛇群之外，冲应何从吼道："养蛇的，我断后，你们走快点！"

如果不是"走快点"仨字破了音，他还显得挺威风的。

山谷中的北军一部分陷入混乱，剩下的一分为二，一半前去围堵那突如其来的山洞，剩下一半则拥上了山谷两侧。

再绝代的高手被前仆后继地围攻一宿，也不免手软脚软。李晟有种四肢都不再属于自己的错觉，脑子都砍木了，一不留神被一块山岩绊倒，竟一时没能爬起来。

他跟周翡早就被北军拥上来的人潮冲开，一时看不见她在哪儿，这么一摔，数十条长枪与大刀一起朝他当头压过来，打算将他一劳永逸地压成一锅肉馅。

李晟拼了老命，大吼一声，将手中不知哪里捡来的一根长戟高高举过头顶，硬是格住压下来的"刀山"，这一短兵相接，他便真真切切地听见"咔"一声，随后手臂上传来一阵剧痛，不知是裂了还是折了。

"北斗倒挂"的阵法有七阵眼，如今已成其五，千难万难中走到这一步，怎能功败垂成？何况那洞口的门还未封上，倘若他死在这里，那些流民进不进山洞有什么分别，也不过是换个地方被北军追上而已……

李晟不知哪儿来一股力气，单手死死撑住头顶众刀，牙床咬出了血。他拼命将受伤的手臂探入怀中，摸出了一枚四十八寨的信号弹，哆哆嗦嗦地送到嘴边，用牙咬下引线，然后贴着地面抛了出去。

信号弹"刺"一声响，好似从众多北军之间烧着了，火花四溅地贴地飞了出去。

一干北军猝不及防，不少人根本没看清飞了什么东西过去，便被那火花燎了个正着。李晟头上的压力倏地减轻了，他趁机一翻身滚出去，以"四两拨千斤"之法，将那一堆压在他头顶的刀枪引至身侧，轰然落地。

这时，一道亮光闪过，李晟眼前一花，他蓦地一抬头，见那碎遮的刀光好似泼墨一般落下。那把传世名刀一宿过去，竟不沾血污，刀上隐约凝着初出地面的晨曦，流过血槽，汇聚于刀尖一点，又折向四面八方。

周翡肩上钉进肉里的箭头已经和血肉糊在了一起，浑身上下没有一个好的地方，只有眼睛和刀尖一尘不染，依旧亮得灼眼，好像她那肉体凡胎有一把火，能不眠不休地一直烧下去。

李晟的眼眶突然一热，便见周翡将手上的血迹一甩，说道："你怎么这么弱啊，哥，从小到大就会窝里横吧？"

李晟眼前一阵一阵地发黑，急喘了几口气，抓住了周翡递过来的手站起来，低声同她说道："若我没算错，下一个阵眼应该在东南……"

周翡却不待他说完，便突然插话道："哥，你说这里会是齐门禁地吗？"

鲜少能在周翡嘴里听见这么多声"哥"，李晟忽然有种不祥的预感，他听见"哥"这个字总是忍不住浑身起鸡皮疙瘩，因为随之而来的必然没什么好事。

李晟道："北斗倒挂，确实是齐门的……"

"那就好，"周翡突然笑了，"都到了齐门禁地门口，不进去看个分明，我死不瞑目，所以肯定不会死，你信不信？"

李晟吃了一惊："等等，你要……"

周翡忽然甩开他的手，朗声道："第六个机关在那边是吗？知道了！"

说完，她纵身从人群中穿过，竟是向与"东南"相反的方向跑去。

北军闻听此言，顿时疯了，都知道不能再让她弄出一次地动山摇来，当下一拥而上地追了过去。

李晟失声道："阿翡！"

东海蓬莱，刺眼的阳光掠过海面，途经一块通体红润的暖玉，便又温润起来，在那玉中逡巡不去。

谢允的膝头横着一把长刀，他闭目端坐于一块巨大的礁石上，缓缓睁开眼。

海边编渔网的老渔夫手搭凉棚，遮住刺眼的晨曦，抬头望向他。

"我一直在想，何为'生不逢时'。"谢允忽然莫名其妙地开口道。

陈俊夫神色不动，问道："何为生不逢时？"

"同样是升斗小民，躬耕野外，太平年间是梅妻鹤子、采菊东篱，自有一番野趣，乱世中人却是流离失所、卖儿鬻女，日日朝不保夕。不光平民百姓，江湖游侠也是一样，达官贵人也逃不过，您说是不是生于乱世，天生就比生在太平盛世中的人低贱呢？"

这话听起来像是感怀自己的身世，陈俊夫便笑道："日有昼夜之分、月有朔望之别，人有离合之悲欢，世情自然也有治乱始终变换，生在何处，由不得你我的。"

"那生在破晓之前的人，肯定是最幸运的。"谢允眼角微弯，竟有一层细碎的冰碴，乍一看竟是熠熠生辉，"一生都在看着天一点一点亮起来。"

陈俊夫想了想，问道："你在说阿翡？"

谢允笑道："不，我在说我自己。"

说着，他从大礁石上一跃而下，单手将披散未束的长发往身后一拢，拂开身上水汽凝成的细霜："师叔，我想到那把刀应该有什么样的刀铭了。"

陈俊夫问："叫什么？"

谢允道："叫作'熹微'。"

陈俊夫先是一愣，继而奇道："怎么讲，古人不是讲'恨晨光之熹微'吗？"

"行将破晓，纵使天色暗淡，又有什么好恨的？"谢允冲他一摆手，头也不回地走了，"别不知足啦。"

如果他注定要止步于此，那也够了。

师父念的经里说"一切有为法，有如梦幻泡影，如梦亦如幻，如露亦如电"，那么倘若他的精魄神魂也能像那些光怪陆离的民间传说一样，附着于刀身上，他不就好似成了一颗永远附着在"晨光熹微"上的"朝露"？

阴魂不散，也能算长久。

谢允想到此处，忍不住自己一乐，决定将这一段写到给周翡的信里。

此时，山谷中，周翡独自一人引走了李晟绝大部分的压力，她那句话喊出来，人便已经在几丈之外。大批的北军这才反应过来，前后左右地前去包抄，妄图以人山人海阻她去路，很快便叫她陷入其中，寸步难行。

可是围拢住周翡的兵将好似一堆朽木烂纸，乍一看坚韧厚实，抵在神兵利器之下，却总是不过片刻，便被周翡一层一层刺穿，露出刀尖来。她遥遥地盯着不远处的某个目标，眼皮也不眨一下，当真是神挡杀神、佛挡杀佛。

这支北军队伍的临时将领一脑门冷汗，愣是不敢靠近周翡，只叫道："拦不住就散开，不要吝惜弩箭，射死她！"

周翡听见了他的声音，目光如电一般，倏地转过来，那北军将领愣是被她那浸满杀意的目光吓了一跳，情不自禁地往后退了一步，险些被树根绊倒。他回过神来，顿时怒不可遏，吼道："困兽犹斗，不知死活，放——箭！"

弓箭手齐声应和，倏地退开一圈，豁出去误伤自己人，随其上官一声令下，所有的箭尖指向同一处，周翡旋身而起，像一片在飓风中高速旋转的枯叶。密密麻麻的箭尖在空中排成长一寸、短一寸的巨网，碎遮照单全收，刀背与箭尖渐次相撞，金石之声竟如宝珠落玉盘。

七零八落的箭矢同周翡一同落地，她胸口剧烈地起伏，额角的冷汗被那少女式的、浓密的眼睫毛拦住。她的眼皮好似不堪重负一般眨了一下，看见碎遮光洁如洗的刀背上终于多了两道浅浅的划痕，刀尖上也崩掉了一个小小的缺口。

神兵无双，也终会蒙尘吗？

北军步兵却不容她心疼宝刀，飞快地补上缺口，刀枪齐下。周翡握刀的手陡然一紧，情知自己快要油尽灯枯，不敢再硬接，使出蜉蝣阵法，艰难地从北军的缝隙中往外钻。

"放箭！放箭！别让她跑了！"

"咔嗒"一声，又一次上弦，周翡后背一僵，而第二波弓箭已至。

这时，她背后一痛，整个人猛地往前一扑，原来是她躲闪不及，被一个北军手中的砍刀扫了一下，后背顿时一大片皮开肉绽。周翡不顾伤口，顺势就地滚开，同时，碎遮连斩数条胆敢挡路的人腿，用身边不及退避的北军当了人盾，连滚带爬地避开第二波弓箭。

周翡一直滚到了一处树丛边上，肩膀在树根上重重地撞了一下，止住去势，她借力一跃而起，而第三波箭已不容她喘息，逼至眼前。周翡别无办法，只好再次强提一口气，以轻功勉强躲避。谁知这一次她真到了力竭时，那口气尚未提起，她便觉胸腹间一阵剧痛，五脏六腑被拉扯得撕心裂肺。

周翡眼前一黑，一口腥甜无法抑制地涌上喉咙，随后腿上便是一阵尖锐的疼痛，一支铁箭直接射穿她的大腿，将她整个人钉在树上。

周翡本能地以碎遮拄地站住，而那刀却颤抖得好似风中落叶，从缺口处一寸寸龟裂。她伸手摸索着想去拔腿上的箭，眼前却什么都看不清，几次三番，竟没能摸到那铁箭尾巴。

刚吹的牛，这么快就打脸……周翡迷迷糊糊地想道，那俄顷的光景中，她仿佛是短暂地晕过去了，神魂脱离眼前的修罗场，在狭窄的光阴中凭空插了一段梦。恍惚间，她看见谢允站在面前，手中拎着一把细长的刀。

"对啊，"她心道，"那小子还欠我一把刀呢。"

突然，周翡觉得自己整个人往下倒去，眼前的一切好似颠倒了过来，那些北军与逼至眼前的箭矢全都换了个方向，有惊无险地与她错身而过。

周翡刚开始以为是幻觉，随即整个人被什么东西狠狠一撞，她出窍的三魂七魄一股脑地被撞回肉身中。周翡目光瞬间清明，发现自己连同身后的大树正在一起仰面往下陷！

李晟动了第六处机关！

周翡有惊无喜，因为要是随着树这么摔下去，她得变成一块肉饼，连忙伸手抓住了将她和大树钉在一起的那根箭。下坠的速度越来越快，周翡不知哪儿来的力气，手腕上的青筋几乎要撑破苍白的皮肤，周身痛苦地缩成一团，硬是一寸一寸地将那根铁箭往外拽。

血顺着她的手腕、裤脚往下滴滴答答地淌。

下一刻，大树自高处轰然落地。

就在行将落地的一瞬间，周翡脱离了树干，没受伤的腿单脚一点树干，借力往斜上方掠去，随即惊险地落到几丈之外，腿一软，便跪在了地上。

此时，周围有什么东西、什么声音，她一概看不见也听不见了，身上一阵一阵地发冷，手脚全都不听使唤，偏偏不敢晕过去，感觉还不如就地断气轻松些。

这时，一双手将她从地上提了起来，周翡下意识地挣扎起来，然而她自觉使出全力，其实却只是微微抽动了一下。

那人将她抱了起来，一个好像离得极远的声音喊道："阿翡！"

吓死我了，原来是李婆婆……周翡心道，然后她手一松，碎遮倏地脱了手，落地瞬间刀身便支离破碎。

李晟心口一滞，差点被她吓死，哆哆嗦嗦地伸手去探她的鼻息。

然而此时，随着第六道机关落下，那不远处的洞口上竟落下一道石门，眼看要缓缓合上。

杨瑾守在门前，一手拿着一把大砍刀，一手举着一个不知从哪儿捡的盾牌，万夫莫开地挡在洞口，冲李晟大喊道："李兄！快点！"

周翡鼻息太微弱，李晟没探出究竟来，然而已经别无选择，只好抱着她飞奔。

可是众多北军堵在山洞门口，一时半会儿根本不可能冲过去。

这时，只听一道叫人耳根发麻的尖锐哨声，无数毒蛇突然从那山洞中倾巢而出，竟滚雪球似的彼此纠缠成一团，越滚越大，不到三五丈远，滚出了一个半人多高的"蛇球"，冲向北军之中。

杨瑾刚开始没反应过来与自己擦身而过的是什么，片刻后才回过神来，后知后觉地出了一身冷汗，吓得他差点跪下。北军也从未见识过这等"怪物"，被那蛇球撞出了一条通道，刚好给李晟开了道。

随后，养蛇人的笛声蓦地拔高，尖锐得几乎要破音，那蛇球滚到北军队伍中间，"轰"一下炸开，无数毒蛇四下翻飞，落在周围士兵脸上、身上，一时间惨叫声此起彼伏。

李晟一咬牙，轻功快到了极致，闭着眼穿过了乱飞的蛇群，只觉脸上、脖颈上被冰冷的鳞片扫了好几下，好在他们身上都沾过应何从的药粉，毒蛇不会开口攻击。

杨瑾忍无可忍地吼道："养蛇的，你疯了啊——"

他一脸生无可恋地伸长了胳膊，连李晟带他肩头上挂的好几条蛇一起拽入只剩不到半人高的山洞口，其间仿佛摸到了一条滑溜溜的蛇尾巴，杨瑾只剩一截的头发吓得集体直立向天，好似一只颇有冤情的大刺猬。

下一刻，卡着洞口机关的钢刀"嗡"一下崩开，摇摇欲坠的石洞门轰然落下，将内外重重隔开。

众人尚未来得及松口气，便听见石门外面传来轰鸣声——北军要撞门。

李晟此时气还没喘匀，连同毫无意识的周翡一起跪在了地上，话都说不利索，只能伸手指向石门正中："最……最后一个……"

杨瑾一抬头，借着旁边的人手中照亮的火把，看见石门顶上正中的位置上有一个倒着画的北斗图形。

石门"咣"一声巨响，北军开始撞门了。

上面的泥土与碎石扑簌簌地往下落，杨瑾不敢迟疑，一跃而起，手脚并用地攀附在石门内侧，踮脚在那北斗倒挂图上胡乱按了一通。只听一声轻响，上面弹开一个小小的密室，露出里面的机关来。杨瑾一把将机关合上，众人只觉脚下地面一动，竟缓缓地往下沉去。

那突然出现的石洞缓缓沉入了地下，连入口也消失了！

幽暗狭窄的密道中，视野陡然宽敞起来，那名叫"小虎"的少年高高地举起火把，见他们脚下是一溜靠在山岩上的石阶，足有数百级，直通地下，地下竟有一个同地面山谷一般大小的巨型八卦图。

应何从喃喃道："这是……真正的齐门禁地……"

第五章·

齐门禁地

齐门惯会用那些奇门遁甲之类
的玩意儿，岂不正像吕国师遗
书上所说的"不为人知之处"？

周翡觉得自己能一觉睡到地老天荒，最好就这么躺着烂在泥里，省
得将来还得起来再死一次。

无奈这些年她在外面风餐露宿，锻炼得太警醒，即使意识飘在半空，
也能被陌生环境中没完没了的"窸窣"声惊动。周翡正迷迷糊糊地有一
点清醒，下意识地动了一下，却不料被这么个小动作疼得眼前一黑。她
本能地有些畏惧，立刻就想接着晕，身边却不知是谁，没轻没重地往地
上放东西，"咣当"一声巨响，硬是把她吓清醒了。

周翡陡然一激灵，记忆像开闸似的，想起自己身在何方，抬手便要
去摸腰间的刀，却摸了个空。她猝然睁眼，正对上一张脏兮兮的年轻女

孩的脸。

那女孩吓了一跳，接着睁大了眼睛，操着一口不知是哪里的口音，大叫道："她醒了！"

女孩话音没落，一大帮男女老少都有的"叫花子"便纷纷聚拢过来，一同探头探脑地对周翡施以围观。

"哎哟，真的！"

"醒了醒了！"

周翡这才注意到，自己好似身在地下，视野极其宽阔，四周的火把已经被人点了起来，难怪这些流民跑来跑去回声这么大。面前的女孩也不怕她，从旁边一口大锅中盛出一碗什么黏糊糊的东西给周翡，又凑上来道："这锅也太沉了，刚才差点让我弄洒了，快来，喝一点，连药带水都有了。"

周翡试着挪动了一下，惊愕地发现自己腰上竟然使不上劲。

"啊，对，蛇姑……呃，就是那个蛇……大侠给你用了一种独门金疮药，他说见效很快的，就是恐怕刚开始伤口会有些麻痹，行动不太自在，没关系，我喂你喝。"女孩十分快言快语，自来熟地将那缺了口的碗递到周翡面前，"我呀，小名叫作春姑，没大名，有事你尽管吩咐我——我说，你们都别在这儿围着她，小虎，你快去告诉蛇大侠他们。"

旁边一个少年应了一声，撒腿便跑了。

春姑虽然话多，但看得出是惯常伺候人的，麻利地将一碗药水给周翡喂了进去，既没有呛着她，也没洒出来一点。随后女孩又哼着小曲，拿出一块素净的细绢，周翡不由得疑惑地看了那块绢布一眼。

"这个啊，"春姑好像看出了她的疑问，笑道，"是李大侠带着咱们从这里找的。这地方真好，锅碗瓢盆什么都有呢，有个箱子里放了好多上好的料子，还有不少陈粮，虽然不大新鲜了，但好好筛一筛也能吃。看来以前有人在这里长住过呢！来，我给你擦擦汗。"

周翡不太习惯被人照顾，忙一偏头："姑娘，你不必这么……"

"这有什么呢，"春姑笑道，"要不是你们，我和我弟都没命了呢。我们从北边一路逃难过来，本以为就要饿死了，被一起逃难的好心人救下，收留了我们姐弟，一路将我们带到这里。"

周翡问道："领路的人是道士吗？"

"不是。"春姑忙前忙后地端来一碗米粥，细细地吹凉，喂给周翡，又道，"不过据说跟道士也有关系，有个老伯，前些年有道士途经他家讨水喝，那会儿他家里还算殷实，见了出家人，便请进去给了顿饭吃。道士们临走的时候给了他一张地图，说是有朝一日遇到难处，可以按照地图走，有一处容身之所。老伯当时没在意，谁知后来真的打起来了，他这才想起来这东西，忙沿途召集亲朋故旧，按照地图找了来。到了山谷才发现，原来来的不止一拨人，前前后后阴错阳差跑来的人，都或多或少地供养过道士，故事也差不多呢。"

周翡若有所思——也就是说，外面那建在齐门禁地的山谷多年前就成形了，齐门的道士们料到有动乱的一天，早早将此地地址透露给了曾给过他们恩惠的边境百姓。

"我还以为得救了，"春姑兀自说道，"唉，谁知到了这儿，好景不长，那些畜生又闯了进来，刚开始还对我们花言巧语。咱们都是寻常老百姓，岂敢和朝廷抗衡，自然人家说什么就是什么，可他们越来越得寸进尺，越来越将我们当成猪狗，最后还将我们轰到一处关起来，把女人都强行拖出去关到西边大营里，供他们取乐。"

周翡轻轻皱起眉。

"谁知我们运气好，有个蛇姑……哦，不对，是蛇大侠，"春姑吐了吐舌头，"那些混账坏子一靠近西北大营，便会莫名其妙遭蛇咬，洒雄黄也不管用，嘿嘿，他们还不知道怎么回事，以为中邪了呢。"

这时，旁边一个声音插话道："我迫不得已男扮女装，唐突诸位了，抱歉。"

周翡一偏头，见应何从走过来，他已经把脑袋上那莫名其妙的辫子解了，虽没来得及换衣服，但只要不刻意掩饰自己的声音与举止，还算能让人看出他只是个相貌清秀的男青年。

"一时三刻内别乱动真气，你内功扎实，虽然有内伤，但不知是什么门路，反而颇有点破而后立的意思，我看问题不大。"应何从说完，打量了周翡一眼，又真诚地赞扬道，"周姑娘，你可真禁打啊。"

周翡："……"

一别数年，毒郎中开口找揍的本领犹胜当年。

周翡问道："你怎么弄成这副德行？"

"我托行脚帮打探齐门禁地，不料消息不知怎么走漏了，那几个帮我跑腿的行脚帮汉子都被人杀了。杀人者应该是个刺客，固执地认为我肯定知道些什么，一路追杀我。幸亏我养的蛇警醒，几次三番提前示警。一次被他困在一个客栈中，我身上的药粉用完了，来不及配，别无办法，只好扮作女装，混在一群从人牙那儿逃出来的女人中离开，谁知居然机缘巧合被她们带到了这山谷。"

那群北军瞎，愣是将他也当成了新鲜水灵的大姑娘。

执着于齐门禁地的刺客，周翡就知道一个封无言，她想了想，觉得倒是也说得通——"黑判官"封无言是何许人也，自然不会注意到一群朝不保夕的流民，怎会想到他梦寐以求的秘境就是掌握在这群蝼蚁手上？想必就这么和他一生中唯——次机会擦身而过了。当时失去了应何从的踪迹，封无言准是去寻找其他门路，正好赶上柳家庄各大门派围剿殷沛，便前去捡便宜，不料阴错阳差，反而搭上了自己。

周翡奇道："可你不是大药谷的人吗，怎么你也在找齐门禁地？"

"因为吕国师的墓地是个衣冠冢，"应何从道，"据说他晚年荒唐得很，每日就是炼丹吃药，吃得神志也颇不清醒，一日竟还走失了。当年谷中前辈们翻遍了整个中原也没找到他，只在几年后收到他一封信，指派了下一任掌门，并说自己得仙人指点，于不为人知之处找到一秘境，准备在此羽化而去云云……简直不可理喻，这些丢人的事都是门派秘密，没往外传过。"

周翡道："你怀疑那个不为人知的'秘境'就是齐门禁地？"

"因为涅槃蛊。"应何从道，"我刚开始还不知道，后来看见你送来的那批药谷典籍里，有一本《异闻录》，记载了吕国师生平见闻之匪夷所思之事。看着像民间神话，你可能没仔细翻，里头有个'魑魅篇'，便提到了'涅槃神教'与涅槃蛊的事。后面有一排小字，是吕国师后来添的，语焉不详地说他因一时好奇，留下了这孽障，后来又因为一些心魔，竟将它养了起来，如今看来，倒像个祸根云云。我这才疑心，那个自称'清晖真人'的，很可能到过当年吕国师的'羽化'之地。"

周翡听得一愣一愣的，倒没料到当中还有这么曲折的故事。

应何从又娓娓说道："我便去追查这'清晖真人'的生平，发现他在得到涅槃蛊之前，好像是个名不见经传的小人物，花了好大功夫挖出了他的真实身份——原来他就是山川剑的后人，这一点想必你也知道，不用我多说。我在衡山脚下徘徊良久，终于打探出了一点蛛丝马迹，据说他当年曾身受重伤，是被几个道士救走的。有名的道观总共那么几个，掰手指就能数出来，其中只有齐门烛阴山离湘水一带不远。而当年第一个死在清晖真人手上的'白虎主'冯飞花离开活人死人山之后，似乎也是在这附近活动。齐门惯会用那些奇门遁甲之类的玩意儿，岂不正像吕国师遗书上所说的'不为人知之处'？至此，线索都对上了，我这才猜测，吕国师最后所在，便是齐门禁地。"

周翡听了他这一番轻描淡写的描述，一时有些震撼，难以置信地问道："你……都是你一个人查到的？"

应何从奇怪地看了她一眼："大药谷就我一个人了，不然呢？"

他这一辈子，真可谓文不成武不就，除了会养蛇，连大药谷的皮毛都没学到多少，却机缘巧合之下成了唯一的幸存者，只好咽下血泪，拼了命地去追寻那些失去的传承，连一点蛛丝马迹也不肯放过。周翡思及此，不由得哑然，她一直以为自己为了谢三，已经干尽了天下傻事，没想到江湖中"卧虎藏龙"，有个比她还傻的。

应何从扔给她一根木棍削成的拐杖，说道："这里头仍有好多古怪的阵法，你哥他们方才乱走，被困在一个墙角半天了还出不来，瞧瞧去吗？"

周翡接过拐杖，咬牙将自己撑了起来，自觉成了个老态龙钟的老太婆，木棍戳在地上，哆嗦得像一片风中树叶。春姑见状，张了张嘴，忙要上前来扶，却被应何从一摆手拦住。

那毒郎中站着说话不腰疼，漫不经心地说道："她成日里在风刀霜剑里滚来滚去，威风得很，哪儿那么容易死？不用管她。"

周翡被一身伤与他那缺德的独门金疮药折腾出了一身大汗，此时全凭一口气撑着，听了"郎中"这句冷漠的评价，顿时气不打一处来，感觉自己但凡还有一点余力，一定要给他一刀。

周翡咬牙道："养蛇的，你以后小心点，别落到我手里。"

应何从冲春姑一扬眉："你看吧。"

春姑："……"

应何从说完，便大摇大摆地往前走去，根本不知道放慢脚步等一等伤患。

周翡牙根痒痒，将方才一腔震撼与隐约的惺惺相惜全都揉成一团踩在脚下——这姓应的小子还是一样的浑蛋讨人嫌！

应何从不到片刻便跑到前面去了。幸亏春姑给周翡喂了粥和药，这会儿她好歹有了点力气，一步一挪地拄着拐杖在指路木桩间慢吞吞地走。只见这地下山谷中，山壁与地面到处都是八卦图和别有用心的石块木桩，看得周翡眼直晕。好在李晟他们在她昏迷的时候将附近的路蹚了一遍，在地面上插满了标记的小木桩，给她指出一条路。

周翡走一步歇半天，便借机四下打量传说中的"不为人知"之地。突然，她在一片八卦图中发现了一篇《道德经》，数千字刻在石壁上，周翡不由得驻足仔细望去，见那《道德经》同当年冲霄子给她的那本一模一样，乍一看写得十分潦草，点横撇捺乱飞，当中却蕴含了那一套不知名的内功心法。

再一看，原来那经文的标题处写的根本不是《道德经》，而是《齐物诀》。

周翡恍然，心道：原来我练了好多年的功法叫这个。

她想起在段九娘的小院里，自己被那疯婆子弄得求生不能、求死不得的往事，便有些怀念地往下看去，忽然"咦"了一声——只见那《齐物诀》的前半部分与冲霄子交给她的一模一样，后半部分却有了变化。

有人以强劲指力抹去了后半部分一些笔画，抹的刚好是指示经脉的那些，而且抹得不加掩饰，致使后半部分许多字都缺胳膊少腿，好像杨瑾写的！

而字与字之间，又多了不少刀斧砍上石块的痕迹，像是有什么人曾在此发泄乱砍一通，可再仔细一看，周翡觉得那乱七八糟的痕迹中仿佛有什么东西呼之欲出，一股凛冽的战意竟扑面而来。

她吃了一惊，下意识地错后一步，趔趄着险些没站稳。

就在这时，不远处有人大呼小叫道："出来了！我破阵了！"

周翡伸手用力按了按眉心，强行将自己的视线从山岩上移开，见李晟他们从插满了小木桩的小路上跑了过来。

李晟吊着一根胳膊，手舞足蹈道："阿翡！哎哟，你醒得还挺快，吓死我了你知道吗？快看我们找到了什么！"

周翡一挑眉，见他手上挥舞着三四把陈旧的剑鞘，全是与殷沛随身带着的那把如出一辙的山川剑剑鞘！

"来看这个。"李晟一条胳膊夹着一大堆长剑鞘颇为不便，只好都扔在地上，"这种剑鞘那边还有好多——我说这地方也真是绝了，随便在哪片墙上靠一靠都能误入个机关阵法，就算你学过些皮毛，也得被困在里面半天出不来，回头叫大家不要乱走。"

周翡一条腿被北军的箭射穿，脚不太敢沾地，只靠拐杖与单腿挪动，她怀疑自己蹲下就起不来，只好双手撑在那木棍上，略弯着腰望去。

杨瑾和应何从也都一起凑过来。杨瑾的断雁刀砍得卷了刃，心疼之余，还想找个临时替代品，谁知将方才那地方翻了个遍，也没找着一把剑，全是剑鞘，当下十分失望地道："这是什么禁地？我看倒像个放杂物的地窖。"

李晟将那几把剑鞘正面朝上，排成一排："看出了什么？"

周翡皱起眉，只见每一把剑鞘上竟然都有一个水波纹，同一个位置，几乎一模一样。

"相传山川剑也出自蓬莱那位陈大师之手，"李晟道，"然而剑本身已经早早遗失了，反倒是一把剑鞘留了下来。"

"'山川剑'其实不是剑，指的是殷大侠本人。"周翡纠正道，她有点好奇一堆山川剑剑鞘是什么样，便用单腿和拐杖撑着，往李晟他们的来路缓缓挪。

李晟叹了口气："过来吧，哥背你。"

周翡冲他摆摆手表示不必，接着说道："殷大侠一生不知换过多少把剑，都是些花钱请人打的货色，铭都没有，霓裳夫人的'饮沉雪'后来不是没有交给殷大侠吗？我想多半是她看见殷大侠后来随便找陈大师买了一把的缘故？"

应何从奇道："这算什么缘故？"

周翡道："陈大师乃当世名家，有些兵刃是别人定做的，譬如望春山和饮沉雪，都是能传世的。还有一些就比较随便了，一锅铁随便凑点下脚料便能打几把，不甚用心，没铭没款，统一上个木头鞘拿出去卖了补贴家用而已。我听陈大师说，殷大侠买的就是那种'补贴家用'的剑。霓裳夫人后来该是懂了，以当年殷大侠的境界，倘若他拿着一把铁片，那铁片就是'山川剑'，无关其他，特以名剑相赠反倒显得刻意……不过这都是我猜的，当不得准。"

说话间，他们一行人缓缓来到李晟他们方才去过的地方，只见那石壁上开了一道小门，里面别有洞天，一眼看不到头。

"跟紧我，这里头是三层阵法叠加，变幻多端，我们方才被困在里头小一个时辰才摸出来。"李晟一边说，一边高高地举起火把。

应何从拎着一把山川剑剑鞘，说道："那也就是说，殷大侠这把四方争抢的山川剑剑鞘是后来另配的，不是出自陈大师之手——我在想一件事，殷沛曾经到过这里，据说他没得到涅槃蛊的时候武功十分低，如果当时齐门前辈动手换了他身上的山川剑剑鞘，你说他会不会也无所察觉？"

周翡愣了愣，因为木小乔曾经对她说过，如今海天一色的传说越来越离谱，他们这些见证人开始后知后觉地想收回流传到后人手里的信物。殷沛先前武功不行，后来人品不行，齐门想要收回他手中的剑鞘也说得通。

只是如果真是这样，齐门的道长们未免有失磊落了。

"嗯，以假换真，不是没这个可能。"周翡道，"但是假货换一把就够了吧，弄这么多做什么？"

"剑鞘到底有什么值得研究的？"杨瑾实在听不下去了，忍不住插话道，"我说，你们真是使刀使剑的人吗？刀剑有好赖高下之分，剑鞘……剑鞘不就是一个盒子吗？这谁看得出真假来？你们中原剑客都流行买椟还珠吗？"

周翡一挑眉："了不起，南蛮，你还知道'买椟还珠'这个词？"

"行了阿翡，你怎么一睁眼就挑事——杨兄说得对，问题就在这儿了。"李晟将手中火把一晃，无数细小的尘埃从火苗中穿梭而过，发出"噼里啪啦"的轻响，密道中曲折而令人困惑的小路到了尽头，他们来到了一处小小的石室中。

只见石室中放着几口大箱子，里头堆满了一模一样的剑鞘。

水波纹，做旧，连剑鞘上的细小伤痕都全无分别……别说是他们这些外人，恐怕就是殷沛亲自过来，也得蒙个一时半刻。

李晟顺手将火把插在墙上的凹槽里，举起两张薄薄的纸："每一把剑鞘上的水波纹都如出一辙，我和杨兄方才试过把水波纹拓印在纸上，你们看，可以完全重合。"

应何从忽然道："等等，那是什么？"

众人顺着他手指的方向望去，只见角落中有什么东西正反着光。

杨瑾凑过去："这是水玉还是冰……"

"慢着，杨兄别动它！"李晟忙叫住他。

只见墙角处有一块分外光洁的小镜，旁边是一丛透明的水玉，个个生着棱角，光从墙上挂着的火把落下来，被小镜反射，又穿过层层叠叠的水玉，刚好汇聚成一点，落在那几口大箱子旁边的一块地砖上。

李晟将墙上的火把摘下来，四处晃晃，变换了角度，穿过水玉的光顿时散漫起来，再不能聚拢成一束。

"果然，方才我们进来的时候，杨兄一直替我举着火把照亮。"李晟把火把重新放入凹槽，火苗忽明忽灭，光也在隐隐晃动间若有若无，十分飘忽不定。

应何从上前敲了敲地砖："空的。"

他说着，手指探入边缘，轻轻一抠，竟将它掀了起来，从里面拎出一封信来。

李晟低声喝道："小心！"

"没事，没毒。"应何从将那封信凑在鼻子下面闻了闻，"信封上写了'贤侄殷沛亲启'——殷沛是不是从未见过这封信？"

他一边说着，一边将信封拆开了，一目十行地扫过，忽然沉默下来，半晌，才将信递给旁边的李晟，低声道："抱歉，我刚才好像小人之心了。"

杨瑾问道："写了什么？"

"匹夫无罪，怀璧其罪。"应何从道，"这些剑鞘原本是给殷沛准备的，如果它们流出去，江湖中就会有无数把'山川剑剑鞘'，届时谁也分不出真假……"

周翡叹道："到时候殷沛便好像水滴入海，安全了。"

霍家慎独印在永州现身，闹出了多大一场祸端？山川剑自然也一样。

那时殷沛为青龙余孽所伤，丧家之犬一般被齐门收留救治。冲云道长自然看得出他心胸狭隘，性情偏激，偏偏胎里带病，一身根骨根本难以习武。殷沛只当山川剑是先父留下的一件非常要紧的遗物，却不知道"海天一色"到底是什么，他又没有自保的本领，来日山川剑剑鞘在他手里，岂不好像小娃娃手中抱着金条？

李晟看完了信，说道："冲云道长与殷沛提出过，山川剑剑鞘由齐门来保管，但殷沛好像误会了什么，坚持不许。冲云道长不便再逼迫，只好退而求其次，想了这么一个不是办法的办法，可惜……"

可惜没来得及叫殷沛明白他的一番苦心，殷沛的偏执与仇恨便唤醒了涅槃蛊虫。

山川剑后人，一生被"别有用心"包围，他天生孱弱，向来无从反抗，便只好也以恶意揣测他人。

几个人无意中发现了这么一个迂回的真相，一时都是无言以对，齐齐静默了片刻。好一会儿，应何从才又说道："可你们不觉得奇怪吗？这么一个剑鞘，不必大师，普通的工匠只要有模子，想复制多少个就复制多少个。你说，当年结盟'海天一色'的殷闻岚用剑鞘——这个'盒子'——当信物，会不会太儿戏了？"

"儿戏的何止这一个，"李晟道，"霍家方印叫什么，还记得吗？那一尊印叫作'慎独'，你们不觉得这俩字一听就像是某个人的私印闲章吗？至于什么'堡主信物'云云，大家都是听霍连涛自己说的。我一直想不通这事，霍家堡不就是老堡主带着一群学艺的弟子立的江湖门派吗？老堡主只是交友甚广，从未以武林盟主自居过，众人都来归附于岳阳霍家也是前些年北斗廉贞死后的事了——所以霍老堡主当年没事弄那么大一块信物干吗用？"

"更儿戏的你还没见过。"周翡道，"吴将军的信物是楚楚的长命锁，都不是金的，就一把不值钱的小银锁。我外公留下的那个更离谱，去年回家帮我娘整理旧物的时候，她给我看过一次，根本就是她小时候戴的镯子，难看得要死，圈细得连我都戴不进去，除了熔了重新做个新东西，看不出来有什么价值。寇丹要是知道她当年拼死拼活地找的就是这两样东西，大概能被气得活过来。"

一块自己把玩的闲章，一把装剑的"盒子"，一个不值钱的银锁，还有个女童的镯子……他们几人在世上最神秘的齐门禁地中，将如今江湖上最大的秘辛"海天一色"摊开来聊，越说越觉得离谱，好像传说中的"海天一色"根本就是闹着玩的。

几人面面相觑片刻，杨瑾匪夷所思地道："所以呢？别告诉我世上根本没有'海天一色'这么个东西。"

"那不可能，'海天一色'肯定有。"应何从道，"山川剑和李老寨主的死都有疑点。霍连涛陷害霍老堡主的毒是从哪儿来的，至今也是死无对证。吴费将军死后，妻儿一直遭到北斗追杀，消息是怎么泄露的？还有齐门，隐世多年，到底暴露了形迹，若说其中一件事是巧合，我信，但总不能这么多事都是巧合吧。"

应何从常年浸淫毒蛇与毒药，多少也有些剑走偏锋的意思，遇事也多联想起阴谋诡计。

"你是说这些前辈都是死于'海天一色'盟约，被人'灭口'。"周翡说道，"这一点我也想过，但后来觉得说不通。如果害死他们的就是当年同他们订下盟约的人，那个人手段必然非常厉害，他既然能杀人于无形，为什么还任凭水波纹信物流落得到处都是？反正如果是我，我肯定不能坐视'海天一色'的信物落到活人死人山的郑罗生手上。"

应何从一愣："那倒也是。"

杨瑾听得一个头变成了两个大，完全云里雾里、不知所云。他便百无聊赖地四下溜达，从旁边拎起一把山川剑剑鞘，在手里掂了掂，说道："喂，你们说的老道士是不是有毛病？既然觉得那把剑鞘在殷沛手里是个祸端，又不是贪那小子的东西，那当着他的面毁去，把话说清楚了不就行了？有话不直说，还弄出这许多没用的东西……这些破烂流出去，殷沛是安全了，那什么'海天一色'不是更要闹得沸沸扬扬？多此一举嘛。"

其他三人听了这话，全是一愣，各自若有所思地沉默下来。

杨瑾又嚷嚷道："我看这里也没什么新鲜东西了，你们不是要找涅槃蛊的痕迹吗？还去不去了？"

他话音未落，外面突然传来一声尖叫。

地下山谷虽大，回音却也很重。几个人连忙从石洞中鱼贯而出，李晟一搭周翡的肩头，带着她以轻功飞掠出去，朝尖叫声处赶去。

只见一群流民四处乱跑，不知怎么都围在一个角落里。

"怎么回事？"李晟道，"不是不让你们乱……"

流民飞快地给他们让出一条通道，李晟话音突然顿住——只见那里的石壁内陷，大概谁不小心触动机关，露出了里面的一条小路……

里面躺着一具形容可怖的干尸。

尖叫的人是那个少年小虎，他姐姐春姑当时随口吩咐了一句，叫他去找李晟，结果那小孩晕头转向，一跑开就迷了路，误打误撞，不小心撞开了一道暗门，正好赶上和干尸大眼瞪小眼。

"劳驾，让一让。"应何从上前，半蹲下来仔细查看那具干尸，他袖中贴身养的蛇好奇地缓缓露出了一个小脑袋，往外张望了一眼，紧接着，好像遭遇了什么天敌，小蛇倏地一僵，屁滚尿流地缩回了毒郎中的袖子。

尸身上落了一层尘土，皮肤表面却居然没有腐烂，一层薄薄的皮紧贴在骨架上，清晰地勾勒出关节与骨头的形状。

"男的，练过八卦掌之类的功夫，看样子年纪不小。"应何从翻了翻尸体周身几大要害处，却没找到明显的伤口，正有些疑惑。

李晟便说道："你看看他的手脚有没有破口。"

"你是说……"应何从立刻意识到了什么，微微睁大了眼睛，赶忙翻开那干尸的手，见干尸手背处竟有一条三寸长的破口，干瘪的人皮虚虚地搭在手骨上，像个被耗子咬破的面口袋。应何从又将干尸翻过来，见他后颈处有另一条同样的破口，说道："涅槃蛊！"

"据说殷沛放出涅槃蛊后，便以那毒物杀了闻讯赶来的冲云道长。"李晟轻声道，他端着一条胳膊半跪下来，翻过干尸的脸，仔细辨认着那变形的五官，好半天没看出个所以然来。他终于放弃，缓缓摇头道："变形太厉害了，我也认不出这人到底是不是冲云道长。"

应何从冷笑道："我泱泱九州浩然之地，还真是盛产中山之狼。"

李晟知道他尖酸刻薄，便也不同他议论，只摆手道："不管是谁，咱们既然遇见了，便请他入土为安吧。"

众人便一起在李晟的指挥下，小心翼翼地避开齐门禁地中种类繁多的阵法，挑地方挖了个坑，将干尸埋了下去。

周翡行动不便，便被赶到一边，干看着别人挖坑也没什么意思，她便单手拎着拐杖，自己举着一根火把，走进那掉出干尸的暗门中。穿过一条狭长的小路，周翡发现里面深邃得不可思议，足有七道石门，墙上机关虽然已经被人破坏，裸露出来的部分却仍然叫她眼花缭乱。如果不是殷沛曾经闯进来过，此地还真不容易进来，周翡不由得放慢了脚步，微微戒备起来。

七道石门之后，有一个幽暗的石洞，她将火把高高举起，同时，眼睛颇为不适地眯了一下。不知是不是周翡的错觉，刚一进入这石洞中，一股浓重的阴冷气息便扑面而来。这方方正正的石室里诡异非常，墙上、顶上，全都写满了密密麻麻的小字，不知是什么鬼画符，周翡一个也不认得，只觉得那些字好像爬虫一样栖身于石头里，正冷冷地盯着胆敢闯入的外人。

石室门口陈列着五个一人多高的石像，头顶人面，脖颈以下却分别连在五毒身上，蛇蝎之尾栩栩如生，人面上或嗔或喜，都透着一股说不出的妖异。

周翡与那几尊石像面面相觑，一时愣是没敢往里走。

"这是'巫毒五圣'。"应何从不知什么时候走到她身后，说道，"是关外的邪神，笃信巫术的边民供奉他们，以求不受毒虫戕害……不过后来被'涅槃神教'那群杂碎借来装神弄鬼用了。"

周翡被他突然出声吓了一跳。

应何从顺手从她手里抽走火把，迈步走入石室中，他两条腿一迈不要紧，身上那条小蛇直接疯了，吓得当场背主，闪电似的从他领口蹿了出来，"啪嗒"一下摔在地上，将自己扭出了十八弯，玩命往洞口冲去。

周翡一抬手，以拐杖按住毒蛇七寸，挑起来将那小蛇拎在手里。细细的小蛇在她手里疯狂地摆着尾巴，倘若它能口出人言，大概已经疯狂喊"救命"了。

"我看你还是先出去吧，"周翡对应何从道，"你这蛇连火和雄黄都不怕，现在居然吓成这副熊样，这石室里别是有什么古怪。"

"哦，没关系，"应何从绕着几尊邪神石像转了几圈，漫不经心地说道，"此地应该是存放过涅槃蛊母的密室，母虫活着的时候，身上有黏液留下，这蛊太毒，离开以后好多年寻常虫蚁蛇蝎之流也不敢靠近，石室里反而比外面还干净些。"

周翡感觉手里一沉，发现那条"熊样"的蛇居然将尾巴往下一垂，不动了，一时看不出是死了还是晕了。她还道是自己手劲太大了，连忙松了手指道："哎，你这蛇……"

话没说完，那小蛇"刺溜"一下从她手里蹿了出去，头也不回地奔逃而去——这小畜生装死装得还挺逼真！

"它一会儿自己会来找我。"应何从挽起袖子,踮着脚抚上石壁上的刻字,喃喃道,"这好像是'古巫毒阴文'。"

周翡问道:"什么?"

"在那个乌烟瘴气的涅槃神教之前,涅槃蛊最早出现在关外一处'巫毒'的古墓中。据说那墓穴里头也刻满了这种文字,墙上以公鸡血画了古怪的图腾,但年代太久远,想必他们那一族人也死光了,这些爬虫一样的文字没人认得。当时的吕国师便简单将其称作'古巫毒阴文'。"应何从伸手抹了一把墙上的褐色印记,凑在鼻尖闻了闻,"还真是血。"

"没人认识,"周翡指了指墙面,"那这些是鬼刻的?"

应何从没吭声,兀自走到石室中间,发现最里头立着一台香案,上面供奉着一个模样古怪的八角盒子。应何从伸手按住盒盖,试着轻轻一拧——那盒盖竟然是活动的,一碰就掉。同时,一股白烟从打开的盒盖里升腾起来,周翡眼明手快地将手中拐杖当成了长刀,一下钩住应何从的后脖颈,将他拖了回来:"你怎么什么都乱碰!"

盒子里的白烟好似一股弥留的怨魂,气势汹汹地冲向石室顶端,继而倏地散了。周翡他们等了片刻,那盒子没再出别的动静,便凑上前去一看究竟。只见空荡荡的八角盒里有一块绢布,上面被压出了一只虫子的形状。

应何从可能觉得自己百毒不侵,又要伸手,被周翡一拐打开。

毒郎中有些委屈地捂住自己的手背,偷偷看了周翡一眼,却没吭声。

"闪开。"周翡瘸着上前,屏住呼吸,小心翼翼地用拐杖尖将那块绢布挑了出来。那绢布约莫有三尺见方,周翡将其打开后平摊到地面,见上面写满了密密麻麻的蝇头小楷,字迹非常规整,甚至有些清秀。

应何从举过火把,念道:"余自幼失怙,承师门深恩,名余以'润',养吾身,传吾道,弱冠之年出师,性轻浮而常自喜,以为有所成,言必及'天下'，语不离'万民'……"

应何从声音越来越低，眼睛却越来越亮，他小心翼翼地跪在地上，整个人几乎趴在那块绢布上，喃喃道："名润……这是……这是吕国师的真迹！"

吕润用了洋洋洒洒数百字，写了自己因缘际会的生平。语气很正常，字迹更是横平竖直、布局优美，内容却神神道道，三句不离"求仙"与"超脱"。

"他说他曾经去找过当年的巫毒墓和涅槃神教旧址，然后在药谷中花了数年的工夫，钻研古巫毒阴文，为的是……"应何从话音一顿，皱起长眉，"找寻世上是否真有起死回生之术。"

"这种废话跳过去，"周翡道，"然后呢？他研究了那么多古巫毒阴文，研究出什么了？那涅槃蛊总有什么用处吧？否则齐门为什么要将这祸根保存这么多年？"

"余虚度六十载，至此，浮生将歇，大梦方醒，乃知竟以寸阴之短，忧百代之长，以蝼蚁之微，悲天地之茫茫，何足道哉，徒增笑耳。"应何从小声念道，"小小边民毒虫，不过寄生传功所用旁门，也能驱人作怪，装神弄鬼，可笑，可笑！其涎液倒也有些妙用，可令百毒退避。此地虽清净，但虫蝎甚众，众小友久居于此，常受湿寒二毒之苦，以致经脉凝滞，可以蛊虫毒液少许，辅阴阳二气之法以祛之，毒虫天性阴险，万望慎之，切记……哎，你干什么？"

周翡不待他念完，便一把揪住他的领子，她也不知哪儿来的力气，方才还一步一挪，此时竟一只手将应何从拎了起来，逼问道："可令百毒退避是什么意思？"

应何从艰难地活动了一下脖子："字面意思……以毒攻毒你没听说过吗？快放开我！"

周翡的手指却收得更紧了："你在永州时也这么说过'透骨青'，你说它是百毒之首，中了透骨青的人不必担心其他……所以透骨青遇到涅槃蛊毒会怎么样？"

"透骨青？"应何从一愣，脱口道，"怎么，那个人还没死？"

周翡从牙缝里挤出三个字："说人话。"

"这……没试过，"应何从想了想，艰难地说道，"难……咳……难说。"

周翡沉默片刻，突然将他一扔，扭头就走，她干脆连拐杖也不管了，风驰电掣地单腿从七道门里蹦了出去，一把将正在指挥挖坑的李晟拖了起来："你随便卷起来的那只涅槃蛊母呢？给我，还有，这里肯定还有别的暗门，都翻出来，找找齐门禁地里有没有关于'阴阳二气'的记载。"

赶上来的应何从闻听此言，震惊道："什么，涅槃蛊母在你身上？不可能！"

李晟被周翡催得慌里慌张地翻找了半天，才从一个贴身的小包裹里找出那只用旧衣服裹住的涅槃蛊母，三个人一起蹲在地上，盯着那只被周翡一刀劈了的母虫。

"怪不得我的蛇都没感觉到，"应何从眯起眼盯着虫身上的刀口，"原来已经死得这么透了。周大侠，看这刀口……是你砍的？"

周翡方才从密道里一路蹦出来，把腰间的伤口给蹦裂了，这会儿血水与应氏独门的金疮药混在一起，着实又疼又痒，那滋味简直能让人直接升天。她憋着一脸难以言喻的痛苦，说道："别提了，我现在就想给它偿命。"

应何从皱着眉拎起死无全尸的母虫。

周翡觑着他的神色，紧张得手心冒了汗，问道："怎么样，吕国师遗书中提到的毒液还有吗？"

应何从冷冷地瞥了她一眼："这话问的，母虫都死成干了，哪儿找毒液去？你还不如去当年斩杀蛊虫的地方把地皮刮下来。"

周翡的心倏地沉了下去，胸口好像被一只冰冷的铁锤敲了一下。

"暴殄天物啊！"应何从恨铁不成钢地说道。

应何从和李晟等人围着那涅槃母蛊的尸体，唠唠叨叨地又讨论了些什么，周翡一概听不见了。忽然，她心里想起方才吕润遗书中的一句话："万物为刍狗，唯人自作多情，自许灵智，焉知其实为六道之畜！造化何其毒也。"

人乃……六道之畜。

周翡从来是做得多想得少，也着实还没到沉迷命理之说的年纪，可是忽然，她无端想起寨中那些时常将"吉凶"挂在嘴边的长辈。

她有生以来，第一次触碰到了所谓的"冥冥中自有天意"。

为什么偏偏是她亲手劈了涅槃蛊呢？

为什么偏偏是她杀了涅槃蛊之后，才得以进入齐门禁地，找到吕国师的遗书呢？

这世上是否有个不可忤逆的造化，义无反顾地往那个业已注定的结果狂奔而去，任凭凡人怎么挣扎，都终归无计可施呢？

在数万敌军的山谷中，周翡毫不畏惧，甚至对李晟断言自己必不会死，可是如今避入安全的地方，她反而有股无法压制的战栗自心里油然而生。她身上本就有两股真气，虽有内伤，却在醒来之后便不断自主循环自愈，此时，她的气海突然好似枯竭一般，要不是经脉受伤颇为虚弱，竟隐隐有走火入魔的征兆。

李晟看出她脸色不对，忙一抬手打断应何从："等等再说……阿翡？"

周翡木然地垂下目光，看了他一眼。

李晟小心地打量着她的脸色："你……没事吧？"

周翡没吭声。

李晟这才想起什么，忙用他那件旧衣服将虫尸盖住，苍白地劝说道："这个……谢公子吧，吉人自有天相。区区一条蛊虫，也未必真能有什么用，反正现在外面都是北军，咱们也出不去，正好在姑父他们来之前将这禁地好好翻找翻找，说不定……"

周翡道："哦。"

她说完，不再看李晟，自己晃了两下站稳，兀自深一脚浅一脚地走了。

第六章·

破而后立

姓吕的老神棍把"慎之"俩字
写在这里，这谁他娘的能看
见？缺了大德了！

　　狼藉一片的山谷中，陆摇光所在的中军帐前整个被齐门的大机关送
上了天。

　　此一役，数万北军虽不至于伤筋动骨，但也被这突然变脸的诡异山
谷闹得颇为焦头烂额。陆摇光武功高强，当个急先锋绰绰有余，但叫他
统率一方，那就差太远了。他借周翡之手弄死谷天璇，一时是痛快了，
等把谷天璇扎成了一只刺猬，陆摇光才发现自己对谷中大军失去了控制。

　　此番过密道、集结兵力于敌后的计划本可谓天衣无缝，偏偏临到头
来这许多意外。陆摇光恨得差点咬碎一口牙，一个偏将还不知死活地凑
过来说道："陆大人，事不宜迟，我看咱们还是尽早将此地事故上报端

王殿下吧……陆大人！"

陆摇光一掌将那偏将搡到一边，从牙缝里挤出一个字："滚！"

他面色阴沉地瞪着满山谷起伏突出的机关，一字一顿道："我非得将那几个小崽子抓出来不可！"

那偏将闻言大惊，他们深入敌后，本就是兵行险着，眼看位置已经暴露，不说立刻给端王曹宁送信补救，赶紧提前动兵打周存一个措手不及，他居然还要跟那几个管闲事的江湖人杠上，这脑子里的水足够灌满洞庭湖了！

偏将连滚带爬地扑到陆摇光脚下："大人三思，军机可延误不得啊！"

陆摇光心说，谷天璇那小子惯会靠着端王溜须拍马，今日这么多人看见我下令射杀他，回头那胖子问起，我未必能落得好处，就算这时候给端王送信补救，疏漏也已经酿成。倘若顺利，自然是端王算无遗策，但若出了什么差错，罪名还不是要落到我头上？

他这样一想，便一脚踹开那偏将，冷冷地说道："你懂个屁，你当那几个小崽子触碰谷中机关是误打误撞吗？此事分明从一开始就是个圈套，必是那姓周的暗中使人装作流民，引我们上当，将我等分兵两路，逐个击破，端王殿下上当了！"

那偏将一时目瞪口呆。

陆摇光又道："我军内部必有内奸，我就说，堂堂北斗巨门，怎会让一个乳臭未干的小丫头扣下绑走，这不是滑天下之大稽吗？可见谷天璇此人有猫腻，亏得我还和他称兄道弟这许多年，呸！如今姓谷的内奸虽已被乱箭射死，我们也落入这般境地，我看事到如今，非得兵出奇招不可——既然周存豁出自家后辈来此，那我们就叫他赔了夫人又折兵！来人，我不信他们带着那一堆老弱病残能跑远，那机关不是沉入地下了吗？给我挖！掘地三尺，不信挖不出他们来！"

地面上正打算掘地三尺，地下的齐门禁地中却是一片静谧，众人跟着李晟到处探查禁地中的密道，小虎拿着一把木签，李晟走到哪里，他就往哪里插签子。

周翡则在对着那面写满了《齐物诀》的墙面壁。

周翡从小见惯了父亲克己内敛，大当家又颇为严厉，因此学不来寻常江湖人大喊大叫、醉生梦死那一套，即便偶尔喝一碗酒水，也大多为了暖身，从未贪过杯。她时常一个人孤身在外，偶尔有情绪起伏，常常无处排解，久而久之，周翡渐渐养成了一个习惯——每每有无从排解之郁结，便去练功。

练的大多是刀法，破雪刀虽然变幻多端，但无论走的是"温润无锋"还是"缥缈无常"，它骨子里都有一股名门正派一脉相承的精气神。

尚武、向上、不屈、自成风骨。

人在演绎刀法，刀法也在影响人，往往一套酣畅淋漓的刀法走下来，周翡心里那点抑郁也就烟消云散了。可是此时，周翡的碎遮已损，手里只剩一根助步的木棍，她试着以棍代刀，随手挥出去的依然是千锤百炼过的破雪刀法，招式闭着眼也不会有一点差错，那味道却变了。不知是不是她重伤之下气血有亏，她觉得自己的刀突然变得死气沉沉，叫人提不起一点劲头来。

周翡便干脆抛掉了那根木棍，整日里坐在山岩前面壁打坐，梳理内息，一坐就是几个时辰，恍惚几日下来，脑子里空空如也，倒好似将破雪刀忘干净了。周翡百无聊赖地盯着隐藏在《道德经》里的《齐物诀》——只敢看前半部分，后半部分不知有什么玄机，稍微盯一会儿，神志便容易为上面的刀锋所摄，眼睛生疼。

她那受伤的经脉好像一棵行将枯萎的树，内息流淌极为凝滞。往日内息流转，不过半个时辰便是一个小周天，这一阵子，哪怕她面壁时心里像坐禅一样平静无波，真气却还是好像淤积的泥沙，在枯涩的经脉中极其艰难地往前推，一不小心就断了。

"这是要废了吗？"她心想。

周翡虽然不至于心浮气躁，但天生脾气有点急，要是往常，指定已经焦躁得坐不住了，可她这会儿心里正空茫一片，不知该何去何从，甚至觉得经脉损毁也没什么大不了的。左右无事好做，她便一直单调乏味又徒劳无功地打坐、发呆。

不知不觉中，她腰间和腿上的伤口缓缓愈合，长出了新肉，不用拄拐也可以来去自如了，唯独内伤没有一点好转的迹象，依然半死不活地吊在那里。

这一日，周翡好不容易将内息往前推了一点，忽然，旁边有一阵脚步声传来，她耳根微微一动，稍微走神，那点方才凝聚起来的真气又功亏一篑地消散了。周翡倒也无所谓，直接收功，抬眼望向来人的方向。

李晟走到她旁边，看了一眼墙上的《齐物诀》，顿觉眼珠好似被蜇了一下，急忙撤回视线，以手遮挡眼睛道："这面墙真是邪门得紧，你能不能换个地方坐？"

周翡道："你不会别看？"

李晟背对着石墙，找了一块石头坐下来，他仿佛有话要说，又吞吞吐吐，接连换了好几个姿势，才字斟句酌地对周翡道："吕国师养蛊的地方，应兄发现了一堆吕润的古巫毒阴文笔记，正废寝忘食地对照着墙上的阴文研读呢。"

周翡道："嗯。"

李晟见她没什么兴趣，便又说道："对了，你快看，我们还找到了这个。"

他说着，将手一翻，拎出了一根形容"消瘦"的旧拂尘，那把拂尘不知被人甩了多少年，脏兮兮的毛都快掉光了，唯有手柄处却清晰地刻着一道水波纹。李晟神秘兮兮地将拂尘凑到周翡面前，故意压低声音道："你猜这个会不会是最后一个水波纹信物？"

真好，神秘的"海天一色"成员中又多了个秃毛拂尘。

周翡扫了一眼，冷漠地收回目光，重新垂下，好像准备再次入定："可能吧。"

李晟沉默了片刻，将那把旧拂尘收了回来，干巴巴地说："我们还发现了一处密道，可能是通向外面的，被人以内力震塌了山壁，现在路线还未完全破解开，大家正在努力清理。虽然我觉得陆摇光但凡长了脑子，就绝不会在谷中逗留，但保险起见，还是找其他的出路比较好。"

周翡这回连声都懒得吭了，只是微不可察地点了一下头，表示自己听见了。

李晟唠叨半晌，终于把所有的话题都用尽了，他颇有些苦恼地皱起眉，无计可施地围着周翡转了好几圈，突然想起了什么，话音一转，说道："对了，你知道今年春天的时候，有个什么尚书的公子到咱们寨中来了吗？"

周翡顺口接道："什么尚书？"

"哦，当时咱们有个在外地的暗桩醉酒闹事打死了人，大姑姑派你过去拿人了，你没碰上——我也忘了是吏部还是什么，"李晟道，"反正差不多那个意思，声称自己是上门来求亲的。"

周翡微微睁开眼。

李晟笑道："哈哈哈，就是向你求亲。其实之前还有好多人明里暗里派人来问过，这是头一个下了血本，亲自来的。"

　　周翡头一次听说还有这种事，当下哑然片刻，一时不知该做何反应，好半晌才道："我一个乡下土匪，那些达官贵人娶我回去干什么，镇宅吗？"

　　"还不是为了巴结你爹，早年那些人不拿皇帝当回事，结果皇帝这些年越来越强势，那些站错队的官现在正后悔不迭，想当帝王心腹也不成了，只好四处走门路。"李晟一条胳膊肘搭在膝盖上，手指轻轻地敲着自己嶙峋的膝盖骨，顿了顿，又道，"那个公子哥柔柔弱弱的，好不容易走到半山腰，实在走不动了，又改坐肩舆，总算活着上了蜀山。他见了大姑姑，彬彬有礼地说为求娶'周家小姐'而来，你猜大姑姑什么表情？"

　　周翡没有表情的脸上总算露出了一点神采，说道："我娘肯定一脸莫名其妙，指不定还得问人家'周家小姐'是哪根葱？"

　　李晟大笑起来。

　　周翡嘴角轻轻抽了一下："然后呢？"

　　"大姑姑便说：'她翅膀硬了，我管不了，你要是愿意，自己找周存说去吧。'那尚书公子哪儿敢上前线讨姑父的嫌，便拍马屁道：'都听说江湖儿女不拘小节，夫人果然颇有古之巾帼豪杰遗风，那么可否请夫人代为转达在下的意思，问问周小姐自己意下如何呢？'"李晟一人分饰两角，切换自如，倒不知道他什么时候长了这等唱念做打的本领。

　　"大姑姑便冲林师兄一招手，故意问：'小林，你周师妹最近有信来吗，人到哪儿了？'林师兄在旁边一本正经道：'已到滁州暗桩，因查出那败类着实做过不少欺上瞒下之事，且拒不悔改，小师妹已经拎着人头去给苦主赔礼了。'"

　　周翡啼笑皆非道："胡说，我拿了人就送回寨中了，几时私自动手处刑了？"

李晟一摊手："反正那尚书公子听了这话，当时便绿成了一根摇摇欲坠的韭菜，晚上就做了一宿噩梦，还发了烧，第二天连大夫也等不及，就连滚带爬地逃下了山。"

周翡听到这里，终于忍不住笑了一下。

李晟从小就混账，从未有过当兄长的样子，长到这么大，他还是头一遭挖空心思说这么多话。周翡一时笑完，便领会了他没话找话、笨拙地安慰她的好意。

她沉默下来，抬眼望向整个齐门禁地的地下山谷，见原本神秘莫测的山谷被长长短短的指路木条插得到处都是，乍一看，活像一群垂头丧气的秧苗。

是了，还不知道李妍和吴楚楚能不能顺利将消息传出去，陆摇光他们会不会变更计划提前偷袭，她多能不能应对得当……还有四十八寨中的事，朝堂上的事。这些年，虽然李瑾容有意放他们去历练，却始终没有完全卸下担子，也不是什么事都告诉她的，今天一个尚书公子，明天又不知替她将多少盘根错节的乱七八糟事挡在外面。

想来还是对他们不放心吧。

她难道也要像吕润一样，做个不看不听不闻不动的懦夫，匍匐在臆想中的"天命"之下吗？

"我知道了，"周翡忽然说道，"等通道清出来，你们叫我一声，我出去探查一下，真遇到陆摇光也没事，那老匹夫怕我。"

李晟看了她一眼，知道自己的意思已经传达到，当下便不再多说，轻描淡写地一点头后走开了。

周翡深吸一口气，收拾心情，重新入定调息，这回，她才算是真真正正地重视起迟迟不见好的内伤。不知坐了多久，不远处好像谁大喊了一声："这儿有东西，快来看。"

那声音配上回声，炸雷一样，周翡一惊，好不容易凝聚的一点内息再次消散在她受损严重的经脉里。周翡皱眉睁眼，感觉自己全然是在浪费时间，她心里将自己知道的所有内功心法背了个遍，没找到什么好办法，忽然鬼使神差地一抬眼，望向石壁上《齐物诀》的后半段。

那些古怪的字迹带着凶煞之气，呼啸着扑面而来，直指周翡。

但这一回，周翡没有因为眼睛刺痛而移开目光，她的三魂七魄被李晟从一场浑浑噩噩的大梦里唤醒，破雪刀正要重新镇住她的神魂，遭此攻击，第一反应便是相抗。电光石火间，无数招式从她心头闪过，一股没来由的战意从周翡原本无波无澜的心里破土重生。她死气沉沉的气海剧烈震动，方才因为被打扰而半途消散的内息立即响应着燃起，重新凝聚起来，游过她受损的经脉，刮骨似的。

至此，周翡已经感觉出有异，她本应立即收功，不再看那石壁，可是破雪刀好像和那墙上的刀斧痕迹有某种共鸣，她耳边眼前产生无边幻觉，整个人好像被魇住了一般，连眼珠都动不了，掌心渐渐渗出血来，分明是走火入魔之兆。最要命的是，她的朋友们都以为她在专心调理内伤，全往方才传来喊声的方向去了，身边连个可以求助的人都没有！

周翡遭受严重打击的时候，因为受伤过重，躲过一劫。如今好不容易想要重新振作，却莫名其妙遇到这种事故！

周翡简直欲哭无泪。

而就在这时，整个禁地中突然传来一声巨响，一道不祥的天光竟从某个地方射入暗无天日的地下山谷，外面竟有人声隐约传来。

陆摇光这大傻子，居然现场演了一出何为"有志者事竟成"，果真在这么长时间之内什么都不干，专心掘地三尺……不对，少说也有三百尺，他挖穿了禁地的机关！

应何从吃了一惊，自七道石门后面的密室里走出来，探头张望道："什么动静？"

李晟难以置信地望向漏光的小窟窿，喃喃道："这个陆摇光……他是不是有毛病？"

周翡当时拼着背后挨刀，从两个北斗中舍一取一，率先拿下谷天璇，就是因为谷天璇心眼太多，倘若留他命在，还不定会想出什么恶毒招数来，相比而言，留下陆摇光对他们更有利。

但她没料到，此人不但蠢，还满腹私心与毒辣，两相结合，便不再能以常理度之，谁也想不出陆摇光能这般"超凡脱俗"。

应何从喃喃道："他就不怕挖开密道，发现我们已经从别的通道跑了吗？我说，此人究竟什么来路，怎么加入北斗的？"

"出身好？谁知道。"李晟苦笑道，"我本来担心舍妹办事不牢，来不及给我姑父报信，现在看来担心都是多余的。江湖谣言说这位陆大人的母族与曹氏沾亲带故，他们的皇亲国戚总不至于是南边的内应吧？"

陆摇光不知从哪儿弄来几个投石机，一下一下往那破口的地方砸，砸得齐门的禁地地动山摇。而李晟他们两个"聪明人"凑在一起，居然你一句我一句地考证起了陆摇光的出身。杨瑾在旁边听得忍无可忍，强行插话道："李晟，你姑父到底什么时候来？"

李晟："……"

杨瑾怒道："既然大军没来，你俩怎么还在这儿站着说话不腰疼？有空担心南军，不如先担心咱们自己吧！"

"来就来，在齐门禁地里，我还会怕他们？"李晟冷笑一声，击掌道，"诸位，将指路的木牌都扒开，咱们等着他自投罗网。"

一伙流民几经坎坷，好不容易活到现在，全都死心塌地地跟着李晟，刚开始听见陆摇光不走寻常路还有点慌，此时见李晟一脸笃定，不由得便好似有了主心骨，立刻便依言行动起来。

应何从四下看了看，问道："周翡呢？"

"面壁疗伤呢，我叫她一声。"李晟说完，吹了一声长哨，哨声在幽暗的禁地里回荡，好一会儿，却没听见周翡回应。李晟并未起疑，因为周翡从小就觉得这些约定的暗号特别傻，听归听见，却鲜少回应，当下便不怎么在意地道："她听见了自己有数，不用管她。"

禁地上面的北军热火朝天地打洞，禁地中的李晟轻功若飞，带着一帮井然有序的流民清理地上的指路木牌，都是繁忙一片。周翡听得见那些北军挖坑的动静，自然也听见了李晟的长哨，但她好像陷入了一个非常尴尬的境地，既没有完全入定，也难以挣脱这种"被魇住"的状态，只能不上不下地卡在中间，周身的真气像是要被那霸道的后半段《齐物诀》抽取一空，越来越入不敷出。

石壁上的刀斧痕迹凝成了犹如实质的刀光剑影，掘地三尺地消耗着她仅剩的微末内息，她先是手心渗血，随后十二正经渐次沦陷，乃至全身几乎没一处不疼。那疼痛有点熟悉，和当年在华容城里，段九娘冒冒失失地将一缕枯荣真气打入她体内时的凌迟感很像，只不过当时是要炸，现在是要裂，也难说哪个更难熬。

禁地上面被投石机砸出一声巨响，地面隆隆震颤，沉下去的石门上生生被砸出一道裂痕，周翡觉得自己被一把刀当头一分为二——她脑中"嗡"一声，眼前一黑，几乎没了知觉，周围扰人的动静越来越远，视野也越来越暗，那害人不浅的半段《齐物诀》终于淡出了她的视线，刀光剑影的幻觉也随着她五官六感的麻木而淡去。有那么片刻光景，周翡甚至觉得自己的身体在变凉。

而当意识也开始失落的时候，那些困扰她的种种尘世之忧便都跟着灰飞烟灭了。她已经无暇考虑可能近在咫尺的北军，忘却了心里对"命中注定"的悲愤诘问，萦绕心头挥之不去的喜怒哀乐也变得无足轻重，甚至连自己姓甚名谁，也一起模糊地记不起了。

周翡全部心神只够保留一线的清明，整个人宛如退回到了她初生之时，露出天然的好胜本能——就是死到临头，也心似铁石，绝不主动退避。

这样浑浑噩噩中也不知过了多久，周翡觉得自己好像已经度过了漫长的一生似的，突然，一种说不出的感觉从她丹田中缓缓升起，像一阵细密的春风，轻缓柔和地洗刷过她干涸皲裂的经脉。枯竭的真气也好似死灰复燃，缓缓从她原本凝滞不堪的经脉中流过，刚开始非常微弱，几乎感觉不到，随即一点一点增强，和着她重新清晰起来的心跳声。

外界的光线与响动重新投入她的眼耳之中，周翡涣散的目光缓缓凝聚，《齐物诀》的后半部分再次映入眼底，她却惊奇地发现，自己居然能看清那些几欲噬人的刀斧刻痕了！

墙上每一道刻痕都清晰起来，当中虽然饱含肃杀之气，却只是服服帖帖地趴在墙上，不再伤人。那些刻痕和上半部分乱飞的笔画一样，也是一套完整的内功心法，周翡在尚未反应过来时，已经自动地跟着那图上所示功法运转起内息来。她从未有过这样神奇的感觉，周身沉疴陡然一轻，前所未有地感觉到了某种强大的控制力。

段九娘以枯手，强行将一缕"荣"之真气打入周翡体内，那股暴虐的真气险些要了她的小命，却没来得及同她说明白枯荣真气到底该怎么练、怎么用。这些年来，周翡既无心法，也无口诀，只能按照冲虚道长交给她的《齐物诀》调和安抚她两股互相排斥的真气，一直与那枯荣真气相安无事而已。

她从未想过何为"枯"，何为"荣"，只是偶尔在破雪刀有所进境时，方才能因"大道通而唯一"，而窥到些许枯荣真气的门路。这些年来，枯荣真气于周翡，除了能配合破雪九式中的小部分招式之外，基本是故步自封，没什么进益。

直到她看见这半段被不知什么人修改过之后的《齐物诀》——那原属道家的温润心法变得凶险而恶毒，又正赶上周翡内伤颇重、心境不稳，险些引得她经脉枯死，偏偏她不肯随便死，竟在一线间悟到了枯荣流转、生生不息之道，误打误撞地打通了真正的枯荣真气，迈出了当年段九娘师兄妹始终没有抵达的一步！

细想起来，道家阴阳相生，本就与枯荣之道相互印证，其中竟也算有迹可循。

只见那缺胳膊少腿的《道德经》明文与刀斧痕迹之间，居然还有一段极小的刻字，以周翡的眼力，尚且要集中精神方才能勉强辨认。

先前这邪门的石墙太有攻击性，叫人根本无法直视，谁都没注意到这行字。那娟秀工整的字迹同七道石门后的吕国师遗书中笔迹如出一辙，与周遭狂风骤雨似的刀斧痕迹对比极其鲜明。

周翡见上面写道："齐物诀，齐门之秘法，修阴阳二气，于化功疗伤、锤炼经脉大有用处，日积月累，颇有助益。然失之和缓，终不过强身健体之小道。"

这话说得非常狂，就差明说别人家的功法没有屁用了，但细细想来也有道理——冲霄道长交给周翡的那本《齐物诀》，通篇不过"调和"二字，也就是周翡当时机缘巧合，刚好被段疯婆子折腾得半死不活，否则那篇藏在《道德经》里的《齐物诀》除了强身健体，确实没什么大用。

吕国师后面又写道："阴阳之道，相生相克，齐门小友多隐世而居，无争圆融，常将'相克'之术弃之不用，岂知萧疏始于极盛之时，草木起于枯涸之土，烈火融冰，乃生潺潺之水，未知有死地，谈何寻生机？今吕某抹去半段'小齐物诀'，以杀戮之术代之，成'大齐物诀'一篇，以待后人。功法凶险，九死一生，慎之。"

周翡："……"

姓吕的老神棍把"慎之"俩字写在这里，这谁他娘的能看见？缺了大德了！

这时，只听又是"彭"一声巨响，巨大的山石扑通扑通地砸了下来，禁地里的石门忍无可忍，终于支离破碎。与此同时，叫嚷声与咆哮声一起响起，山石崩裂，碎土塌陷。陆摇光使出蛮力，一定要让齐门禁地重见天日，一点也不担心将自己手下的兵将埋在下头，硬是在禁地上面开出了一个宽逾数丈的大坑。

陆摇光拂开脸上的尘土，指着那大坑喝令道："冲下去！"

大群的北军应声呼啸而下，顺着巨坑往下俯冲。先锋方才冲入禁地中，便被这浩瀚的地下山谷惊呆了，领兵的北军将领不由得停下脚步。不请自来的天光将数代不见天日的齐门禁地照亮，巨大的八卦图横陈地面，带了些许说不出的神性。浮在半空中的细小尘土好像一把星辰，扑散得四面八方都是，静静地与野蛮的闯入者们擦身而过。

突然，一道人影闪过，有个北军道："将军，他们在那儿，还没跑！"

那先锋将领抬头一看，见不远处有一片石柱，合抱粗的巨石林立，撑着此地洞天，一个流民少年正直眉瞪眼地站在那里，好像被凭空而落的北军吓呆了。双方大眼瞪小眼片刻，那少年大叫一声，转身冲入了石柱丛中。

充当先锋的北军将领跟着曹宁出生入死多少年，虽未能一眼看出齐门禁地里有什么玄机，但已经本能地感觉到不对劲，一时犹豫起来。这时，陆摇光却已经带人赶了上来，骂道："还愣着干什么！延误了军机，该当何罪！"

先锋北将跟了这么一位一言难尽的主帅，也是无计可施，只好带人追上去。

那流民少年人小腿短，一副没吃饱过的模样，惊慌之下，哪里跑得过来势汹汹的北军？他借着石柱遮掩，原地绕了好几圈，眼看要被北军追上，石柱深处又传来一声惊呼，似乎是个年轻女孩子躲在那儿，小声叫道："小虎！小虎快跑！"

陆摇光率众闯入石柱阵中，自然听见了这一声细小的惊呼，当下一挥手道："分头围堵！"

北军"呼啦"一下就地散开，一部分去捉拿那走投无路的少年，一部分朝着女孩出声的方向而去。追击者又分几个方向围堵那少年，眼看要将他堵在中间。就在这时，那少年却突然掉头往一个巨石柱后面一钻，在众目睽睽之下，居然就这么凭空消失了！

众北军从四面八方将那石头柱子团团围住，却谁都没看清他是怎么没的——难道还有人会遁地术不成？

与此同时，方才那女孩子的声音也戛然而止，偌大一个石柱阵中一时安静得落针可闻，一众北军在其中面面相觑，诡异极了。先锋将军起了一身鸡皮疙瘩，凑到陆摇光面前："大……大人……"

他一开口，回音在齐门禁地中四处回荡，格外突兀，反而把自己吓了一跳。

陆摇光竖起一根手指，示意他噤声。北斗破军虽是个酒囊饭袋，功力和耳力却是不掺假的，他闭目侧耳倾听片刻，突然将长袖一甩，指向一个方向道："装神弄鬼的鼠辈躲在那里！"

两路北军不待他吩咐，已经包抄向陆摇光所指的方向。

谁知到了地方一看，那里居然只有一个小草人！

这时，他们身后突然"咻"一声轻响，一个北军躲闪不及，当场被射穿了喉咙，就地毙命——凶器是一支两头削尖的木箭！

"小心戒备！"

"有埋伏！"

"退！退！"

说话间，无数木箭从四面八方向困在石柱阵中的北军射来，虽是木质，却不知是什么机关打出来的，居然不比真正的铁箭头差多少，转眼便放倒了一大帮。等陆摇光怒吼着让手下人拼死向前，循着箭头来处找寻过去的时候，却找不着半个人，原地只有一堆草编的蚱蜢娃娃！

"大人，这石柱间有古怪，先出去再说！"

陆摇光额角青筋暴跳，一挥手，众北军连忙慌慌张张地撤出石柱中间，出来一看，却发现自己并不是原路返回，竟又误入了一堆高耸的石林中间。

陆摇光紧跟在先锋之后，方才一时冲得太快，被困在石林中，找不着自己的大队人马了。

就在这时，一道人影突然闪过，一个北军来不及反应，已经悄无声息地倒下了，手中砍刀被人夺去，那刀光如雪，劈头便斩向了陆摇光。陆摇光吃了一惊，那寻常士兵手中的扁片砍刀到了来人手里，摇身一变，竟活似紫电青霜一般。他仰头躲开迎面一刀，根本来不及反应，接连而至的刀光已经将他逼得应接不暇。

陆摇光仓促间连退三步，狼狈地回手抽出腰间长刀，大喝一声，当空架住横劈过来的刀片。

两相碰撞，那薄如纸片的砍刀刀背竟不知怎的，纹丝不动，随即来人一震手腕，"当啷"一下，一股难以言喻的劲力好似水波，自两把刀相抵处直接传到了陆摇光手上。陆摇光当即虎口到手腕一线全麻，长刀瞬间脱力，两把刀刃极凶险地错身而过。

他心头重重地一跳，这才看清来人，瞳孔倏地一缩。

居然是周翡。

陆摇光原本想得很好——当时在乱军中，箭矢乱飞，正所谓蚂蚁多了也能咬死象，连谷天璇都被乱箭射成了刺猬，何况一个周翡？那小丫头纵然刀法有几分意思，可她满山坡乱窜了半宿，还要掩护那么多只能拖后腿的流民，就算侥幸不死，也必得脱层皮，肯定受伤不轻，跑也跑不远，再加上密道里缺医少药，指不定都不用费事，她自己就识趣地死了。

谁知周翡虽然明显消瘦了一圈，形象上也是衣衫褴褛，下手却一点也不钝，周身的气息甚至比当时在中军帐前更内敛了些——武功到了一定的境界，外放已经不算什么，可怕的便是这种表面上平淡无波的内敛，那意味着她已经到了收放自如的地步。

陆摇光心下骇然，从牙缝中挤出一句话："好得很，你竟还没死。"

周翡懒得搭理他，也不看那些围着她如临大敌的北军，她微微侧耳，继而转头冲那石林尽头的方向说道："还不趁他们刚下来的时候人少，赶紧擒贼先擒王，装什么神？"

李晟闻听此言，心里大骂周翡这个怪物，她说得好像北斗破军是地里长的大白菜，拿起刀就能随便切似的！

李晟回头冲一直跟在他身边的小虎道："按我方才教你们的方法，利用此地的阵法困住他们，每一轮木箭射完就立刻换地方，不要被他们抓住。"

嘱咐完，李晟冲杨瑾和应何从使了个眼色，纵身而出，三个人相互配合，闯入北军当中。

陆摇光打从断奶开始，便没被人忽略成这样过，气得当场要冒烟，大喝道："拿下她，看周存敢不敢豁出他的宝贝女儿去！"

周翡一笑："我吗？我真觉得……"

她说到"觉得"二字时，周遭有数十北军听得破军一声令下，已将周翡围了起来，先锋军果真训练有素，进退如一，长枪三下五除二架起了一道庞大的带刺藩篱，战车似的推向周翡后背。同时，陆摇光横刀而上，将毕生修为汇于一刀中，当头劈向周翡，封住她所有前进之路，发狠要将她堵在长枪阵中。

周翡脚步不停，好似根本无视挡在面前的这尊北斗，她手中一把几文钱的刀甚至说不上快，刀锋却在转瞬间收拢成一根极细的线，动如丝线，轻如牵机——下面却连着可以翻江倒海的巨石——斜斜地格住陆摇光的长刀。

周翡一口气竟未使尽，仍然好整以暇地接着自己的话音说道："……你还不如……"

她随手抢来的砍刀就是破烂，北军的军费也不知被哪个狗官贪去了，刀剑简直是粗制滥造，那纸片一般的砍刀难以承受两大高手角力，刀身与刀柄相连处竟活动了起来，随即"咔"一声，木刀柄自中间裂成了两半，那刀身一下飞了起来。周翡叹了口气，不慌不忙地将木刀柄轻轻一拍，随即伸手捉住那刀背。

飞起的木刀柄直冲陆摇光而去，陆摇光的视线不可避免地被搅扰了一下，就在他眨眼的时候，周翡双手行云流水一般地将那光杆的刀身推了一个极其圆融的圈，刀身围着破军的长刀旋转，像一朵缓缓绽开的曼陀罗，自然得近乎优美。

周翡终于说完了她这一句话："……直接去捉我爹容易些。"

她与陆摇光错身而过，嫌他挡路似的，用肩膀轻轻撞了他一下。那陆摇光脸上带着无比震惊之色，好似已经呆住了，被她一撞，竟乖乖地侧身让路。转瞬间，周翡已经掠至几步之外，直到此时，北军织成一张大网的枪阵方才递到，因陆摇光挡路，只好堪堪停住。

周翡向后飘起的一缕长发在推得最远的枪尖上短暂地缠绕了一下，

继而悄然垂下。

那没了柄的刀身这才"锵"一声落在地上，惊起无数尘埃。

陆摇光颈上好像有人拿了红墨缓缓染色，一线红丝从右往左铺开，一直裂到了耳根之下，一线画完，伤口陡然炸开，血流如注。他瞪大了眼睛，眼珠轻轻地抖动了一下，轰然倒下。

倒挂的北斗湮灭在遥远的地平面下。

突然，一道尖锐的号角声传来，地上地下同时剧烈地震颤了起来，人声如海潮一般带着闷响传来，将谷中的北军闷在其中包了"饺子"。

身在齐门禁地中的北军尚未从主帅被人一刀砍了的震撼中回过神来，便闻听自己已被包围的消息，当即在错综复杂的石林与石柱阵中乱成了一锅粥，不到一炷香的光景，南军已经摧枯拉朽一般占领了整个山谷。

陆摇光挖开的入口处，南军先锋先入，随即是成群的弓箭手，根本未费吹灰之力，便令一帮已经吓破了胆子的北军跪地成俘。

少女尖锐的声音刺破刀光剑影的地下禁地："哥！阿翡！"

紧接着，一个高挑消瘦的人甩开亲兵，直接从那洞口跳了下来，落地时脚下跟跄了一下，险些没站稳。他身后一袭戎装的闻煜连忙赶上来，想拦又不敢拦，只好伸手扶住那人一条胳膊："周大人，你……"

周以棠没顾上理他，这稳重人竟跟陆摇光一样，莽撞地直接跟在先锋后面下了禁地，他宽阔的大氅扫过一地狼藉，一路脚下带风地往里闯。

闻煜："周大人小心！"

这时，石林中一个两丈来高有如笋状的大石顶上，有人开口道："爹，你怎么也学会捡漏了？"

周以棠脚步蓦地一顿，抬头望去，见周翡吊着脚在大石顶上坐着，两手空空，顶着一张花猫似的脸，冲他一笑……也就牙还是白的。

她平平安安，全须全尾。

周以棠看着她喉头微动，好一会儿才无声地笑了一下，他站定原处，侧头咳了两声，定了定神，这才轻声斥道："多大了，还跟个猴儿似的，成何体统？快下来。"

饶是周以棠攻其不备，面对整整一山谷群龙无首的北朝大军，收尾的杂事也从正午一直忙到了天黑，不得不就地安营扎寨。

从齐门禁地中救出来的流民被集体安排在了几个排在一起的帐篷里。这些流民经此一役，好似长了不少胆量，跟着李晟他们便天不怕地不怕似的，不少人手中仍提着他们在禁地用的木箭警惕地四下巡逻。

李晟等人围成一圈，清理着一个不知从哪儿挖出来的大木头盒子——当时打扰了周翡运功，险些害死她的那嗓子吼叫，就是因为有人在禁地石墙中翻出了这玩意儿。那木盒本身好像是个机关，想打开盒子，须得将其一点一点地解开才行，据说不小心解错一步，里面的东西便保不住了。

李晟如临大敌地举着个小刷子，趴在地上，仔细扒拉着为数不多的几条木头缝，刷里面积压的泥土。

周翡总算换了身干净衣服——军中没有她这么秀气的女孩子能穿的尺寸，便只好叫她卷着袖口裤腿，凑合着穿小号的男装。她双手抱在胸前，靠在一棵树底下，无所事事地等着看李晟到底什么时候能研究明白。

这时，旁边充当"岗哨"的小虎突然站直了，周翡一偏头，见是周以棠带着闻煜走了过来。

闻煜正在同周以棠说话："周大人，兵贵神速，被审问的北军说，陆摇光并未给曹宁送信，既然天赐良机，我们不如将计就计……"

　　周以棠竖起一只手掌，打断了闻煜的话音，他拍了拍小虎的肩膀，又冲李妍、李晟他们一点头，对周翡道："过来。"

　　闻煜只好识趣地退到一边，看李晟他们研究从齐门禁地里扒出来的东西。

　　周以棠负手在前，带着周翡沿树影横斜的山谷走出一段，这才伸手把她鬓角一缕长发别开，对周翡开了口："怎么这么莽撞？"

　　周翡想了想，颇为认真地回道："不知道，可能是年少轻狂？爹，给我点钱。"

　　周以棠："……"

　　他被周翡噎了半晌，无奈地伸手在怀里摸了摸，道："没带，一会儿自己去找亲兵要——你做什么？"

　　"碎遮断了，得买几把刀，"周翡道，"另外我还临时打算去趟东边，暂时不回家了，盘缠没带够。"

　　周以棠看了看她，见她领口下有一个方才长好的新伤，搭在纤细的脖颈间，显得格外凶险。年纪轻轻的大姑娘，身上穿着借来的粗布麻衣，出门在外，连买把刀的零钱也没有，实在是惨不忍睹。

　　那一瞬间，饶是周以棠并非俗人，也不由得心里一疼，心道：我的姑娘为什么过成这样？

　　他忽然忍不住说道："金陵这个时节，正是诗会云集、赏菊吃蟹的时候，我虽常年在外，偶尔才回去一趟，却也能接到不少帖子，不过大多人情往来只是跟我客气，因为很多都是邀家眷前往，他们都知道你和你娘不在我身边。"

　　周翡眨眨眼。

　　周以棠顿了顿，又道："我受梁绍之托替他出山，一直未曾将南都视作家乡，但近来偶尔也会想，天子脚下毕竟繁华，出入有车仆相随，环佩金玉任凭挑选，饮食更是不厌精细……爹好像都没问过你，愿不愿意去金陵。"

周翡一愣，随即笑道："也行，不过今年恐怕赶不上了，明年这时候，您可别忘了多买点螃蟹，我去吃一季。"

周以棠淡淡道："我说的可不是小住。"

再乱的世道里也有达官贵人，他们头发丝上好像镶了金边，举手投足都怕碰掉了，永远高高在上，江风与夜雨吹不进高高的宅院，铁马冰河入不得锦帐梦里。在金陵，以周以棠的身份，是足够周翡做一个"人间寒暑无关事"的大小姐的——哪怕她出身"乡下"，也会有尚书之子大着胆子来求娶。

"周家小姐。"周翡不知怎么想起了这个念出来颇为古怪的称呼，说出来的时候差点咬了舌头，随后自己忍不住又笑了，"哈哈，没想到我还挺会投胎——不了，爹，我还是'南刀'吧。"

周以棠听出了她的意思，无声一叹，随即识趣地将这话题揭过，只是点着她道："大言不惭，你娘都不敢自称'南刀'。"

周翡将手背在身后，满不在乎道："那谷天璇、陆摇光可真冤，到了阴间，想起自己死在一个无名小卒手上，可都不好意思跟别的鬼打招呼了。"

周以棠瞪了她一眼，问道："你几时动身？"

周翡道："没别的事，我明天就走了。"

周以棠："……"

他好不容易见周翡一面，过程还这样惊心动魄，这没良心的小畜生居然打算要点钱就跑！

周翡觑着她爹神色不对，便又问道："啊？怎么，您还有事吩咐我办？"

周以棠心里突然有点没好气，懒得再跟她说话，冲她一摆手，大步走了。

周翡踮着脚喊道："爹，别忘了给我钱！"

这时，一个亲兵怀里抱着个长盒子赶上周以棠，低声请示道："周大人，您让末将取来送给周小姐的名刀在这儿，您看是……"

周以棠"哼"了一声："放这儿，不给了，让她自己买去。"

第七章·
白骨传

"说的是有一具白骨，死而复生，爬起来一看，却发现自己居然没躺在事先修好的陵寝中，它百思不得其解，只好自行爬出去找寻自己的坟。我打算给它起个名，就叫《白骨传》，怎么样？"

　　谢允掐灭了蚊香，抬头往门口望去，见老和尚同明来了，便打算起身迎接，不料突然觉得半个身体僵住了，一下竟没能站起来，又重重地跌坐回去。

　　同明道："第三味药汤我已备下，安之，你还能再撑几天？"

　　谢允一言不发地活动着麻木的半个身子，好一会儿才重新找到点知觉。方才那一摔，他的手背撞在了桌角上，泛起了一片尸斑似的紫红，而他竟一点也没觉得疼。他摇头掸了一下袖子，面不改色道："师父，这话你问我干什么？我自然是想多活一天是一天，且先让我熬着，您看我什么时候趴倒要断气了，再把第三味药给我灌进去就行。"

同明打量着他的脸色，犹疑道："安之，你真的……"

谢允偏头询问："嗯？"

同明道："你真的没有怨愤吗？"

谢允笑道："世间谁无怨？既然你有我有大家都有，便没什么稀奇的，说它做甚？"

同明走进书房，感觉这房中有一个谢允，就好似放了一座消暑的冰山，门里门外是两重气候，老和尚忧心地叹道："你不同，你毕竟是凤子皇孙。"

谢允笑道："阿弥陀佛，满口俗话，大师，你念的是哪个邪佛的杜撰经？历朝历代崛起，都是'王侯将相，宁有种乎'，所谓'正统'二字，只是我们这些'皇亲国戚'拿来哄骗无知黔首的。这咱们都知道，可这谎话说出去千万遍，咱们自己也跟着信了起来……师父，您知道我想起了什么？"

同明："什么？"

谢允便道："想起庙里的神像——区区一个泥人，人们自己捏完自己拜，香火点得久了，还真拿它当个神圣了。"

"六合之外，圣人不言，别胡说。"同明呵斥了他一句，卷起袖子帮他收拾桌上乱七八糟的书稿，见那铺开的纸上字迹清晰整齐，却并不是谢允惯常用的风流多情的字体。仔细看来，笔画转折显得有些生硬，偶尔还有实在控制不好多出的病笔，想是他受透骨青影响，手腕日渐僵硬，到如今，已经连拿笔也难以自如了。

那字虽然写得僵硬，内容却是个神神道道的志怪故事。此人连笔都拿不稳了，竟然还在扯淡！

同明问道："你写了什么？"

"闲篇。"谢允道，"说的是有一具白骨，死而复生，爬起来一看，却发现自己居然没躺在事先修好的陵寝中，它百思不得其解，只好自行爬出去找寻自己的坟。我打算给它起个名，就叫《白骨传》，怎么样？"

同明大师闻听他这荒谬的新作梗概，没有贸然评价，伸手翻了翻这篇"大作"。

如果说《寒鸦声》还有些人事的影子，那么这《白骨传》便完全是鬼话连篇了，倘若不是同明见他方才说话还算有条理，大概要怀疑谢允是病糊涂了才写出满纸的胡言乱语。

谢允道："过些日子，我便托人送给霓裳夫人的羽衣班，您别看眼下世道乱，但我夜观天象，感觉南北一统恐怕也就是在这一两年内了。但凡太平盛世，人们总偏好离奇之言，我这个离不离奇？没准到时候又是一篇横空出世的《离恨楼》。"

同明大师将整篇鬼话翻完，才说道："阿翡曾经替我去梁大人墓中寻找《百毒经》，发现梁大人的墓穴已经被人捷足先登，墓主人尸骨不翼而飞，当时你尚在昏迷之中，这些细枝末节便没告诉你。原来你已经知道了，为师久居海外，消息闭塞，有些事不是很清楚，你为何不从头说起？"

谢允发青的手指有一下没一下地敲着桌角："那年梁绍身染重病，心知自己时日无多，便命人压下消息，写了一封密信给我，托我入蜀山，请甘棠先生。我虽去了，可一直对此事心存疑惑。"

同明问道："怎么？"

谢允道："梁大人是个彻头彻尾的保皇党，而甘棠先生虽曾是他的得意弟子，却早已经与他恩断义绝。皇上与甘棠先生，孰近孰远？梁绍那时为何要将自己在江南的旧势力交给甘棠先生，而非直接给皇上？"

同明的两条白眉轻轻蹙了一下。

谢允又道："这是头一件古怪的事。周先生入朝后如鱼得水，转眼将南北局势握入掌中，后来他殚精竭虑，三年休养生息，与飞卿将军闻煜一文一武，连夺边境数城，杀北斗，破北军不败神话，此一役，堪称空前绝后、惊才绝艳。唯有一点遗憾，就是吴费将军和隐世齐门先后暴露，吴将军以身殉国，齐门也分崩离析。吴将军死后，吴家遗孤遭北斗禄存追杀，江湖中盛传的'海天一色'风波再起。"

谢允说到这儿，话音一顿，转头望向同明大师："可是师父，'海天一色'如果真如谣言所说，是什么武林秘宝，怎会在吴将军这个素来与江湖无甚瓜葛的人手上？即便真在他手上，连他妻儿骨肉都不明所以，托孤的四十八寨好似也不知内情，北斗禄存又是怎么知道的？更加离奇的是，一夕之间，仿佛天下皆知有'海天一色'，人人趋之若鹜，可'海天一色'究竟是什么，却没人能说清。"

同明大师道："为什么？"

谢允说道："'海天一色'的信物在吴将军手上一事，倘若不是他活腻了自己泄露的，就只有另一种解释了——有个曾经参加过'海天一色'盟约的人将此事透露了出来。"

同明道："这却说不通了，倘若当真有这么个人出卖了'海天一色'盟约，为何盟约内容至今仍是个谜？"

"假如有一件事，我不想让别人知道，可偏偏参与者甚众，除了持有水波纹的人，还有众多藏在暗处的刺客做见证。尽管他们每个人手中证据都不全，一部分人已经死无对证，但我还是不知道他们之间是否有什么幽微的联系。而一旦我对其中某个人下手，很容易打草惊蛇，到时候事情很可能向着我不希望的方向发展，我该怎么办？"

谢允用一种非常轻的声音说道："我不能冒险，只有搅浑水，用一个看起来更合理、更让人趋之若鹜的谣言，驱使各方对此信以为真。然后他们有人趋之若鹜，有人明争暗斗，有人甚至想利用这东西谋求别的……这样一来，我就有机会浑水摸鱼，借刀杀人，怎么样师父，这手段听起来耳熟吗？像不像今上用来对付我的那套？"

同明大师虽然爱打禅机，但打的是流水清风"何处来何处去"的禅机，他老人家作为一个前任皇亲国戚，并不能领会他们这些现任皇亲国戚九曲十八弯的心思，只好对谢允苦笑道："匪夷所思，听君一席话，真叫人不寒而栗。阿弥陀佛，看来老衲偏安一隅，当个只会念经的老和尚，果真是明智之举。"

谢允道："就连这个搅浑水的'谣言'都是现成的，至少青龙主郑罗生就一直对此深信不疑。"

蛟香气息非常浓烈，闻久了，连鼻子也麻木起来。师徒二人相对而坐，半晌没人言语，只听得见同明手中木佛珠一下一下彼此碰撞的声音。不知过了多久，同明才说道："安之，你有没有想过，这些只是猜测？有没有可能……有没有可能因为你对赵渊所作所为一直耿耿于怀，所以不免偏激，认为凡事都是阴谋，而凡阴谋必有他一份呢？照你这样说，当年青龙主害山川剑，北斗围攻南刀，霍堡主下毒陷害老堡主，也该是他一手策划的了？这也未免太——赵渊当年可也不过是个家破人亡的幼童啊。"

"不错。"谢允平静地点头道，"如果我没猜错，当年开局的人不是我那皇叔，是订下'海天一色'盟约的人。"

同明迟疑了一下："你是说……梁绍？"

谢允手中茶杯盖子与茶杯轻轻撞了一下，"叮"一声轻响："我知道李老寨主突然传来噩耗时，同年，周先生'削骨割肉还于恩师'，退隐蜀中。此后直到梁绍死，周先生再没露过面，以他的聪明，很可能察觉到了什么，此中内情，李大当家恐怕都未必清楚。而霍老堡主所中的'浇愁'稀世罕见，与药谷遗物脱不了干系……还有山川剑——山川剑之死最为典型，看起来是'怀璧其罪'，但仔细想想，这璧从何来？关于'海天一色'是武林秘宝的谣言，是从何而起，又是以什么为佐证的？"

鸣凤楼拿到的"归阳丹"，得到庇护的封无言，武功进境一日千里的木小乔……诸多种种，全都让人浮想联翩，难怪"武林秘宝"之说甚嚣尘上。梁绍付的酬劳，不但能让这些收钱杀人的刺客甘受驱使，还半遮半掩地织就了一个巨大的假象，能充分发挥江湖人以讹传讹的想象力。

同明摇摇头："固然有些根据，但老衲听来，恐怕还是你的猜测居多，毕竟死无对证。我且问你，如果当年真是梁绍，他为何任凭水波纹流落各地？"

谢允道："不错，他为什么会任凭水波纹流落各地？为什么会请那几个身份令人浮想联翩的人来做'见证人'？刺客、活人死人山的杀人掏心之辈……要不是'猿猴双煞'名声太臭，想必这几个见证人能将天下名刺客都凑齐了。倘若只是保守秘密，难道不是牵涉的人越少越好吗？江湖名宿如山川剑等前辈，会在乎刺客吗？那这个'刺'究竟鲠在谁的喉咙里？"

同明下垂的长眉轻轻地动了一下。

"四十八寨的李大当家，山川剑之子，吴将军之女，甚至霍家堡堡主霍连涛，有江湖人，有普通人，有好人，也有恶人，但是他们没有一个人知道水波纹究竟是什么。也许是订立'海天一色'盟约的几位前辈约定过此事到他们为止，也许是怕给子女招祸——总之，水波纹传下来了，盟约内容却没有。你知道我在怀疑一件什么事吗，师父？"

同明苦笑道："我现在已经不知道是你那《白骨传》离奇，还是你口中所说的话离奇了。你想说什么？"

"即使凑齐了水波纹，也未必真能拼出盟约内容，神秘的'水波纹''见证人'，浪迹江湖叫你永远也找不着的刺客……都是梁绍在某个人心里留下的一根刺，叫他寝食难安。"

同明道："这倒让人越发糊涂了，让谁寝食难安？"

谢允低声道："梁相一人之下，万万人之上，有何人值得他煞费苦心？只有……"

只有当今了。

同明一愣："为什么？"

谢允缓缓竖起一根手指在自己唇边，面色难得地凝重："我猜得出，但不能说，师父，此事不能出于我口，哪怕此地只有你我两人也不行。"

"海天一色"订立时，建元帝赵渊只不过是个在众人护持下南渡的幼童，一个孩子，能有什么天大的把柄，让梁绍提防至今？赵渊又为了什么会因为"海天一色"而寝食不安？

除非，除非……

他并不是真正的皇家血脉！

谢允沉默片刻，又道："据说当年……早在曹氏叛乱未始时，梁公就是新党的中坚，他那时年轻气盛，与执意想推行新政的先帝一拍即合。后来先帝因此开罪群臣，万般无奈下，被迫将梁绍贬谪江南，本想先抑后扬，等时机成熟再将他调回，谁知此一别就是永诀。梁公一生未曾留恋过荣华富贵，原配早亡，鳏居多年，膝下只一子，本也是少年才俊，尚未加冠便有战功。当时赶上曹仲昆叛乱，他随军北上时，因缘际会，所在那一支小队充当了诱饵，最后落得客死异乡，尸骨无存——你说梁绍为了什么？我不知道，只觉得他老人家这一辈子真是忙碌，连死后也……"

同明大师的目光落在了那篇《白骨传》上："死后怎样？"

谢允这回沉默了更久。

同明道："安之，你一定还知道什么。"

"梁绍墓中尸骨不翼而飞的事,"谢允缓缓说道,"是我亲眼看见的。"

同明手中缓缓旋转的佛珠倏地一顿。老和尚同明活到这把年纪,修行半生,见多了世间怪现状,却因他这一句轻语起了战栗。

"当时周先生忙于安顿前线,霍家堡广发请帖,招来大批的闲杂人等聚集洞庭一带,还惊动了北斗。当时有传言,说北斗正打算借题发挥,找个由头冲这些'名门正派'下手。我正好听说……见笑,确实是有些'吃盐管闲事'。便往岳阳方向赶去,途经梁公墓,就想顺路过去上炷香。"

同明叹道:"原来你早知道梁公墓所在,为何从未提起过?他手中有大量药谷遗物,万一有透骨青的解决之道呢?"

谢允笑道:"我那时觉得当个废人也挺好,没料到还会有动用推云掌的一天……咱们不说这个。我在梁公墓附近,意外发现了一伙行踪诡秘之人逡巡徘徊。师父大概知道,梁公墓在南北交界处,同当年梁公子殉国之处的衣冠冢比邻而居,位置很敏感,我当时第一反应就是'北斗又来搞什么鬼',便仗着轻功尚可,跟了上去。那些人在附近转了两天,找到了梁公墓,当晚便破开墓穴,进去胡翻乱找。"

同明大师道:"阿弥陀佛,死者为大,贪狼未免欺人太甚。"

"是啊,正好是那个时节,北斗沈天枢等人后来不是先后围困霍家堡、华容城,烧死了霍老堡主,又一路追杀吴将军遗孤吗?那么在此之前,顺手盗个墓,别管找什么吧,反正听起来分外合情合理,对不对?"谢允意味深长地笑了一下,"可惜我只是个'手无缚鸡之力'的书生,想维护死者颜面也是爱莫能助——那些人翻了一通,我不知他们找没找到想要的东西,反正最后将一具基本只剩白骨的尸骨拖了出来,鞭笞捶打'泄愤'。"

同明大师心慈,闻听此言,连连念诵佛号。

"把骸骨弄得乱七八糟，那领头之人便从怀中拿出一面北斗令旗，用石子压住，放在尸体旁边。"谢允道，"好像生怕谁不知道沈天枢擅闯南北边境，挖坟掘墓，还侮辱尸骨一样。"

同明大师听出他的言外之意，目瞪口呆："这……"

"如果当时只有我在那儿，就没有后来的事了，"谢允自嘲道，"毕竟我比较尿，顶多等他们走远，再出面给梁公收一次尸罢了。谁知怎么那么巧，还有个人也在，并且十分耿直地露了面，喝问他们到底是什么人，怎么这么不要脸，连'北斗'的名都要冒领……我后来才知道，那傻道长就是齐门的冲霄道长。"

同明"啊"了一声。

"冲霄道长当时多半以为这些人是江湖蟊贼，没事干点挖坟掘墓的勾当，谁知双方一动手，道长就发现自己轻了敌。挖坟的黑衣人是个顶个的好手，高手不少见，但配合如此默契的绝不多，彼此间不必言语交流，眼神手势便能配合得天衣无缝。而手势是有迹可循的，我就恰好见过，还看得懂。"

同明大师忙道："在哪里见过？"

谢允一字一顿道："大内。"

同明倒抽了一口凉气："你是说天子近侍挖了梁公坟，将死者鞭尸泄愤，还要嫁祸给北斗。"

谢允轻轻地呵出一口气，缓缓地搓着自己的手。气候温润的东海之滨，他呵出的却是一口白气。

"不，不是泄愤，皇上不是那样情绪外露的人，就算真的心怀郁愤，也该他亲自来鞭尸，而不是让人代劳。"谢允说着，站了起来，拢紧衣袍，在书房中缓缓踱步，"我怀疑他们在墓主人墓中一无所获，所以认为梁绍的尸体上有什么玄机。这时，我见冲霄道长实在支撑不住，不忍看他稀里糊涂地死在那里，就想试一试。"

同明大师一点也不意外地道："你突然冒出来，抢了那具尸骸就走。"

"知我者，恩师也。"谢允弯起眼睛，"我蒙了面，仗着轻功，一路往北边去，挖坟的黑衣人和道长都不知道我是什么路数，一起来追我，穷追不舍。幸亏梁公已经瘦成了一具骨头，否则这一路我还真背他不动。"

同明大师摇头道："又犯口舌。"

谢允笑了起来，说道："我被他们穷追不舍，整整跑了三天，怎么都甩不开，到这时候，我已经开始怀疑这白骨身上是不是真有玄机了——不过后来想想，说不定那些盗墓贼也只是有一点怀疑，结果道长和我先后出来搅局，不也正像落实了他们这怀疑吗？道长见我一直往北走，想必以为那盗墓贼和我是'假北斗'遇上了'真北斗'，那帮私下当盗墓贼的则以为我跟道长都是北边派来的，分赃不均，同伴反水……哈哈，别提多乱了。"

谢允虽然一副病容，提起那些鸡飞狗跳的少年事，眼睛里的光彩却一丝一毫都没有黯淡，大概即使在冰冷的透骨青中昏迷，他也能一遍一遍回忆那些惊险又欢快的岁月，想必是不会寂寞的。

"我一路到了北朝地界，那些黑衣人可能要疯，连国界都不在乎了，疯狗一样追在我身后，跋山涉水都甩不脱。我正发愁，不料正好遇上朱雀主那帮张牙舞爪沿途打劫的狗腿子，朱雀主本人不分青红皂白便久负盛名，手下也不遑多让，见那伙人太嚣张，便以为他们是来找碴的，两相一照面，立刻打成了一锅粥。我与梁公见此天降机缘，立刻相携溜之大吉。"

谢某人正经地说了没有两句，又开始胡说八道，同明大师已经懒得管他了："然后呢？"

"然后我误打误撞地摸进了朱雀主的黑牢山谷，那地方，真是叫人'叹为观止'，"谢允摇摇头，"黑牢山谷里守卫森严，我背着梁公有点累赘，便跟他打了个商量，暂且将他老人家安置在了一个人进不去的山谷窄缝中……哎，也不对，是我进不去，我瞧那水草精钻进钻出倒是挺痛快——当时黑灯瞎火的，我也没看清楚，没注意窄缝下面居然还'别有洞天'，梁公刚进去，就一脚踩空，掉了下去。"

同明："……"

这小子办的这都是什么事。

谢允蹭了蹭鼻子："他掉下去，再往外掏可就不容易了，我正在发愁，不巧被谷中守卫发现了。"

同明大师无奈道："以你这独行千里的能耐，竟没跑得了吗？"

"往常是没问题的，"谢允叹道，"谁知道那天没看皇历，正好朱雀主木小乔坐镇山谷。朱雀主这个人……哈哈，您应该也有耳闻，我为了避免没必要的纷争和流血，只好主动被他们捉住了。朱雀主以为我是个小贼，搜走了我身上五钱银子并一把铜板，就下令把我扔进了黑牢里。'小贼'是没资格住地上的，我被他们扔进一个地下坑里，刚好和梁公做了邻居，因祸得福，既不必再费心掏他，也不必担心被那帮神通广大的盗墓贼抓住了。追我的人自然不肯善罢甘休，当时在山谷附近徘徊不去，朱雀主察觉到有这么一股势力捣乱，在山谷中逗留了十日之久，冲霄道长大概也是被他亲自抓进来的，其他那些挖坟掘墓的黑衣人死的死，伤的伤，倒是再没有出现过。"

同明大师脸上露出了一点笑意，说道："阿弥陀佛，我看未必，恐怕是你察觉到了朱雀主在山谷中，才想出了这个借刀的法子。"

谢允正色道："不管您信不信，那一回真的是天意。"

他说着，不知想起了什么，神色温柔了下来，嘴角隐约弯出一点笑容。好一会儿，他问道："师父，如果我喝了第三味药，还来得及见一见阿翡吗？上次错过，下次再错过，可就不晓得要等到几辈子以后了。"

同明大师嘴唇微动，还没来得及说话，谢允瞧他脸色不对，便连忙又故作轻松道："不过死生为一，终有殊途同归之日，多不过百年而已，倒也不妨，无须挂怀。再说……也许她会临时起意，突然想到东海转转，过两天就到家门口了呢？天意自来高难料，不然她当时怎么那么巧就步了梁公后尘，掉进那小小石洞里了呢？"

同明大师低头念诵佛号。

就在这时，外面突然传来一阵脚步声，书房中的两人同时一愣，片刻后，只听刘有良朗声道："殿下，同明大师，岛外有客来。"

这话音一落，即使心有天地宽如"想得开居士"，神色也接连几变。谢允当时好似哽住了，一把拉开房门，问道："是谁？"

天意自来高难料，不如意事常八九——两刻之后，不速之客登了岛，来人却不是周翡。

一排精光内敛的大内侍卫在谢允那简陋破旧的小书房外跪了一排。

陈俊夫缓缓地拎着他织渔网的长梭子走过来，一言不发地靠在门边站好。林夫子身形一晃，便落到了书房房顶，两撇小胡子一动一动的，道："今日既不逢年，也不过节，你们来做什么？"

哪怕谢允浪荡在外，绝不回宫，赵渊也从未忘记表面功夫，逢年过节必会派人来问候，例行公事地同谢允来一番"回家过年吗"和"不了"的过场废话。

那领头的侍卫答道："殿下容禀，咱们王师近日便将北上，征讨贼寇，光复河山，此地虽处海外，但毕竟仍在北贼势力范围之内，为防曹氏狗急跳墙，皇上命我等秘密接端王殿下回宫。"

他话音没落，眼前突然人影一闪，那林夫子鬼魅一般，不知怎的便到了他近前。领头的侍卫吃了一惊，往后一仰，一把抓住腰间佩剑。

"狗急跳墙？"林夫子皮笑肉不笑道，"我们仨黄土埋到脖颈的老东西还没死呢，倒叫他们来跳一个试试。"

那侍卫忙道："前辈误会，皇上还说，咱们不日便能收复旧都，想当初殿下离宫时，还是个叫人抱在怀里的小娃娃呢，您不想回家去看看吗？"

陈俊夫沉声道："端王殿下伤病缠身，不宜驱车劳顿。"

侍卫道："皇上正是担心这个，令我们以圣驾出行之仪备下车马，派了十位太医随行……"

林夫子吹胡子瞪眼地打断他："太医？呸，你们的太医尽是酒囊饭袋！"

"林师叔，"谢允一摆手，"不必为难跑腿的，皇上自来待我极好，有劳诸位费心，圣驾之仪太过僭越，我万万不敢受，若能精简些，我回去看看小叔也好。"

被林夫子压得喘不过气来的侍卫大喜："是，小的这就拟折请示，多谢端王殿下。"

同明大师皱眉道："安之。"

谢允觉得海风中扫来的水汽都已经在他周身凝成了冰，他像是携带了一个挥之不去的凛冬——是了，南北格局将变，赵渊越是接近那个大一统的王座，那水波纹想必就越是如鲠在喉。好在他这个"懿德太子遗孤"命不久矣，赵渊还得给他臆想中的幕后之人做最后一场"还政"的戏，给他这个正统遗孤送了终，才好接着痛哭流涕地被"赶鸭子上架""受命于天"。

"师父，"谢允说道，"徒儿要出趟远门，临走之前，劳烦您将最后一味药煎了吧。"

在金陵准备迎回端王的时候，周翡还一无所知地身处齐门旧址。

夜色迷离，山谷中火把俨然，李晟整个人贴在了从齐门禁地中扒出来的木盒上，他花了足足一整天的时间，总算战战兢兢地撬下了木盒上的第一块板，露出盒子里的一点端倪来，发现里头是满满一沓厚实的书信。

"梁……公亲……亲什么？亲启？"

姓李的大废物暂时不敢乱碰其他地方，对着那打开的小缺口使了半天劲，总算看见了其中一个信封上的三个字。其他人刚开始还围观一下，没过多久就都无聊地跑了。应何从在一边喂蛇，杨瑾和奉命前来送钱的闻煜则在一边围着周翡"切磋"刀法，吴楚楚拿着纸笔坐在一边观战，边听李妍讲解边下笔如飞地记录。

周翡手里拿着一根木棒，同时扛住了杨掌门和闻将军的一刀一剑，她侧身从两人之间穿过，身形一晃便避过闻将军自身后袭来的佩剑。杨瑾提刀来截，周翡自下而上一招"破"，不偏不倚地戳在他的刀背上。杨瑾的长刀走偏，与来不及收势的闻煜的佩剑撞在一起，两人功力相当，同时一阵手麻，各退了两步。

"不打了。"闻煜喘着气收了剑，"长江后浪推前浪，我是老了。多谢周姑娘赐教，你要是再找我报当年之仇，我可是招架不住了——李公子方才说什么？梁公亲启？"

李晟将木盒翻过来给他看，问道："这个梁公指的是谁？不会是当年的梁相爷吧？"

闻煜从亲兵手上接过手巾擦去脸上的汗，回道："不无可能，梁公早年交友颇广，与一众前辈都有交情，否则当年皇上南渡时去哪儿找来那么多高手护驾？还有大药谷，至今好多东西都保存在他那儿。"

这话一出口，众人都看了过来，连应何从也抬起头。

李晟忍不住问道："和我祖父也是？"

"嗯，"闻煜在篝火边坐下，"和李老寨主尤其交情甚笃，据说当年周先生就是老寨主送到梁公那里读书的。"

周翡脱口道："啊，什么？"

李晟放下了手里那令他百思不得其解的破盒子，李妍则立刻将吴楚楚丢到一边，屁颠屁颠地凑过来，将李晟挤到一边等着听。

谁知闻煜却摆手笑道："哎，怎好背后议论上官？不说了。"

闻将军人过中年，相貌堂堂，于家国内外，都是声威赫赫，乍一看很是人模狗样，谁能料到他居然是个吊完胃口就跑的贱人？李妍忙央求道："将军，我们嘴都很严，你就说一点，肯定没有外人知道。"

杨瑾和应何从两个外人面面相觑，不知自己是不是该滚远一点。

李妍越着急，闻煜便越觉得好玩，故意板着脸摇头，不住道："不好，不好。"

四十八寨虽不至于门规森严，大当家在小辈人心里却是至高无上的——反正周翡他们三个小时候从来不敢打听长辈的事。李妍好奇得抓心挠肝，急道："不好你还提起这茬儿做什么？闻将军，你怎么能这样！"

闻煜忍不住笑出了声："我今天若是不说出什么，几位小友是不想让我走了吗？"

周翡闻言，默默地拎起长木棍，往旁边一挡，大有"你可以走一个试试看"的意思。

"饶命，饶命，"闻煜逗小姑娘逗够了，这才慢条斯理道，"好吧，其实也没什么，周先生也是偶然与我提起的，他年幼时遭逢天灾人祸，家破人亡，机缘巧合，被路过的李老寨主救下，带回家照看了几年。周先生本就出身书香门第，诵读诗书过目不忘，年纪稍长后，李老寨主担心寨中没有名师耽误了他，这才将他送到江南梁家。"

李妍道："啊，那我姑姑和姑父岂不是很小就认识了？不是青梅竹马？"

闻煜笑而不语。

周翡问道："这么说我家那书房从一开始就是我爹的？"

李妍忙跟着道："姑父多大离开蜀山的？"

周翡不知想起了什么，又道："我娘小时候欺负过他吗？"

闻煜："……"

李晟一点也不想打探长辈的情史，就想理智地问问，既然梁绍和李老寨主是故交，为什么那年谢允带着梁公令牌来四十八寨差点被他姑砍了？可他脖子抻出了两丈长，愣是插不进话去。

李妍兴致勃勃道："对了，那我姑姑什么时候嫁给姑父的，将军，他同你说过这个没有？"

周翡忽然干咳了一声，用木棒戳了戳李妍的后背。

李妍头也不回地一摆手，挥开周翡的棍子："我就问问……"

话音未落，便有人在她身后悠悠地接话道："这倒是不曾说过。"

李妍："……"

她好像被戳了屁股的兔子似的，一下蹦了起来，气虚地转过身去："姑父。"

周以棠双手拢在袖中，脸上虽无愠色，却叫人不敢放肆。旁边替他提灯的亲兵低着头，好似正卖力地数着地上的蚂蚁。周翡长这么大也没这样尴尬过，抬头看了看树梢，又偏头看了看李晟，被李晟瞪了一眼，只好低头跟那小亲兵一起数蚂蚁。

周以棠对闻煜道："我想着安排好这边，行军还是越快越好，本打算找你商量商量，见你久不归帐，才过来看一眼。"

闻煜伸手蹭了蹭嘴唇上的胡子，没事人一样站起来："劳烦先生。"

周以棠一点头，看了周翡一眼，忽然说道："你娘不像你自幼娇生惯养，小时候也不曾欺负过别人。"

周翡："……"

"姑父，"李晟终于找到了说话的机会，忙见缝插针地问道，"梁公和咱们四十八寨后来有什么恩怨？"

周以棠脚步一顿。

李晟虽然近几年渐渐开始掺和寨中事务，但同周以棠说话，他仍然有些紧张，见周以棠不吭声，他便忙道："也不是什么重要的事，其实我就是随便……"

"那年老寨主遭北斗暗算，重伤而归，曹仲昆自然不肯放过四十八寨，"周以棠说道，他吐字很慢，好像须得字字斟酌似的，"趁寨中一片混乱，曹仲昆再次以剿匪为名发兵蜀中，老寨主实在没办法，最危急的时候，曾向梁公……朝廷求援。"

周翡听到这里，心里无端一揪。不知为什么，她虽然从未见过这位早早过世的外公，却突然觉得"向朝廷求援"五个字非常沉重。他在十万大山中带着一帮人，一手建了一个避难的桃花源，调侃自己"奉旨为匪"，立下三个"无愧"之誓，虽也同梁绍有交情，也有过护送幼帝南渡之功，但周翡就是没来由地认为，老寨主恐怕并不愿意向他们开口。

到底是被逼到什么地步，才让他说出"求援"二字？

四下一片静谧，连李妍都小心翼翼地屏住了呼吸。

好一会儿，周以棠才接着说道："当时朝廷内忧外患，也正值多事之秋，梁公……梁公……为大局计，实在无能为力。我那时年轻气盛，为一己私情，擅施小计，盗取兵符，骗出精兵五万。"

闻煜道："当年是蜀中一呼百应的四十八寨分割南北，令我们不至于腹背受敌，唇亡齿寒，周先生吓退北军未必不是为了长远之计。"

"多谢你替我开脱。"周以棠短暂地笑了一下,又说道,"我自觉愧对梁公……多年栽培,便自下官身,又废去武功,将毕生所学归还,遁入四十八寨——恩怨其实谈不上,你姑姑她可能也只是偶尔想起旧事,还有些耿耿于怀吧?人都死了,没甚好说的了,这几日兵荒马乱,你们早点休息。"

他说完,随手拍了拍周翡的手臂,带着闻煜转身走了。

第八章·

丧家之犬

端王兵败，前线一溃千里，周
存长驱直入，三日之内已经连
下数城……

这些年战火纷飞，连四十八寨山下也有不少地撂了荒，眼见这些流
民无家可归，李晟便做主将他们一并带回去。周翡要去东海，自然不与
他们同行，便同李晟辞别道："替我跟我娘说，让她不必担心……算了，
她肯定也不担心，你就说，我刚宰了巨门和破军，下次遇到武曲，一定
剁了他给王老夫人报仇，归期不定，有事就叫暗桩送信给我。"

从这个破表妹在秀山堂摘花只摘两朵开始，李晟就对她那"狂得没
边"的臭德行十分看不惯，至今依然一见就牙根痒痒。可惜再痒也打不
过，他只好当场翻了个白眼，一言不发地从周翡面前走了，转向应何从，
问道："应兄做何打算，我那木盒子还未破解开，你要是与我们同行，

还能帮忙参详一二。"

应何从不置可否地一点头。

李晟又八面玲珑地问杨瑾："杨兄上次来蜀中，还是三四年前呢，你一直是我四十八寨的好朋友，不如再来小住一阵？"

杨瑾犹豫了一下，扫了一眼众多眼巴巴等着归宿的流民，随后竟摇了摇头。他心想：那些药农一个个只会一点拳脚功夫，在中原这乱世里，想必比这些任人宰割的流民也强不到哪儿去。

思及此处，杨瑾有些后悔。就听这位为了找人比刀离家出走的掌门说道："不了，我离开够久了，得去看看那群药农。"

李晟一愣。

这时，应何从突然开口道："擎云沟是否有一位老前辈，梳着一头编辫，早年喜欢在中原各地四处游历的？"

杨瑾想了想，回道："可能是我师伯，上一任的掌门，跟你一样爱养蛇，不过他年纪很大了，前两年已经去世了。"

应何从听了，立刻正色起来，说道："药谷出事时，我虽侥幸逃出，但也九死一生，幸得那位前辈途经救助，送我毒蛇傍身，来日必要登门祭拜。"

说着，这面冷嘴毒的毒郎中竟朝他行了个大礼，杨瑾"啊"了一声，他不太会跟人客气，连忙摆手道："没事，不用谢，他老人家一直爱管闲事，而且很推崇贵派，回来以后唏嘘了好多年，念叨'大药谷'念叨到死……"

杨瑾话说到这里，陡然一顿，因为他突然想起来，擎云沟地处南疆，与世无争，不重文也不重武，历代掌门都是醉心医毒，必是同辈人中医术最有造诣的一个。然而仿佛就是从他师伯游历归来之后，突然把门规改成了比武定掌门。年幼时他怕蛇，又背不下药典，每日只会舞刀弄枪，人缘可想而知……后来又是从什么时候开始，大家努力试着接受他这个异类了呢？

是大药谷一夕覆灭，让他们兔死狐悲之余，心生不安了吗？

他在不知不觉中身负长辈与同侪守护药谷的重任，却居然只醉心于自己的刀术，厌烦地临阵脱逃了！

杨瑾呆立良久，猛地一拍自己的脑门，没头没脑地转身就走："我先告辞了。"

匆忙之间，他也只来得及冲周翡一点头，竟忘了找她比刀的事。

众人兵分三路，各自出发。又两日，短暂休整过的大军闪电似的从山谷中戳向曹军后心，仿如神兵天降。

建元二十五年深秋，九月，授衣之时，霜花始降。

九月初三，北斗两员大将巨门与破军应当送抵的信件已经迟了三天，曹宁接连派了两拨斥候催促，可惜三日不够往返，至今没收到回音。

北端王曹宁有些心神不宁，临近傍晚在营中散步时，忽见木叶脱落，他心里便没来由地"咯噔"一下。曹宁吃力地弯腰捡起了那片枯叶，盯着上面干涸的叶脉，翻来覆去地看了半晌。

随侍的亲兵不明所以，也不敢催促，摸不着头脑地看看落叶，又看看端王。

"乾上坤下，天地否。"曹宁将枯叶卷在手心里，缓缓揉碎，"不利君子贞，大往小来。"

亲兵奇道："王爷，您说什么？"

曹宁的眼睛被脸上堆满的肥肉挤得无处安放，乍一看，好像刀子割开的两条线，稍不留神就能日久生情地长到一起去，目中精光也被压成了极细的一丝，越发刺人眼。他抬起头，望向暗淡的天光，喃喃道：

"卦象上说我宜及早抽身……你信天意吗？"

曹宁年纪不大，城府却很深，身边人从来不敢妄自揣测他在想什么。那亲兵突然听此一问，一时也不知该摇头还是点头，汗都快下来了，结结巴巴道："这……王爷……"

但曹宁好似只是自言自语，并不想听他的答案，这会儿不等他回话，曹宁便突然说道："去看看，谷天璇的信到了没有，立刻叫人生火造饭，等到今日酉时三刻，谷天璇的信若还不到，就把原计划搁置，我们拔寨离开。"

这句亲兵听懂了，闻言如蒙大赦，应了声"是"，撒腿就跑。

谷天璇的信，怕是只有死人才能收到了。曹宁为人果断，毫不拖泥带水，说了酉时三刻走，多一会儿也不等，当晚便拔营上路——至于万一谷天璇他们按原计划从背后偷袭南朝大军，偷袭了一半发现己方援军没来，会落个什么下场？

那也顾不得了。

曹宁的出身已经饱受诟病，又长了这么一副身板，注定与大位无缘，曹仲昆在世的时候对这个次子就很不待见。多年来，曹宁那点安身立命的根本，全是他小小年纪上战场，靠实打实的军功换来的。

曹宁未必天纵奇才，但他就像一只海上的燕子，总是能最先嗅到风暴的气息。

北军临时拔营，彻夜疾行，偏偏天公不作美，他们方才出发不久，便淅淅沥沥地下起雨来。

"巴山夜雨"，能涨秋池，此地纵然距离蜀中已经有一段距离，秋雨之势却不遑多让。曹宁的行军速度不可避免地被拖慢了不少，而天好似漏了，大半宿过去，雨水非但没有停下的趋势，反而越来越密。

北军行至一处山谷狭长之地，先锋方才入山，便有一个大雷劈开了半个天幕，闷雷声在谷中慌乱地来回碰壁，隆隆如鼓。一个传令兵发疯似的越众而出，从主帅处沿路往前飞奔而至，口中喊道："停下！停下！王爷有令，后队变前队，绕路！绕……"

又是"轰"一声雷，将那传令兵的吼声盖了过去。

而闪电恰似刀光。

"九月初三那天夜里，嘿，北军精锐在交界附近遭到伏击，一溃千里，伤亡惨重，死了不知道有多少人哪。那人血被雨水一冲，就好似汇成了一道红河，一直奔着东边流过去了，百里之外河道里的水都是猩红猩红的，跑出老远去，能听见鬼哭！"

庐州郊外，一处四面漏风的破酒馆里，几个南来北往讨生活的行脚帮汉子在此歇脚，凑在一起，一边啃着粗面饼，一边议论时局，常常发表一些让人哭笑不得的言论。

"扯淡，还鬼哭，你听见了？"

"我一个远房表叔就住在那边，他老人家亲耳听见的！"

"我看人家是怕你赖着不走，说来唬你的。"

"你个……"

周翡静静地坐在一边，等着杯中略有些混浊的水沉淀，将周围的聒噪当成了耳旁风——没办法，不是她不关心战局，实在是一路走来听太多了，怎么胡说八道的都有，一会儿说周大人神通广大，发了洪水冲走了曹军，一会儿又说曹军所经的山谷闹鬼，将北军留下当了替死鬼……诸如此类，大抵无稽之谈，她也只好充耳不闻。

"慢着，二位哥哥先别吵，我有一问——那么曹宁遇伏，究竟死了没有？"

人群一静，方才讨论得热火朝天的那几位都闭了嘴。

这时，只听一个角落里坐着的老者幽幽地开了口，道："那曹宁恐怕是跑了。"

那老人声音十分奇特，好似生锈的铁器摩擦在砂纸上，听着叫人浑身难受。周翡举杯的手一顿，寻声望去，只见他面貌丑陋，半张脸连到脖颈有一道凶险的疤，该是刀剑留下的，两侧太阳穴微鼓，目中精光内敛，内家功夫应该颇有造诣。周翡一眼扫过去，那老人立刻便察觉到了，与她对视一眼后，冲她浅浅一点头，又接着说道："除了斥候，周大人有时也差遣一些咱们这样的人，替他探查民间的风吹草动。老朽老而不死，闲来无事，便偶尔帮着跑趟腿，几支队伍的旗子都还认得。那天，周大人想必是秘密埋伏，我正好在附近，却全无察觉，半夜听见附近打了起来，连忙冒雨上山前去探看，竟见北军曹氏的王旗被围困山谷，片刻后便倒了。那一战……啧，打了整宿，满山谷都是沾了泥的尸体，也有趁夜跑了的。完事以后照着闻将军的规矩，将战俘归拢，又把斩获的几个北军大将的头颅高高挂起，我来回看了三遍，没有曹宁。"

旁边有人恭恭敬敬地说道："老前辈，你还认得曹宁？"

另一人答道："那有什么不认得，曹宁那一颗脑袋据说有寻常脑袋两颗大，我要是在，我也认得！"

众人又七嘴八舌地议论起曹宁的大块头来，周翡见那老人撂下酒钱，持杯的虎口处长满老茧，磨得肤色都比别处深不少，她便忍不住脱口道："前辈练过衡山剑法？"

这还是她从吴楚楚那乱七八糟的笔记上看来的，据说当年的衡山剑派所持的剑样式奇特，有一条弯起的手柄，刚好能卡在虎口上，久而久之，那处便磨黑了。

老人一顿，片刻后，轻声说道："现在居然还有小娃娃记得南岳衡山。"

衡山密道于她有救命之恩，周翡连忙起身，那老者却不等她说话，便将斗笠往头上一遮，朗声笑道："好，只要有人记着，我南岳传承便不算断了！"

说完，他两步离了破酒馆，飘然而去。

正这当口，门口进来几个唱曲的流浪艺人，正好众人说厌了南北前线的事，便催着那几人唱些新鲜的。周翡将澄清的茶水倒在水壶里，撂下几个铜板，穿过闹哄哄的人群。正这当口，忽听那拉琴的朝众人团团一拜，说道："诸位大爷赏脸，小的们正好听来了新曲，今日同诸位大爷献个丑，唱得不熟，多包涵。"

周翡已经走到门口，噘唇一声长哨，将自己跑去吃草的马唤了回来，正拉着缰绳预备走，便听里头那拉琴的又道："……这段曲，据说是羽衣班所作，唱词乃'千岁忧'所书，唤作《白骨传》，是一段志怪奇闻……"

周翡："吁——"

行脚帮一帮莽撞人不管什么"百岁忧"还是"千岁忧"，只一味催促，接着，沙哑而有些走调的曲声幽幽响起。周翡逗留在门口，将白骨死而复生后四处找寻自己坟墓的鬼故事从头听到了尾——听到白骨历险一通，因其形容可怖，搅动得四方惊恐不安，最后总算找到了自己的葬身之处，却发现自己的坟冢被另一具披金戴玉的骸骨占据，于是纵身跳入滔滔入海的江水中，同大浪一起奔流而去，成了司水的精怪。

周翡皱起眉，感觉这种漫无边际的胡编乱造确乎与之前那部《寒鸦声》如出一辙，不像别人冒名伪造的。

所以是谢允亲自写的？谢允是醒了？他整天冻得跟鹌鹑似的，怎么还有闲情逸致写这玩意儿？写就写了，他既然不出门，自然也无须路费，为何要在这节骨眼上将其传唱出来？还有那结尾——"长河入海，茫茫归于天色"，实在是怎么听怎么微妙，正好暗合了"海天一色"。

从自己墓穴中消失的白骨、鸠占鹊巢的隐喻、"海天一色"……

电光石火间，周翡脑子里闪过无数念头，她倏地翻身上马，一路快马加鞭，绝尘而去。一个时辰后，周翡赶到了四十八寨最近的一处暗桩，亮出令牌，三下五除二地写了一封信："替我送到南国子监，找林直讲。"

撂下信，周翡便急着继续赶路，正好暗桩的一个跑腿信使从外面回来，险些撞了她。那信使匆忙道："这位师妹留神——师兄，来了三封信，两封'号脉'结果，秘信报给大当家，还有一封带着信物的私信，东边来的，正好一并送回寨中，给周……"

周翡脚步倏地一顿。

此时，旧都南城，一处不显山不露水的小小院落里，来了不速之客。

这小院陈设十分简朴，种了几棵松柏，在秋风萧瑟中强撑着些许陈旧的绿意。一个须发灰白的男子盘膝坐在院中，他披头散发，瘦削、独臂，脸上两条法令纹深邃如刻，面上隐约有紫气。整个院中翻涌着说不出的凌厉肃杀之气，一只鸟雀偶然落在院墙边上，很快便不堪忍受，受了惊似的扑棱棱地飞走了。

突然，那独臂男子睁开眼，目光如电，射向门口。院门口一个北斗黑衣人正要开口说话，叫他暗含杀意的目光一瞥，当即腿一软，"扑通"一声跪了下来，露出身后一身绛红官袍的武曲童开阳。童开阳嫌弃地将那碍事的黑衣人拨到一边，大步闯进院中道："大哥，你听说了吗？"

那独臂男子正是贪狼沈天枢。

沈天枢桀骜不驯，是为北斗之首，一辈子只忠于曹仲昆一人。自几年前伪帝病重，不再能理政之后，他也懒得和满朝上下各怀鬼胎的文武官员打交道，干脆闭门谢客，渐渐深居简出，不怎么露面了。

沈天枢缓缓收回五心向天的姿势，一言不发地站了起来，方才他坐过的地方，只见石板竟然凹陷了一块，而且没有一丝裂纹！

童开阳瞳孔一缩，低声道："恭喜大哥又有进益，神功将成。"

"我不练武功，干什么去？"沈天枢爱搭不理道，"你急惶惶的做什么，我应该听说什么？"

童开阳道："端王兵败，前线一溃千里，周存长驱直入，三日之内已经连下数城，援军根本赶不上趟，今日早朝吵成了一团。"

沈天枢面无表情道："谷天璇和陆摇光那两个废物呢，死了？"

童开阳："……死了。"

沈天枢猛地转过身来——他一向觉得，北斗七人，只有童开阳与楚天权这一个半人配得上同他说话，童开阳是一个，楚天权是个太监，因此只能算半个。其他几位，从人品到本领，一概是扔货。

人品姑且不论，反正他们也不是那些以名门正派自居的沽名钓誉之徒，不必讲那许多假大空的道义，孤高自诩也好，不择手段也好，都不过是个人办事的风格，各花入各眼，不分高下。可若是连安身立命的根本——那点功夫都练不好，那就没什么好说了。死了也活该，叫人瞧不起也活该。

眼界狭隘、旁门左道之徒如廉贞与禄存，多年吃老本、就知道到处钻营之徒如巨门，还有北斗中著名的"添头"破军……这几个东西沈天枢个个都看不惯，往日里便对他们嗤之以鼻，没事就按高矮个头、排队拎出来嘲讽一番以做消遣。此时乍一听闻巨门与破军的死讯，他先是一愣，随即便顺口冷笑了一声。

笑完，沈天枢又面无表情地走了几步，及至快要进屋，他才脚步微顿，想起了什么似的说道："……这么说，巨门和破军也没了，那当年仓促间被皇上凑在一起的七个人，如今岂不是就剩了你我？"

童开阳一愣，随即道："大哥，咱们七个是'先帝'凑的，不是当今皇上啊。"

沈天枢呆了呆，仿佛才想起曹仲昆已经驾崩，新皇即位了。他心里无端涌上一股没趣，"哦"了一声，不言语了。

童开阳抢上几步，压低声音道："大哥，咱们这回可算精锐尽折，端王生死不明，今日朝堂上，我瞧皇上都有些六神无主了，怕是不妙。"

沈天枢漠然道："那跟我有什么关系，我就会杀人，不会打仗。怎么，太……皇上想让我去打仗吗？"

童开阳苦笑道："谁能差遣得动您老人家？方才在来时路上，听说兵部紧急从各地守军中抽调了人手前去支援，可是军心已经动荡，怎么挡得住周存？再者，我还听说，军中有谣言甚嚣尘上，说是皇上容不下亲弟弟，多次故意拖欠粮草，才导致前线溃败，否则以端王之才，怎会败得那样惨？"

沈天枢一脸无所谓，道："哦，这么说岂不是要亡国了？"

童开阳急道："大哥！"

沈天枢挑起一边的长眉，进了屋，用仅剩的一只手给童开阳倒了碗水喝。童开阳心不在焉地端起来抿了一口，险些当场喷出来——沈天枢居然给他倒了一碗冷透了的凉水，连点碎茶叶梗都没有，凉水清澈透亮，清楚地亮着碗底的一道裂痕。

再看沈天枢这偌大一间会客的书房，除了尚算窗明几净，几乎称得上家徒四壁，文玩摆设一概没有，书架上稀稀拉拉地放着几本武学典籍——闹不好还是他自己写的。一张破木头桌子横陈人前，桌面攒了足有百年的灰尘，漆黑一片，看着就很有"嚼劲"。

书房里既没有伶俐的小厮，也没有漂亮丫鬟，童开阳将鼻子翘起老高，闻不着半点多余的人味。他不由得一阵绝望，感觉从沈天枢这里是讨不到什么主意了。一个尚算位高权重的人，竟能活成这副寒酸样，那么他可能是克己勤俭，也有可能是心如磐石，什么都打动不了他。虽说"覆巢之下无完卵"，但是像沈天枢这样的人物又岂能以"卵"视之？哪怕曹氏国破家亡，赵渊可着王土疆域追杀他，于他也没什么威胁。

果然，沈天枢说道："亡国就亡国，我是先帝的狗，先帝驾崩，既然也没留遗言说让我接着给朝廷卖命，那么旁的事便与我无关。你还有别的事吗？没有就忙你的去吧，别扰我清净。"

童开阳正想搜肠刮肚出几句说辞，还不等开口，沈天枢突然抬头，一双目光钢锥似的穿透木门与小院，直直地射了出去。童开阳愣了愣，不明所以地顺着他的目光看去，过了好一会儿，才分辨出一点微弱的脚步声，他不由得汗颜，隐约感觉沈天枢自从不管俗事之后，于武学一道好像迈上了一个他们摸不着边的台阶。

沈天枢坐着没动，轻轻一拂袖，书房的木门自己"吱呀"一声打开了，直到这时，一个人影方才落到院门口。

沈天枢眯起眼，说道："想不到我沈某人府上也能有不速之客，这倒是新鲜。"

院外那人闻声，踱步上前，身形便落入房中两个北斗眼中。来人一身风尘仆仆的布衣，头上戴了一个连下巴都能遮住的巨大斗笠，整个人捂得严严实实，却还是能一眼被人瞧出身份来——能胖成这样的人毕竟不多。

童开阳蓦地起身，失声道："端王爷！"

曹宁掀开斗笠，他一张脸长得白白胖胖，原本像一个洁净无瑕的大馒头，此时却是满脸的污迹与伤痕，成了个被人割了几刀，还扔进泥里滚了一圈的脏馒头。可即便狼狈成这样，他的肩背竟还是直的，拖着一条伤腿缓缓走路的样子，也竟然还很从容。

"丧家之犬，不请自来。"曹宁简略地一拱手，"叫二位见笑了。"

沈天枢端着一碗凉水，腔下如有千斤，愣是坐着没动。童开阳可不敢像他一样拿大，连忙迎了上去，将曹宁让进里间。曹宁拖着一条伤腿，摆手谢绝搀扶，道声"叨扰"，便一步一挪地进了沈天枢的书房。

沈天枢瞥了他一眼，不十分客气地说道："你四肢负担本就比寻常人重，功夫又稀松平常，此番腿上伤筋动骨，又接连奔波，气血凝滞不通，我看往后也未必能恢复，说不定得瘸着走了。"

曹宁神色不变，笑道："沈先生，一个人倘若长成我这模样，多一条少一条瘸腿，也没什么大不了的。"

童开阳怕沈天枢又出言不逊，忙插话道："王爷何以独自上路，既然已脱险，为何不回朝？"

"我皇兄早想收我的兵权，一直没有由头，好不容易逮着这么个机会，他不会善罢甘休，这回我自己落人口实，没什么好说的。"曹宁坐下，旧木头椅子"嘎吱"一声响，那北端王自嘲一笑，又道，"我这些年多少攒了点人，仓皇败退时没来得及与他们交代好，皇上必然差遣不动他们，在这个节骨眼上，想必要更恼我。一旦我露面，除了获罪革职软禁京城，没别的下场——这倒也没什么，只是皇上手中那些所谓的'可用之将'，多不过赵括之流，任他胡闹下去，恐怕……"

童开阳听他这话音不对，有点大敌当前仍要兄弟阋于墙的意思，当下没敢接茬儿，拿眼角瞥沈天枢，却见那北斗之首依然捧着碗凉水端坐，无动于衷。书房内一时冷场，曹宁也没有动怒，他探手入怀中，取出一枚磨掉了一角的私印，放在桌上。那小印上面刻着"四海宾服"四个字，很有些年头了，印章上头的龙纹被人把玩过无数次，磨得油光锃亮。

沈天枢见了那印章，脸色忽然变了。

"此物乃先父皇尚未称帝时所刻，后来组建北斗，便将其当作号令北斗的信物。"曹宁盯着沈天枢说道，"不错，父皇将一切都留给了我大哥，只将这枚印给了我。"

曹仲昆死的时候，北斗七人已去其三，剩下巨门、破军与武曲都有官职在身，已经不受这枚上不得台面的私印约束，受其影响的，实际只有一个不爱管闲事的沈天枢。

沈天枢性情孤僻，虽然武功高强，却未必肯介入他们曹氏兄弟间的纷争，着实没什么用。曹仲昆留下他这步暗棋给曹宁，大约只是想着再怎么不待见，也是自己亲生的儿子，到万不得已的时候保住曹宁一命罢了。

沈天枢的目光在那小印上停留了片刻，问道："你要我替你杀你大哥？"

曹宁笑道："我就算再傻，也知道沈先生绝不会做出如此忤逆父皇心愿的事，何况外敌当前，我也没有那么丧心病狂。"

沈天枢脸色略微好看了一些，想了想，又问道："那么难道你是要从千军万马中取来周存首级？"

曹宁摇摇头："且不说此举能不能成功，就算能杀，如今南朝赵氏也已经坐大，没有周存，还有闻煜，还有别人，运道一旦逆转，便不是杀一两个人能止住颓势的。"

沈天枢微微往后一仰，等着曹宁下文。曹宁将声音压得很低，一字一顿道："沈先生，还记得当年李氏刺杀我父皇的事吗？"

曹宁秘密潜入旧都时，周翡到了金陵。

她久闻南都大名，却没亲自来过。郊外已经有了不少秋游的人，四处是曲水潺潺，沉淀着一股悠久的繁华，路却弯弯绕绕的不大好找，周翡兜兜转转了一天，方才大致分清了东南西北。

　　周以棠在南都是有府邸的，只是周翡在庐州暗桩突然接到同明大师的来信，这才临时改道金陵，来不及同周以棠打招呼，便也不想麻烦他，直接在四十八寨的金陵暗桩落脚。金陵暗桩是家脂粉铺子，每日来来回回香风缥缈，几个师兄在此地待久了，说话都是一水儿的轻声细语，完全看不出一点江湖草莽气，自己都说这南都的温柔乡太过消磨志气。

　　那建元皇帝在这种地方锦衣玉食地过了几十年，居然还是一门心思地搞风搞雨，念念不忘要收复河山，可见此人确乎是个纵横天下的人物。

　　周翡打听到了"端王府"的位置，便仗着自己轻功卓绝，进去里里外外地巡视了几圈，见赵渊做戏做全套，已经派人将王府的宅邸与花园都修整一新，每天都有新的仆从送来，看家护院的、修整院落的……还有一大帮环肥燕瘦的美貌侍女，很像那么回事。此间主人却一直不见踪影。

　　周翡当了好几天梁上君子，白天在王府游荡，夜里回暗桩，却始终没等到谢允，便不由得有些烦躁，不免将事情往坏处想。她一会儿怀疑谢允能不能经得住长途跋涉，一会儿怀疑他那心机深沉的皇叔对他不好。有一次半夜醒来，周翡恍惚间竟不知从哪儿升起一个念头——谢允会不会已经死了？

　　直把自己吓出一身冷汗。

　　甜腻的胭脂香从窗外顺着夜风吹进来，拨动墙角屋檐处的铃铛，与后院里石桥下水流声混在一起，像是一场梦。周翡呆坐良久，激灵一下回过神来，心里说不上撕心裂肺地难受，只是好似堵了一块石头，快要喘不上气来了。她实在躺不下去，便悄无声息地草草拢了一把头发，从窗口一跃而出，轻飘飘地上了屋顶，往端王府的方向而去。

　　周翡本想在王府最气派的那间屋子房顶上坐一会儿，谁知这一去，却远远见到端王府灯火通明。

她心里重重地跳了一下，轻车熟路地找了个隐蔽的地方，居高临下望去，见一帮风尘仆仆的侍卫赶着车马进门，前脚刚到，流水似的赏赐便随之而来。宫灯飘动，整条街都被惊动了，纷纷派出仆从，揪着脖子往端王府那空了十多年的"鬼宅"张望。

忽然，周翡看见一个熟悉的身影下车来——正是她从童开阳手中救下来的刘大统领。

不少人围上前去同他说话，那刘有良在北朝王宫中做了多年禁卫统领，应付这等小场面自然是游刃有余，虽然话不多，但一露面就镇住了乱糟糟的场面，很快将王府的人指点得井井有条起来。

刘有良受蓬莱散仙那三位老前辈之托，沿途照顾谢允，忙到了后半夜，才在端王府安顿下来，总算能在天亮之前略微休息一会儿。谁知他才刚一进屋，心里便无端一悸——他在童开阳眼皮底下从旧都一路逃到济南，全靠这点直觉救命，刘有良有些混沌的脑子里涌上一层凉意，一把抓住自己腰间佩剑。

然而还不待他开口喝问，便听身后有人彬彬有礼地敲了几下门。刘有良一身冷汗，人就在身后，他居然连一点声响都没听见！他当下将佩剑抽出了两寸，猛地回头，便是一愣："周……周姑娘？"

谢允没有和随从一起回端王府，他被建元皇帝赵渊留宿在宫里了。傍晚时分，听人来报皇上要驾到，他便将手上的闲书放在了一边，按照那些好像他生来就熟悉的繁文缛节迎出门来见礼。

赵渊是带着一帮人声势浩大地过来的，不等谢允拜下，就连忙亲自伸手将他扶起来，笑道："在小叔这儿就是回家，既然是回家，哪儿有那么啰唆？"

赵渊穿着便服，身形瘦削高挑，面如刀刻，人过中年，但脸上不怎么显年纪，他眼睫毛异常浓密，常常在眼上打下一层重重的阴影，映衬得目光微沉，看人时无端便会叫人心里一紧。可是他一旦笑起来，又显得十分儒雅亲切，全然没有九五至尊的架子。赵渊伸手拉住谢允，并不忌讳他身上越发浓重的透骨青寒气，反倒是谢允见皇上那养尊处优的手指尖冻得有些发白，忙使了个巧劲挣开他。

谢允笑道："礼不可废。"

赵渊用手背在他额头上贴了一下，十分忧心地叹了口气，他身后一群太医连忙一拥而上，团团围住谢允。

谢允配合地递出手腕，然而南端王金贵的手腕只有一条，着实不够分，众太医只好挨个儿排好队，有察言的，有观色的，忙得不亦乐乎。折腾完一轮，又一起告罪，像煞有介事地凑到一边会诊。这时自然要避开贵人，奈何谢允耳音太好，将众太医在外头的唇枪舌剑听了个一字不差，简直忍俊不禁——好像他们真能治好一样。

谢允才一抵京，还没来得及摸到端王府的门，赵渊就急巴巴地命人将他接到宫里小住，也不知道是为了表达重视与恩宠，还是想看看他到底是不是随时要死。可惜，临出发时，同明大师将第三味药给了谢允，加上正牌推云掌传人内力深厚，此时他看来恐怕是非同一般地精神，不知赵渊见了会不会觉得十分失望。

不过谢允活到了这步田地，已经不大在意别人的看法了，该回光返照的时候，他也懒得假装弱柳扶风，左右没别的事，他便一边听着太医们七嘴八舌，一边随意应着赵渊带着政治任务的闲话家常。

赵渊很会说话，时而问他些江湖趣事，简单的事谢允便顺口同他一说，说来话太长他懒得念叨的，便推说自己隐居蓬莱，不太清楚外面发生了什么。两人好似两只披了人皮的狐狸，一个递话，一个敷衍，倒是显得十分和乐。

忽然，原本百无聊赖的谢允耳根轻轻一动，送到嘴边的茶盏一顿，身上的寒意很快包抄上来，盖过了茶盏上腾腾的热气。一个小太监见了，忙诚惶诚恐地上前换茶。谢允略微眯起眼，抬头往四下横梁上看了一眼。

梁上有人——能神不知鬼不觉地出入皇宫，此人必定是个高手。中原武林卧虎藏龙，当中自有一些来无影去无踪的高手，倘若心怀坦荡、并无恶意，有时会故意弄出一点动静，暗示自己在场，这叫作"投石"，也有试探对方功夫和耳力的意思。

梁上这位不知是哪里来的捣蛋派高手，将一干大内高手视若无物，在皇宫大内朝他"投石"，谢允颇觉有趣，很想一见，越发不耐烦和赵渊扯淡。

那不识趣的皇帝老儿还在一旁笑道："当年你刚回京的时候，还没有自己的府邸，就是住在这里的，三年前此地翻修过一次，但东西都没动过，有没有亲切一点？"

谢允接过小太监新换的茶盏，盯着自己指尖上短暂浮起的血色，忽然故意哪壶不开提哪壶地道："皇叔，我这些年没出蓬莱，消息闭塞，都还不知道——明琛出宫建府了吗？在什么地方？"

赵渊倏地一顿。

谢允笑容真挚，丁点破绽也不露："回头我得去瞧瞧他。"

"明琛哪，"赵渊收回目光，吹开茶水上的浮沫，"很不成器，人也老大不小了，成日里心浮气躁，什么正经事也不干，一天到晚想往外跑，我正圈着他读书呢。回头我将他召进来，你要是有空能替叔管教一下最好了。"

谢允便道："也是，那年他在永州掺和的那事实在太不像话，儿女都是债啊，皇叔。"

他接连两句话里有话，称得上故意挤对了，赵渊虽然维持住了表情，方才热火朝天的家常话却说不下去了。两人各自无言片刻，赵渊这才反应过来，谢允是说话说烦了，故意口无遮拦，隐晦地要送客。不是他不会察言观色，只是即位这几十年间，赵渊已经习惯了当一个皇帝，习惯了哪怕底下人各怀鬼胎，同他说话时也都得战战兢兢、诚惶诚恐，盼着多从他嘴里挖出点什么，鲜少有人嫌弃他话多。

建元皇帝难得有些尴尬，沉默了片刻，他起身道："拉你说了这许久的话，也不早了，小叔不打扰你休息了。"

谢允懒洋洋地站起来恭送，连句多余的谢恩也没有。

赵渊摆摆手，走到门口，好像又突然想起了什么，对旁边一脸走神的谢允道："我朝廷王师步步紧逼，已经迫近旧都，曹氏逆贼只是秋后的蚂蚱，不足为虑。下月初三是什么日子，记得吗？"

"曹氏逼宫，先帝的忌日。"谢允头也不抬地回道，"皇叔与我闲话了这大半天，是不是险些把正事忘了？"

赵渊对这句刻薄话充耳不闻，只说道："也是你爹的忌日——我打算在正日子祭告一番。倘若列祖列宗在天有灵，保佑我军光复河山，使逆贼伏诛，安天下黔首，再有盛世百年。"

谢允点头道："也好啊，算来没几天了，侄儿还能凑个热闹，省得死太早赶不上。"

赵渊眼角轻轻抽动了一下，似乎被他堵得没话说，然而当今天子不知为什么，在谢允面前一点脾气也没有。兀自沉吟良久，他说道："方才听你说起那蛊虫驭人之事，着实耸人听闻，但细想起来，又似乎不是没有道理的。"

谢允略一抬眼。

"你站在这里，觉得穹庐宇内，四方旷野，无处不可去，可是一旦迈开腿，却又总觉得路越来越窄。"赵渊沉声道，"你被架上高台，被推着、逼着往前走，路途又泥泞又不见天日，但是你也知道自己不能回头。每每午夜梦回，都恨不能睁眼回到初临人世时，干干净净，坦坦荡荡，想去什么地方就去什么地方。"

谢允一言不发。

"可是回不去了，这御座龙辇就是盅。"赵渊轻轻地握了一下谢允的肩膀，感觉那透骨青的寒意突破厚实的衣料，小刀似的穿入他掌心，"那会儿，我外有强敌，内无帮手，在朝中四面楚歌，只有你在小叔身边，能听我抱怨几句对外人说不得的闲话。这些年……不管你信不信，小叔真的希望你能好好的。天下奇珍，但有需要，不拘什么，尽管叫他们去寻，皇叔欠你的。"

谢允一低头："不敢，皇上言重。"

赵渊深深地看了他一眼，见他低着头，浑身上下写满了油盐不进的"赶紧滚"三个字，终于无计可施，叹了口气，转身走了，背影竟有些落寞。

谢允立刻回身，先将一干闲杂人等屏退四下，这才开口说道："到底是哪位朋友擅闯宫禁？"

没动静，看来高手没那么好诈。

谢允双手抱在胸前，笑道："阁下神出鬼没，若是不想被我发现，方才想必也不会刻意露出破绽，怎么现在倒扭捏起来，莫非阁下是位姑娘？"

他话音方落，一侧房梁上有什么东西彼此碰撞了一下，"哗啦"一声轻响，却没听见那人落地时的脚步声。对这样的高手而言，故意给点动静已经是堪比敲门的礼节了。谢允不以为意，循声回头，倏地便怔住了。

来人真是个姑娘。

还是一个……分明熟悉到梦回时常常相见，此时骤然相逢，却又有些陌生的姑娘。她好似凭空落在了堂皇的宫殿暖房中，故作平静的目光穿透了三年的光阴与不见的生死，漫无目的地在四周逡巡一圈，继而落回谢允身上。

她每一个细微的眼神，于谢允而言，都是惊心动魄。

谢允盯着来人，喉咙微微动了一下："……阿翡？"

第
九
章
·

不可说

> "常听人说，皇上南渡时不过
> 十岁出头……"

李晟等人终于进入了蜀中地界，因错过宿头，只好在野外过夜。

流民常年颠沛流离，本就体弱，先前是因为一口挣扎着想活的气，死命撑出了精气神，此时找到了归宿和主心骨，一时兴奋过度、精神松懈，不少人反而倒下了，亏得应何从随行，好歹没让他们在重获新生之前先病死。

众人不能骑马，还走走停停，好不拖延。周翡都到了金陵，他们还在半路磨蹭。李妍不知从哪儿弄来了几个松塔，扔在火里烤了，穷极无聊地自己剥着吃——环顾四周，大家好像都很忙，没人跟她玩。

传说中，少年侠士于夜深人静露宿荒郊时，不都是举杯邀月、慨然而歌的吗？可是她抻长了脖子往周围看了一圈，发现她身边的"少年侠士"们居然全在篝火下"挑灯夜读"！

应何从整个人都快扎到那些神神道道的巫毒文里了，几次三番低头，差点燎着自己的头发丝。李晟靠在一棵树下，翻来覆去地与那木头盒子上的机关较劲，不时还要拿小木棍在地上画一画。吴楚楚则伸手拿出水壶，手指在壶嘴上蘸了一下，借着微微湿润的手指捋了捋笔尖，眉目低垂地奋笔疾书。

李妍凑上去，将下巴垫在吴楚楚肩上，看着她条分缕析地在"泰山"的名录下，将泰山派的来龙去脉与流传下来的套路精华一一默写出。李妍忍不住打了个哈欠，说道："泰山派的功夫跟'千钟'一路，笨重得很，要不是天赋异禀，生来就五大三粗，任凭是谁练起来都得事倍功半。我看他们除了特别扛揍之外，好似也没厉害到哪儿去。楚楚姐，这玩意儿你练都没练过，真亏你有耐心整理。"

旁边的李晟被她突然出声打断思路，头也不抬道："李大状，闭嘴。"

李妍不满地号叫道："漫天星河如洗，大家一起聊聊天不好吗？我说你们一个个的是不是都进错了话本，咱们分明是'《游侠志异》'，都被你们演成'《悬梁刺股》'了！"

吴楚楚被她拉扯得直摇晃，只好放下笔。虽然被打扰，她还是不忍心冷落李妍，便顺她的意起了个话头，说道："头些年边境一直拉锯，总共就那点地方，你进我退。这回咱们南边打败了曹宁，我觉得周大人他们就好像在铜墙铁壁上凿了个孔似的，一日千里，行军速度竟然比咱们回家还快，一路上尽是听小道消息了……你们说，要真打回旧都去，往后是就要天下太平了吗？"

应何从觉得她这话十分天真可笑，便冷冷地说道："太平有什么用，该没的早没了。"

吴楚楚脾气好，不和他一般见识，认认真真地回道："没了可以找回来，实在找不回来，还可以重建。应公子不厌其烦地钻研吕国师的遗迹，不也是为了传承先人遗迹吗？"

应何从生硬地说道："我只是不想让人以后提及药谷，说我们连区区一点透骨青都解不了。"

他提起这档子事，众人顿时想起单独前往蓬莱的周翡，没人接话了。应何从悄无声息地将已经快要干枯的涅槃蛊母尸体拿出来把玩，李晟则叹了口气，将目光从手中木盒上移开来，仰头望向天际。

天似穹庐，北斗静静地悬在其中，分外扎眼，仔细盯一会儿，总觉得它好像会缓缓移动似的。李晟心里无端起了一个念头，他不着边际地问道："齐门禁地所用的阵法为什么是'北斗倒挂'？"

李妍和应何从大眼瞪小眼，不知他在说什么。倒是吴楚楚心思机巧，想了想，接话道："我小时候看古书，上面说'夜色将起时，北斗升上帝宫，周转不停，次日则正好倒挂而落，在晨曦破晓前退开'。若是让我牵强附会一下，'北斗倒挂'大约是'天将破晓'的意思，是吉兆呢……"

她话没说完，便见李晟诈尸一般倏地坐直了。

吴楚楚问道："怎么？"

李晟猛地盯住自己手中的木盒子："我知道了！"

李妍莫名其妙："哥，你知道什么了？"

"木盒上的机关！"李晟飞快地说道，"原来如此，十二块活动板，每动一次，说明过了一个时辰，对应的星象与阵法自然也会跟着变动……我说怎么无论怎样算都算不清楚！"

他根本不理旁人，一边飞快地在地面上算着什么，一边自言自语些听不懂的话。众人见他像煞有介事，便都围拢过来，大气也不敢出地看着李晟拆那盒子外围的木板。

李晟两耳不闻窗外事地弄了有两个多时辰，霜寒露重的夜里愣是憋出了一脑门汗，接连将盒子外围十二块木板拆了下来。拆掉了锁在一起的十二块木板，里面露出一个有孔隙的小盒。李晟长长地吐出一口气，只觉肩膀僵得不似自己的，尚未来得及说什么，那小盒突然自己裂开了。

李晟一声低呼，还以为触碰了什么机关，盒子自毁，前功尽弃了，正手忙脚乱，那盒中装满的信件雪片一样掉落在地，从中滚出了一个卷轴，在地面上"啪"一下打开——

"呀，小心火！"

"连个东西都拿不住，李晟你那爪子上是不是没分缝！"

李妍抢在卷轴滚进火堆里的前一刻，仗义出脚，险险地将它截住，然后吱哇乱叫着跑到一边去扑灭鞋上的火星。吴楚楚上前将卷轴捡起来，小心地抹去尘土，见那是一轴陈旧的画卷，画着一幅叫人十分摸不着头脑的肖像，用笔非常朴实，毫无修饰，很像古时候那种遴选官员或是宫女时所用的人像。画上有个孩子，有十岁出头，看着还有几分稚气，角落里写着他的生辰八字，没有姓名。

几个人围观一遍，面面相觑。

应何从问道："这是什么？"

"永平二十一年。"李妍念出了声，"永平二十一年是什么年？"

"'永平'是先帝的年号，"吴楚楚说道，"如果这个人是永平二十一年出生的，现在应该已经年近不惑了。奇怪，此人有什么特别之处吗？为何齐门要这样大费周章地收藏这幅画……啊！"

李晟忙问道："怎么了？"

吴楚楚突然指着卷轴上的一枚印道："这是我爹的印！"

吴将军一直扮演着一个神秘莫测的角色，他好像既属于朝堂上那个"海天一色"，又属于江湖中这个"海天一色"，他的生平就像一个少字的谜面，连上字里行间的留白，也不够推出一个连猜带蒙的谜底，妻子儿女也未曾真正了解过他。

"不只那个卷轴，我看这里大部分信都是吴将军写给冲云道长的。要说起来，当时吴将军身份暴露，同齐门隐世之地被发现，几乎是前后脚的事，吴将军和齐门之间一直有联系，倒也不在意料之外。"李晟跪在地上，小心地将掉了一地的信件整理好，"嗯……元年的，元年之前的也有……'梁公亲启'就一封，奇怪，为什么发给梁绍的信会混在这里？"

吴楚楚下意识地揪紧自己的衣角。

李晟忽然想起了什么，抬头问她道："吴姑娘，我们能看吗？"

众人这才想起这些信虽然都是遗迹，却是吴楚楚亡父所书，当着她的面随意乱翻好像不太好。

吴楚楚想试着回他一个微笑，没成功。从"海天一色"第一次爆出来开始，这些过去的故事，便好似都不那么光明磊落起来。没有人知道几乎被传颂成"再世关二爷"的忠武将军吴费在其中扮演了一个什么样的角色，而这些毕竟是密信……

李妍刚想说什么，被李晟一个眼神止住了。李晟觑着吴楚楚的脸色，迟疑道："若是不妥，我们……"

"不要紧，看吧。"吴楚楚忽然说道，"从小我爹告诉我，'事无不可对人言'，我相信他。"

她说着，半跪在地上，亲自撕开了那封写给梁绍的信，却见里头没有开头，也没有落款，笔迹甚至有几分凌乱，近乎无礼地写道："纸里终究包不住火，梁公，你何必执迷不悟！"

吴楚楚刚说完"事无不可对人言"，便被亲爹糊了一脸"纸里包不住火"，当即手一抖，信纸脱手飞了出去。幸而应何从在身边，应何从忙将它一把抓在手里。毒郎中不大会看人脸色，自顾自地说道："这封信写给梁绍，但最终没到梁绍手里。而吴将军和齐门冲云道长之间一直有联系，因此我们是否可以推测，当年利用密道隐匿无形的齐门就是吴将军等人与梁绍联系的渠道？"

他将那封信夹在手指中间微微晃了一下，又说道："'纸里包不住火''执迷不悟'，说明梁绍当时肯定在隐瞒什么，吴将军知道以后激烈反对，甚至冒着风险写这么一封节外生枝的信质问，而冲云道长截下这封信，为什么？怕他们双方发生争执吗？我感觉仅就这封信上的措辞而言，虽然不太客气，但也说不上指着鼻子骂，梁大人应该还不至于大动肝火吧。"

李晟忽然道："看信封，这封信是什么时候写的？"

李妍连忙将落在一边的信封捡起来，念道："建元……二年，哥，建元二年怎么了？你都还没出生呢。"

李晟看了吴楚楚一眼，吴楚楚伸手在自己红通通的眼圈上抹了一把，去翻找她那些记了一大堆武林杂事的厚本子，翻了半晌，哑声道："建元二年……啊！李老寨主死于北斗暗算，大当家行刺曹仲昆未果。"

李晟问道："还有吗？"

"嗯……等等，还有北刀传人入关，打伤山川剑，然后……"吴楚楚心思机敏，说到这里，结结实实地打了个寒噤，止住了自己的话音，四个人面面相觑了好一会儿。

吴楚楚往四下看了一眼，见不远处同行的流民们都睡得踏踏实实，周遭没有外人，这才小声道："所以你们在想，老寨主和山川剑的事与梁……梁相爷有关？冲云道长私下截下这封信，其实是为了保护我爹？"

"还不能做定论。"李晟想了想，摇摇头，又去拆其他信件。

几个人此时全然没有了睡意，连母猴子似的李妍也老老实实地消停下来，帮着一起拆阅。吴费将军是儒将，又是兵法大家，早年机缘巧合下，结识了阵法大家齐门冲云道长。两人一见如故，只不过两人之间明面上的联系自从吴将军假意投靠曹氏开始便断了，吴楚楚根本无从得知父亲还有这样一位故友。以永平三十二年为界，之前的通信多半是朋友之间谈心，大多是长篇大论，有时探讨阵法，有时也忧国忧民，彼时年轻的吴将军还会对先帝过激的新政发表几句外行话。

但永平三十二年之后，仅从信件中就能看出气氛陡然紧张了起来。一整年只有几封信，一封是初春时写的，潦草而简略地说朝中暗潮涌动，自己十分不安，之后吴将军大半年音信全无，到了腊月，又突然连发三封急件给冲云道长。

"永平三十二年腊月，应该正是曹仲昆带人逼宫的时候。"李晟将吴将军的三封信放在一起。

第一封信口气比较急，显然是事发突然，吴将军没反应过来，紧接着第二封信便冷静多了。此时永平皇帝已经驾崩，吴费在信中提到，他们会不惜一切代价保住太子，不少字迹已经模糊，不知是不是当年曾经被眼泪打湿过。随后又是第三封信，显然，事与愿违，东宫罹难，太子殉国，小皇孙不知所踪，最终，他们只保住了永平帝的幼子……

李妍插话道："所以冲云道长收到了吴将军的信以后，才纠集了殷大侠和爷爷他们出手护送？"

"嗯。"李晟盯着第三封信，心不在焉地应了一声。

李妍戳了他一下："你又怎么了？说人话！"

李晟被她戳得晃了晃，难得没跟李妍一般见识，他正若有所思地盯着那信上的一句话："小殿下受惊，悲恨交加，颠沛流离中高热，昏迷不醒。"

"这是永平三十三年——也就是建元元年正月的信。"应何从打开后面几封信。过了永平三十二年年底短暂的兵荒马乱之后，吴费将军的闲话便基本没有了，措辞简单直接，中间接连几封往来的信，都只能算是便条，商讨的事却非常细致。李晟他们只能看见来信，看不见去信，却依然好似见证了当年那场声势浩大的南渡。

"这里不止一次提到'海天一色'，"应何从道，"但我觉得此'海天一色'应该非彼'海天一色'。这时山川剑他们还在路上，'海天一色'指的应该就是假意投靠北朝的那份官员名单。此外，吴将军还提了不少次梁绍、梁先生等字眼，显然当时通信的并不只有吴将军和冲云道长两人。"

"梁绍，自然是梁绍。"李晟头也不抬地道，"当年南渡能成功，很大程度上靠的就是梁绍的杀伐决断……阿妍，你把吴将军手绘的行军路线图递给我一下。"

吴费将军是领兵的人，地图画得十分细致，山川谷底都有标注，外行人看了也能一目了然。

"你们看，"应何从指着地图说道，"图上画了两条线路，是兵分两路的意思，直至扬州守军驻地，两路人马方才会合。也就是说，当时小皇子……皇帝南渡时，有一路人护送他，还有另一路人马掩人耳目，掩护他们。"

"说得通，一路是大内侍卫与残余的御林军，另一路是几大高手护送着真正的小皇子，保险起见，这计划恐怕只有很少的人知道，包括当时北上接应的几支先锋队伍也被蒙在鼓里。"李晟沉声道，"听说当年梁公子也是为了掩护皇子，带兵引开北军，最终殉国的——他掩护的该不会是假的那个吧？"

应何从道："曹仲昆手上除了兵，还有北斗。那几条大狼狗从残兵败将中杀一个小孩子很容易，反而是跟在山川剑他们身边，虽然没有排场，也未必舒服，但几大高手守着，北斗很难靠近，当年的沈天枢也不行。而且他们几个江湖人带一个孩子，脚程又快又不会招人眼，北军难以追踪。"

吴楚楚道："可那个沈天枢我是见过的，凶得很，他若是真的出手，肯定一探就知道真假，若发现军中没有皇子，这戏岂不是演砸了？到时候北朝大军一旦回过神来掉头围剿，南面的援军又不明真相，根本来不及救援，光凭几个高手，挡不住朝廷大军的。"

这点他们深有体会，要不是齐门禁地供他们躲了躲，就以周翡如今的武功，都差点被射成刺猬，何况其他人。

李晟深深地看了她一眼："不错，除非军中有一个可以以假乱真的替身，即便不幸死于北斗刺杀，沈天枢他们也只会以为自己杀了真正的皇子。"

众人同时往那画轴上望过去，吴楚楚骤然睁大眼："常听人说，皇上南渡时不过十岁出头……"

也就是说，画上那永平二十一年出生的少年，正好与当今年龄相仿！一个名不见经传的孩子，为何在生辰八字旁边还画了画像……为了证明他长得像谁？而定下一明一暗两条南下线路的吴将军，他的私印，又为何会出现在这幅画像上？

李妍天生迟钝，这时候才慢半拍地回过神来："不会吧，当年他们为了保护皇子，拿一个无辜的小孩子当了诱饵？"

其他三人一同将目光投向李妍。

"看我做什么？"李妍莫名其妙道，"不管怎么说这也太过分了吧？后来那小孩子怎么样了？"

"不……"李晟艰难地说道，"阿妍，问题不是这个。"

吴楚楚轻声道："问题是，当年两路兵马在江淮与梁大人调集的大军会合之后，这个画像里的孩子再也没有出现过，没有记载，没人认识，没有人知道他存在过……"

"小殿下受惊……高热，昏迷……"

"纸里终究包不住火。"

海天一色……

海天一色……

真假皇子，这计划原本天衣无缝，可就算躲过北军追杀，体弱多病的小皇子能捱过长途跋涉吗？

倘若当年此事真的成功了，为何这么多年过去，那些于国于民有功的武林高手从未得到过任何应有的嘉许？为何要对"海天一色"讳莫如深？

当年的真假皇子，莫名其妙只剩下一个，那么剩下的到底是真皇子，还是……

李晟激灵了一下，几乎不敢再想下去，忙轻轻咬了一下自己的舌尖，低声道："都收拾起来，今天这事，谁也不要说出去，你们先回去，我亲自将这些东西送到姑父那儿——谁也不准说出去一个字，李大状，你听明白了吗？"

李妍："……"

其他三人被这盒子里的真相惊得毛骨悚然，只有李妍还晕头转向。她正要问个明白，就在这时，异变陡生，一条黑影暴起，快得不可思议，连李晟都招架不及便已经杀到眼前。李妍本能地将吴楚楚往旁边一推，自己抽刀去挡，刀尚未来得及推开，便觉一股大力当胸袭来，她顿时有种自己胸椎与肋骨都被压得变了形的错觉，一声都没吭出来，眼前一黑，接连往后退了十几步，一屁股坐在地上。

李晟与应何从已经同来人交上手，只见那人全身裹在一袭黑袍里，不见头尾，瘦得好似一把骨头，武功却高得不可思议。李晟与应何从两人被他逼得手忙脚乱，丝毫没有还手之力。那人伸出一把枯瘦的手，抓住李晟的剑，长袖一摆，便将他甩出了一丈来远，然后一把抓住应何从的胸口。

应何从整个人被他举了起来，周身的毒蛇竟在那怪人面前不敢冒头。怪人将手探入他怀中，拎出了那只包裹严密的涅槃蛊母，口中发出可怖的尖声大笑，不似人声："原来如此，原来如此！"

撂下这么一句没头没尾的话，他抓着涅槃蛊虫，将喘不上气来的应何从一把扔下，两个起落，转眼便消失在了夜色之中！

"那是……咳咳咳！"应何从趴在地上，半天喘不上气来，脖子上火辣辣的，只被那怪人拎了一下，已经落下了一排青紫的手印，咳了个死去活来。

吴楚楚虽然身手最弱，但最早被李妍撞了出去，此时反而没事，她惊魂甫定地爬起来，一边拉起李妍，一边说道："那个人的手你们看见了吗？"

那怪人看不见头面，伸出的手却长得十分惊悚，干枯发黑的皮肉死死地贴在骨头上，半截胳膊和手掌能清晰地看出每条骨头的接缝。

吴楚楚道："简直像那些被涅槃蛊吸干的僵尸！"

应何从哑声道："不用像，那就是涅槃蛊主……那个殷沛。"

"是殷沛。"李晟沉声道，"我和他那些药人交过手，个个功力深厚，但是……都透着一股腐烂的味。"

吴楚楚急道："那我们方才说的话岂不是被他听去了？"

李晟活动着生疼的后背，闻声低头扫了一眼那些要命的密信和画轴——殷沛没去碰它们，他方才突然出现又突然离开，一举一动都活似被蛊虫上了脑，急巴巴地只抢走了那只死透的母虫，整个人都带着疯癫气。

"别慌，"李晟定了定神，低声道，"我们也是凭空猜，连我们都不算有证据，殷沛更没有。那涅槃蛊母死了，对殷沛也不是全无影响，我瞧他神志未必清楚，这么个人，就算出去胡说八道，也不会有人听他的。"

应何从冷笑道："当年他叫涅槃蛊上自己身的时候，就未必还有'神志'这玩意儿了。"

"此事要紧，"李晟飞快地说道，"恐怕夜长梦多，耽搁不得，这样——阿妍，吴姑娘，你们俩继续带着流民上路，回去将此事原原本本地告诉大姑姑，我现在立刻带着齐门这木盒去找姑父。应兄，那殷沛抢了涅槃蛊母，又听去了我们的话，我怀疑他不是要去金陵就是去旧都……去金陵的可能性更大。"

如果他们的猜测是真的——当年几大高手参与"海天一色"，护送真正的小皇子南渡。可是天不遂人愿，小皇子国破家亡、惊惧交加，病死于途中。梁绍胆大包天，在众目睽睽之下以假乱真。事后，知道内情的人全都三缄其口，签订"海天一色"。而梁绍与"赵渊"仍不肯放心，李徵与山川剑等人先后死于非命——一切悲剧都是从此开始，殷沛是有理由去金陵寻仇的。

"知道了。"应何从点头道，"我先去金陵看看，我也想知道他拿着一只死虫子还能闹出什么花来。"

"有劳——阿妍，把你那块五蝠令拿过来，"李晟叫李妍交出随身带的红色蝙蝠令，又从腰间解下自己的名牌，一并递给应何从，嘱咐道，"应兄，你先联系行脚帮，让他们去找杨瑾。擎云沟的都是南疆人，世代同毒虫毒瘴为伍，防毒避蛊方面肯定有压箱底的本事。你的蛇怕殷沛，倘若遭遇到了，未免捉襟见肘。还有，别忘了拿着我的名牌去找我寨中暗桩，联系阿翡。我们寨中人在外行走，不管是谁，到什么地方一定会知会当地暗桩，他们必定找得到她——那殷沛武功太过邪门，万一他真发起疯来，得有个能制住他的人才行。"

应何从千里独行惯了，手上被他塞了两件信物，又灌了一耳朵嘱咐，一时有些不知所措。李晟先是让他找杨瑾，随即又叫他召唤周翡，听起来，好像既不相信他医毒方面的造诣，又觉得他武功不行，然而不知是不是李晟语气太真挚的缘故，应何从竟然没觉出不快。

李晟拍了拍他的肩头，越过应何从，扫了一眼被方才的动静惊醒的流民们，说道："独木不成林，兄弟。"

应何从愣了愣，握住五蝠令的手指微微收紧，继而深深地看了李晟一眼，极轻地一点头，转身走了。

第十章 ·

南都金陵

多方势力已经纷纷上路，锋头
指向同一处——南都金陵。

多方势力已经纷纷上路，锋头指向同一处——南都金陵。

而金陵城中，却依然是一片祥和的秋色连天。

傍晚时分，残阳渐熄，风箫声动，秦淮河畔点亮了第一盏轻轻摇曳
的莲花灯，那微光所及之处，落叶瑟瑟地临水垂堤，继而又悄然不见了
踪影。宫墙内，百年繁华朱颜不改，雕栏玉栋悠悠在侧，谢允原本沉在
冰冷身躯中的魂魄头重脚轻地脱壳而出，跌跌撞撞地在高啄的檐牙与玉
柱、横陈的丹墀与琉璃间，四下碰了个遍，死乞白赖地不肯归来。

周翡听刘有良说谢允直接进了宫以后，当下便按捺不住，擅闯了宫
禁，闲逛了一整天，一无所获，本已经冷静下来打算离开了，谁知正好

看见此地有一大堆大内侍卫站岗，一时动了些许促狭的好胜之心，打算在众高手眼皮底下溜进去玩一趟。不料才刚带着几分得意上了房梁，一眼就看见了她踏破铁鞋无觅处的某人，周翡差点失足直接掉下来。

她一时又觉得啼笑皆非，三年来，东海之滨的"尸体"一直牵着她的心神。她已经习惯了满世界搜罗奇珍药材，被那一点微末的希望一次一次地甩开，然后在蓬莱住上一天半日，与近在咫尺的人笔谈。此时乍一见到能跑会跳的真人，几乎不知该从何说起了。

偏偏往日舌灿莲花、废话马车拉的谢允不知是被谁下了哑药，只是怔怔地看着她，一副魂飞魄散的痴呆样，一言不发。周翡只好绷着一张若无其事的脸，溜达到谢允面前，佯装漫不经心地伸手在他面前晃了晃："怎么，不认得了，还是躺傻了？"

谢允一把攥住她的手，被女孩手上的温度惊得激灵一下，连忙又松开，莫名其妙带上了一点委屈，说道："好多年不见，怎么一见我就这么凶？"

周翡道："是你好多年不见我，我可总能看见你。"

说完，她又觉得自己失言，好像上赶着到东海看他多少次一样，连忙轻轻咬了一下舌头，补上一句："看得烦死了。"

谢允一愣，苍白的嘴角像初春的冰河，惊心动魄地倒过疏漏的光阴，继而不动声色、缓缓融化出一个成形的坏笑。

他往前一倾，从周翡身上嗅到一点不甚明显的脂粉香气，压低声音道："什么？在下这种花容月貌你看了都烦？还想看什么啊姑娘？天仙吗？"

周翡："……"

狗改不了吃那啥，姓谢的改不了嘴贱。

"阿翡，"这时，谢允忽然正色起来，微垂的眼皮勾勒出优美的线条，他深深地看着周翡的眼睛，说道，"我很想你。"

周翡一呆，接着，冰冷的气息克制地凑上来，小心翼翼地隔着衣服，在她周身一触即放。那分明不是人的温度，却叫人几乎热泪盈眶。

谢允问道："我以前有没有同你说过，天下十分美味，五分都到了金陵？"

周翡声音有些沙哑："你还一边啃着个加料的馒头，一边大放厥词，说要请我去金陵最好的酒楼。"

谢允笑道："那还等什么？"

一刻之后，两人将皇宫大内视如无物，翻出宫墙，一路循着热闹跑了出去。

天已经冷了，花灯却如昼，水汽四下缭绕，围在谢允身边，很快凝结成了细细的冰碴，好似微微闪着光。他穿过人群，在前领路，不与周翡叙旧，也不问她来做什么，将来龙去脉掐头去尾，只沉湎于这一段说不清是真是梦的当下。

他沿途嘀嘀咕咕地对周翡这没进过城的土包子指点帝都风物，刚开始，周翡还有一耳没一耳地听，直到谢允指着一家胭脂铺说道："你看那不起眼的小铺，取名叫作'二十四桥'，也是有一段故事。据说两百年前，有一位流落风尘的绝色美人，一曲《二十四桥》名动天下，后来红颜渐枯，终于妥协于尘世，被一个富户出钱赎了去。临走前，她在这里吹了一宿的箫，后来人有感于此事，便在此专卖胭脂，以箫声为名，取意'浮生若梦，红颜不老'。"

周翡听了，面无表情，毫无触动。

谢允便摇头晃脑地叹道："好好的小美人变成了大美人，还是不解风情。"

　　周翡无言以对片刻，冷冷地说道："……是吗？我还以为那家'二十四桥'是我们寨中暗桩呢。"

　　谢允胡乱杜撰被人家当场戳穿，居然一点也不尴尬，反而负手笑道："啧，当年有个人在自家门口，连门都不知道怎么进，一路说了三十二个蜀中典故，二十八个是自己编的……"

　　他话没说完，周翡一刀柄已经戳了过来，谢允撒腿就跑，两人一追一跑，依稀仿佛仍是当年初出茅庐、心无挂碍，在暴土狼烟的江湖道上追跑打闹。

　　谢允一阵清风似的从人群中飞掠而出，风过无痕好似犹胜当年，踩着青石板四处溜达的小狗惊疑不定地抬起头四下看，却连影子都没捕捉到。周翡虽然没有他与清风合而为一的绝顶轻功，却也竟然不怎么费力地跟了上来。

　　两人几乎转过半个金陵，谢允的脚步落在河边一处小酒楼旁边。他立在桥头，水间雾气白茫茫地包围在他身边，从地上捡起一枚小石子，精准无比地弹入挂着灯笼的窗棂里，继而冲周翡招招手，凭空跃起，灵巧地一点周围的桂花树，浓烈的香"呼啦"一下散落出来，托着他飘飘悠悠地落到了三层的屋顶上。

　　那屋顶上竟有个"雅间"，隔出一小片地方，桌椅板凳俱全，只可惜没有梯子，轻功但凡有点不够用，上去便不容易。谢允探头对周翡说道："上来，留神不要……"

　　他话没说完，周翡已经利索地落在了他身后："不要什么？"

　　"……不要碰响下层屋顶上的铃铛，不然他们不给你上酒。"谢允顿了顿，才缓缓将自己的话音补全，感慨道，"陈师叔说你一日千里，连林夫子都怕了你。我一开始还以为他是溢美，现在看来，我也要怕了你了。"

这时，屋顶雅间中"嘎吱"一声响，那桌下的木板竟从下面推开了，一个三层高的食盒从桌子底下冒出头来，接着是一小壶酒。

谢允自己上前，将酒菜端上桌，冲周翡道："这就是金陵最好的酒楼，请。"

周翡却没动，脸上隐约的一点笑容淡了："我找到齐门禁地，见了吕国师旧迹，阴错阳差明白了枯荣真气的要诀，但是……"

一个酒杯忽然飞过来，打断了周翡的话，她下意识地一手接住，连一滴也没洒，周翡愣了愣，只觉一股带着些许凛冽的酒香扑面而来。

"良辰美景，"谢允说道，"偏要说这些煞风景的，你是不是找罚？"

周翡带着几分迷茫抬起头，谢允与她目光一碰，突然抬手捂住心口，惋惜道："人生多遗恨哪，恨桂花浓、良夜短、牡丹无香、花雕难醉，扰我三年清梦的大美人就在面前，娶不到，啧，生有何欢？"

周翡："……"

谢允又回头冲她挤挤眼，笑道："要是美人肯亲我一下，我就能瞑目了。"

周翡："你是不是想从屋顶上滚下去？"

谢允大笑："头朝下？不行，不雅。"

他说着，将周翡拉入座中，没型没款地跷起长腿，架在"屋顶雅间"的木梁上。远处画舫已经开了起来，波光中隐约传来笙歌，他眯着眼睛望去，握在手里的杯中酒转眼便冻出了霜，好一会儿，谢允才说道："方才是说笑的，我能耽误你三年，已经能笑傲九泉了。"

周翡眼睛里有水光一闪而过，随即她嗤笑道："少给自己脸上贴金了，没你，我难道就不过这三年了？"

谢允摇摇头："没有我，你不必和武曲对上，不必去什么九死一生的齐门禁地……"

周翡一本正经地接道："是啊，也不必想练成脚踩北斗的盖世神功。"

谢允哑然片刻，讶异地回头望向她："我的天，这么不要脸，真有我年轻时的风采！"

周翡抬手在谢允的酒杯上碰了一下，两三点琼浆飞溅，她举杯一饮而尽。

这时，水面上不知是谁放了一把细碎的小烟花，顷刻照亮了一片。谢允被那亮光惊扰，略一偏头，却觉得一股极浅淡，而又略带着一点少女气息的甜味飞快地靠过来，嘴唇上好似被一片羽毛扫过。

谢允呼吸倏地一滞，呆住了。

不知过了多久，两人谁都没吭声，江风盘旋在屋顶，四下静谧得仿佛只剩下水声。方才那艘画舫已经游走了，而谢允依然愣愣地盯着黑黢黢的水面，好似那里正要开出一朵转瞬枯荣的昙花。

周翡一不小心，自己把一整壶酒都喝完了，直到壶里一滴也倒不出，她才发现自己一点味道也没尝出来，这壶美酒喝得好似饮驴，纯粹是浪费了店家一番心思。她突然觉得尴尬得很，腾一下站了起来，谢允却仿佛耳朵上生了眼睛，一把抓住了她的手腕。

除非正在遭人追杀，否则谢允脸上鲜少能看见这样深沉的表情，大约是他觉得自己的人生已经颇多尴尬，不好太过认真，便只有一直玩世不恭下去，以期让自己和别人都能好受一点。

他手指扣得很紧，指尖竟有些发白，声音发紧地问道："你有什么打算？"

周翡其实很想自欺欺人地说一句"我会在金陵陪你住一阵子"，可她也知道，谢允问的并不是她眼下的打算，而是他死之后。她有心回避，有心装傻，可是看见他那映着波光的清澈双眸，便终于还是咬紧牙，掉转目光，直面丑陋的真相。

"我不知道，"好一会儿，周翡才说道，"可能要看看我爹有什么差遣，倘若没有，北斗那两颗人头我是一定要取回来的。等清了这些旧恩怨，我可能会回四十八寨，帮楚楚整理那些失传的东西，需要的时候再给寨中当个打手，然后……然后也许就天下太平了吧？"

"嗯，"谢允嘴角露出了一点奇特的微笑，"前人已经把路铺好了，还有什么不太平的？我可不可以求你一件事？"

周翡看着他，觉得他除了消瘦，那模样与八年前他初到四十八寨、在一片牵机线中走转腾挪的时候几乎差不多，他好像一个已经被短暂的光阴与过多的经历定了型的人。

谢允无理取闹地冲她笑道："我想求你嫁一个短命的丈夫，这样二十年以后，我还能再去找你。"

周翡用力将自己的手往外抽，可是谢允的手指好像编成了一方逃不脱的牢笼，纹丝不动地凝固在半空。她便忽然发起抖来，所有习惯了隐匿和内敛的情绪都汇聚成一股汹涌的暗流，声势浩大地在她狭窄的心口来回碰撞。

谢允双手捧起周翡的手腕，低头将她的手贴在自己的额头上，低声道："别哭，人与人相聚之日，总共不过须臾，哭一刻就少一刻，岂不是很亏？你我未曾白头，便已经能算是相伴一生，有始有终，说来不也是幸运吗？未必要活到七老八十。"

周翡猛地甩开他："你才哭。"

"好，周大侠怎么会哭？毕竟是能'脚踩北斗'的天下第一。"谢允顿了顿，又十分机灵地补充道，"虽然是自封的。"

因为多抖了一句"机灵"，金贵得让太医团吵成一锅粥的端王殿下被追打了八条街。

民谚里所说的"一寸光阴一寸金"，几乎都已经成了孩子们不愿听的陈词滥调。周翡小时候在周以棠书房里打盹的时候，时常会挨上这么一句数落，她从来都是左耳听，右耳冒，而她长到了这个年纪，居然后知后觉地体会到此言中三味。他们只有这一点时间，好像穷困潦倒的守财奴手中那把光秃秃的大子儿，越数越少，越数越捉襟见肘，恨不能将每个大子儿都掰成八瓣花，恨不能将须臾都切分成无数小段。

白天，两人要各自分开，谢允在宫里挺忙，时常要应付一大帮人——没完没了的礼部官员，没有屁用的太医，以及赵渊自己。赵渊仿佛是为了讨好谢允，甚至将自己圈禁了多年的皇长子赵明琛也放了出来，而且三天两头地召唤赵明琛进宫，让一个满脸憔悴的和另一个一副病容的尽情表演兄友弟恭。

这种时候，周翡一般都在梁上看赵家的热闹，谢允和她短暂地商量出了一套特殊的手势，谢允常常一边人五人六地同别人虚与委蛇，一边用背在背后的手对周翡打些尖酸刻薄的真心话，几次三番逗得她这梁上君子险些露馅。等打发了这群闲杂人等，谢允便会将皇宫内院视为无物，带着周翡在金陵城里到处玩。

纨绔那一套，江湖客那一套……他什么都会，什么都能上手，并且以最快的速度教坏了周翡——如果不是谢允身上的透骨青发作得越来越频繁，每日肉眼可见地衰弱下去，这些天简直堪称美好了。

而随着国耻之日腊月初三的临近，端王暂居处也越来越热闹，隆重的礼服与御赐之物流水似的往里送。而朝廷内外也不知从哪里掀起了一股谣言，说皇上在这个节骨眼上将端王接回来，恐怕是动了要立太子的心。这谣言效果非同小可，谢允门前几乎有些门庭若市了，闹得他不厌其烦，差点想搅黄了赵渊这场所谓的"祭祖大典"，只好每日装病，闭门谢客。

腊月初一，祭祖大典已经一切就绪，就等正日子各方粉墨登场了。而就在此时，前线也应景似的传来捷报。北朝仓皇集结的残兵败将根本像是纸糊的，有些甚至听见南朝大军的动静便已经望风而逃，周以棠在数月之内便直逼王都。一年难见几颗雪渣的金陵居然早早地便下了场小雪，虽然柔弱得很，才落地就化成了泥，但借着"瑞雪"之名大拍马屁歌功颂德者却是声势浩大。

至此，天时地利人和，于赵渊，好像已经一应俱全。

赵渊却显得比往日更加心神不宁，照常来探病的时候，才刚与谢允说了几句闲话，一个大内侍卫模样的男子便匆忙进来，弯腰在赵渊耳边说了几句话。此人想必是赵渊的心腹，用了"传音入密"一类的功夫，连只言片语都没露出来，话没说完，便见赵渊的脸色变了，猛地站了起来，甚至没同谢允交代一声，转身就走。

谢允假模假样地将他送了出去，不动声色地冲周翡打了个手势，听见一声轻响，知道周翡是依言追了出去。他若有所思地靠在门口，轻轻拢了拢外袍，这时，正巧一个收拾茶具的小太监端着一堆杯盘躬身出来，行礼时无意中看了谢允一眼，当即吓得"啊"了一声，手里的杯盘在地上撞成了一堆碎瓷，跪在地上瑟瑟发抖："殿……殿下……"

谢允这才回过神来，低头一看，发现自己僵直的手指尖竟生生地裂开了，皮开肉绽，他居然也没感觉到疼，还不小心将外袍衣领蹭得殷红一片，活像刚抹了脖子。

周翡则悄悄地缀上了赵渊。

赵渊怕死怕得很，所到之处，各种侍卫与大内高手或明或暗地将每个角落都挤满了，饶是周翡武功高，也几次三番差点被人发现，着实出了一把冷汗，好不容易靠近赵渊的寝宫，她也没什么办法了——赵渊这厮住的地方为防有人刺杀，周围方圆三丈之内，连过膝高的小树都被砍干净了！

侍卫铁桶一般围在他寝宫周遭，还有人来回巡逻。

周翡还是头一次见到怕死怕得这样隆重的大人物，刚开始觉得赵渊有点逗，片刻后，她有点笑不出了，心头多次起伏的疑惑浮了起来——这训练有素的护卫队不可能是仓促集结的，赵渊堂堂一个皇帝，活在这样惶惶不可终日之中有多久了？

他到底在怕谁？

好像有人将"刺客"这个词楔入了赵渊脑子里一样。

就在这时，遥远的寝宫里突然传来了什么东西打碎的声音，周翡一皱眉，只见几个黑衣锦袍的侍卫匆忙离开了，她当即绕开赵渊给自己打的人海牢笼，跟上了那几个黑衣人。

几个人轻功还不错，但同真正的武林高手没有可比性，周翡追得十分轻松，见那几个侍卫在极短的时间内便带了一大帮人，声势浩大地出了宫，奔着皇城外一处民居而去。随后，有几个身着便装、寻常小贩打扮的人上前，压低声音，对领头的侍卫说道："人在这儿，确定，我们一直看着呢。"

周翡一皱眉——什么人？

她顺着那"小贩"手指的方向望去，只见那是一处大院子。院中种满了花，在寒冬腊月里竟开得芳香灼灼的，几条花藤从院墙里攀出来，泄露了满院春色，竟显得有些诡异。不知为什么，这开满花的院子让周翡觉得有点熟悉。

下一刻，领头的黑衣侍卫一声令下，众人将小院团团围住，粗暴地破门而入……然后这帮人一起呆住了。

只见那小院寂静一片，挂衣服的架子犹在，上面的盛装却不见了踪影，几根翠鸟的尾羽飘落在地上，而繁花簇拥下，挂着一个小小的秋千，在微风中一摇一摆。仿佛住在院子里的都是人间精怪，稍有风吹草动，便隐去身形，消失无踪。

与当年邵阳城中，一宿间烟消云散的羽衣班小院一模一样！

这时，吊得高高的女声远远传来，唱道："长河入海，茫茫归于天色也——"

黑衣侍卫青筋暴跳，大喝道："追！"

众人一拥而上，顺着歌声传来的方向追了上去。等他们人都走光了，周翡才从藏身之处缓缓走出来，若有所思地望向歌声传来的地方。别的她倒不担心，人去楼空的把戏是羽衣班的绝活，反倒是方才那一嗓子唱腔让她有点挂怀——那声音化成灰她也记得，正是朱雀主木小乔那大魔头。

一个霓裳夫人，一个朱雀主，那两位若是一处捣起乱来，赵渊身边那帮酒囊饭袋倾巢而出也不见得抓得住他俩。

可问题是，他们唱的是哪一出？

周翡迟疑片刻，转身钻进了羽衣班空无一人的小院，见里屋的门虚掩着，方才燃尽的香炉气味未消，杯中还有一个底的酒水，而正对大门的墙上，挂着一刀一剑的两柄木头鞘，中间夹着一封信。

周翡小心地将那信取下来，见上面写道："羽衣班携《白骨传》抵京，为我大昭盛世献礼。"

木小乔那一嗓子好像一把遍地生根的草籽，一夕之间，仿佛到处都在传唱那神神道道的《白骨传》，事态发酵太快，乃至朝廷临时要禁，已经来不及了，禁军一时发了昏，听见谁唱了，便当场抓人。

可哪怕是戏子伶人之流，也不能平白无故地抓。金陵素来有雅气，文人骚客、达官贵人等常有结交名伶与名妓的旧风尚，禁卫刚一现身，立刻引起了轩然大波，因赵渊近年来手腕强硬，没有人敢公开质疑，私下里的议论却甚嚣尘上。赵渊大怒，恼了手下这群不知何为欲盖弥彰的蠢货，将禁卫统领打了三十大板。次日朝堂露面，绝口不提禁军抓人之事，只是真情流露地回忆了自己二十余年的国耻家仇与卧薪尝胆，最后轻飘飘地来了一句"犹记当年之耻，自腊月始，宫中已禁了鼓乐"。

朝堂上的众人精闻弦声知雅意，下朝后，纷纷回家通知各路相好，夜夜笙歌的金陵夜色突然便沉默了，祭祖大典前夜，竟透出一股诡异的安宁。

腊月初二，夜。

又是个阴沉沉的寒天，周翡在金陵城中转了个遍，没找到霓裳夫人等人的踪迹，傍晚她便又溜进了皇宫。她预料到谢允恐怕不能出宫了，还是去看了看他，本想问问《白骨传》到底是怎么回事，却发现谢允一反常态，早早歇下了，只给她留了张字条，说是要陪着赵渊演完"立储"这出戏，之后就能自由出宫带她去玩了，叫她先回去。

周翡捏着他的字条，凑在宫灯下烧了，在高高翘起的宫殿屋顶坐了一会儿，始终不见月色，眼角突然没来由地跳了两下，她便纵身跃入夜色中，几个起落就不见了踪影。

而"早早歇下"的谢允突然在千重的床帐中睁开眼。

借着一点微光，他看见自己身上又无端多出了不少大小创口，从手指尖开始，已经蔓延到了肩头胸口，一股淡淡的血腥味缭绕在周身，仿佛昭示着这苟延残喘的肉体大限将至。刚出现这种情况的时候，太医们吓得险些集体上吊，可任凭是谁，也无计可施，只好按照刀剑外伤来处理他身上那些越来越多的伤口，拆东墙补西墙地糊着他这四面漏风的残躯。

谢允小心翼翼地翻了个身，仰面望向床帐，心里懒洋洋地盘算着，赵渊听了那出《白骨传》，恐怕是睡不着了。他也够可怜了，祭个祖而已，一方面担心那突然冒出来的《白骨传》有什么阴谋搅局，一方面还得担心他精心准备的"立储"大戏没开场，"储君"本人就先裂成一副破风筝。

啧，操心恁多。

这一夜，湿漉漉的金陵街角，一家尚未打烊的小酒楼一角还亮着灯。

一个做富商打扮的男子坐在那儿，正在慢吞吞地就着一杯淡酒夹小菜吃，十分优哉。他长得心宽体胖，一个人占着两个人的地方，店小二哈欠连天地给他添酒。忽然，两个中年男子顺着酒楼的木楼梯上楼来，看打扮，大约是这年轻富商的护卫之流。其中一个身形瘦高，脸上有几道刀刻似的皱纹，乍一看平平无奇，店小二却在碰到他眼神的瞬间就激灵一下吓醒了，手一哆嗦，酒都倒在了桌子上。

那身形十分富态的富商见状，便摆摆手道："下去吧，没有吩咐不必过来了。"

店小二闻听此言，如蒙大赦，吭都没吭一声，一溜烟跑了。

"富商"这才道："沈先生，童大人，请坐。"

曹宁一行竟也悄无声息地潜入了金陵城中。

童开阳眯着眼扫了一眼那店小二逃离的方向，说道："行脚帮的小崽子，武功不怎么样，人倒是乖觉得很。"

"只是个被沈先生气息所慑的小角色，不必介怀，"曹宁说道，"如今金陵城中正是鱼龙混杂，什么人都有，咱们大隐于市，不算打人眼——怎么样了？"

"唱曲的没了。"童开阳斟了两杯酒，自己不喝，先恭恭敬敬地放了一杯在沈天枢面前。

沈天枢却不给他面子，接过杯子，直接将酒倒出了窗外，自己倒了一杯白水。好在童开阳与他相识多年，早知姓沈的是什么尿性，也没当回事，反而一笑道："大哥这是到了'清水去雕饰''返璞归真'的境界了。"

沈天枢没搭理他这句马屁，说道："赵渊小儿要在明日祭祖大典上宣旨，册立他那短命的侄儿为太子。你们不是说那小崽子中透骨青很多年了吗，怎么还没死？廉贞果然是个死不足惜的废物。"

曹宁道："恐怕赵渊就是看上了他这个侄子病病歪歪，才敢立其为太子。正好今日立储，明天储君就蹬腿，他跟着假惺惺地哭一场，算是'还政'未果，往后更是名正言顺的皇帝。"

童开阳奇道："那赵明允不过是太子遗孤，又不是赵家册封过的太子，赵渊身为长辈，权宜之时接过玉玺，当了这皇帝，有什么名不正言不顺？"

曹宁嗤笑道："若不是赵渊一天到晚将'还政'二字挂在嘴边，又要掩耳盗铃地做什么'祭祖''立储'的仪式，没人说他不是正统。要我说，赵渊其人，可算是个当世的人物了，但不知为什么，在这些事上，他总是过分在意，看不开，有时候甚至有点失了分寸……说不定这里头还真有什么你我不知道的猫腻。我瞧那位顶着化名好多年的'谢兄'也不是什么省油的灯，大概不想早早撒手人寰，不然何必在这节骨眼上弄出一个《白骨传》？嘿嘿，南朝赵家，着实让人浮想联翩。"

沈天枢在旁边无动于衷地喝凉水，童开阳接话道："这叔叔侄子两个也是有趣，互相都恨不能对方赶紧死，偏偏还要凑在一起演一出和睦的立储传位，难不成将来太子不死，赵渊还真要传位给他吗？"

沈天枢听得不耐烦，冷哼道："扯这些没用的做什么，我就想知道，我要是真取了赵渊小儿的项上人头，岂不是便宜了那病鬼？"

"便宜他？"曹宁笑道，"沈先生，我'失踪'这么久，手中兵权都便宜了我那皇兄呢，结果怎样？"

童开阳听他话里有话，忙道："愿闻其详。"

"南方新旧两党从前朝斗到现如今，王都都被他们斗丢了一回，眼下东风方才压过西风。周存知道自己根基不稳，从不肯代表新党，将自己放在马前卒的位置上冲锋陷阵，这会儿更是干脆在前线鞭长莫及。赵渊但凡有点什么意外，那位殿下……"曹宁摇摇头，笑道，"他若是真有在金陵掀起一场腥风血雨、强行弹压众人的魄力，当年怎会被他皇叔暗算到那种地步？南边的皇帝早就换个人当了。眼下的局面，对赵渊来说是一动不如一静，对咱们来说则正好相反，越是浑水，就越容易摸鱼。我的人手还在军中，召集起来不过一两封信的事，只要足够乱，咱们未必不能翻盘。"

童开阳何等机敏，自然听得出这个"咱们"指的并不是北朝，而是曹宁自己。

这故事大抵要这样进行：北帝无能，嫉恨兄弟贤能，非要插手军权，导致前线兵败，自己最后也灰头土脸地死在南人复国的铁蹄之下。反倒是惨遭陷害后流落民间的端王爷曹宁剑走偏锋，带着两大高手，使一招釜底抽薪，彻底搅浑南北的水，只要周旋得当，还能东山再起。

到时候，没有人会记得他是贱婢妓子所出，没有人会记得曹仲昆那偏心偏到东海岸边的遗诏。

童开阳低声道："那便少不得向殿下讨个拥立之功了。"

曹宁轻轻一笑："怎少得了二位……"

他话没说完，沈天枢便将凉水一饮而尽，硬邦邦地打断曹宁道："我见旧主印，听命于你，理所应当，只是听你差遣这一回，往后咱们两不相欠，不必给我什么功。"

说完，他丝毫不给北端王面子，自顾自地站了起来要走。这时，一阵刻意放重的脚步声从酒楼下羊肠似的青石小路上传来。沈天枢不知为什么，若有所感地循着那脚步声回头看了一眼，见泛着水光的青石板上，一个年轻女子提着一盏纸灯笼缓缓走来。她身形纤秀，穿一条时下金陵流行的温婉长裙，乍一看，与满街的江南女子没什么分别。她低着头，走得并不快，径直来到了一家做胭脂水粉生意的铺子后门，等门的家人大概是听见了脚步声，早早地开门等她，教训了晚归的女孩几句。女孩默不作声地听了，将灯笼挂在门口，抬脚进了院，随后"吱呀"一声，家人重重地伸手合上了门扉。

直到人影消失不见，沈天枢才不明所以地收回视线，不知道自己为什么要盯着一个不知是俊是丑的小丫头看。

沈天枢没看见，他刚一离开窗口，那扇关上的门扉便又打开了。周翡十分警觉地在门缝处四下探看。旁边暗桩的人操着一口被当地人同化的软语问道："怎么，师妹，有人吗？"

周翡迟疑着摇摇头，她方才无端感到一阵冷意，今日是去宫里找谢允才没带刀，否则那会儿指不定就抽出来了。正在她犹疑纳闷时，金陵暗桩的管事快步走了过来，飞快地说道："怎么才回来？有人找你，带了这东西，你看看，认不认得？"

周翡低头一看，见管事递来一个包裹，包裹里的东西正是在齐门禁地里她脱给吴楚楚她们的那件彩霞软甲。

周翡一惊："来的人呢？"

"在前面等你，紧赶慢赶的，看来是有要紧事！"

第十一章·

风满楼

> 他整个人依然仿佛清风掠过高楼时端
> 坐闻笛的翩翩公子，满天下的狼狈压在
> 他身上，也压不住他的风雅无双。

　　这一宿，睡不着的不止赵渊一个。但无论凡人怎样辗转，太阳还是
照常升起。

　　腊月初三一早，还不过四更天，金陵便忙碌了起来。

　　天还黑着，谢允一边闭目养神，一边任凭下人们摆弄梳洗。突然，
给他梳头的宫女"啊"了一声，"扑通"一声跪了下来："奴婢该死！"

　　谢允不用看都知道是怎么回事，他伸手往后颈一摸，果然摸到了一
把血迹，想必是好好的皮肉突然开裂，将那小姑娘吓着了，他轻轻一摆
手道："不碍事，接着梳吧，一会儿不流血了，找东西替我遮一遮。"

　　赵渊正好一只脚跨过门槛，脚步生生地顿住了。

谢允就是"千岁忧"，赵渊心知肚明，不是没怀疑过那《白骨传》是此人一手炮制。可倘若真有什么阴谋，他怎么敢这样大大咧咧地署名？何况就眼下的情况来看，谢允从头到脚都写着"命不久矣"，难道他还能有什么图谋吗？

谢允听见动静，若无其事同他行礼问安，随后刻薄道："陛下，您今日册封储君，若储君明日就死了，人家会说是这位置太贵，命格不够硬的压不住，那往后可没人敢给您当太子了。"

他甚至也不再称呼"皇叔"。

赵渊神色几变，忽然没头没尾地说道："明允，你可有什么心愿？"

谢允看着他，答非所问道："梁相当年又有什么心愿？"

赵渊沉默许久，回道："梁卿希望天下承平，南北一统，有人能将他和先帝的遗志继承发扬，不要因为当年结局惨烈，便退缩回去。"

谢允闻言一点头："看来陛下都做到了。"

赵渊总觉得他不可能这么好说话，表情依然十分紧绷。

"至于我，我确实有愿望。"谢允挥开一干围着他转的下人，随后他拢起礼服长袖，恭恭敬敬地冲赵渊一个长揖，"我盼陛下能有始有终，言而有信，不要辜负自己，也不要辜负梁公多年辅佐，也盼自己一干亲朋好友与挂念之人都能平安到老，长命百岁。至于'天色'也好，'海水'也好，都已经由妥帖之人保管，陛下不必担心。"

最后一句尤其要命，赵渊眼角一跳。

谢允却意味深长地笑道："将错就错，未尝不可，天子有紫微之光护体，何必在意区区白骨魑魅？"

赵渊说不出话来。

"愿陛下千秋万代。"谢允偏头看了一眼天色，"时辰快到了，皇叔，咱们走吧。"

　　木小乔和霓裳夫人萍踪缥缈地唱了一出《白骨传》后，飘然离去，却给京城禁卫出了好大一个难题。虽得了谢允一句"将错就错，未尝不可"的保证，赵渊仍是如履薄冰地叫人戒了严。

　　谢允身着繁复的礼服，感觉脖子上的裂口快被冠冕压得裂开了，幸好他此时血流速极缓，一会儿就被冻住了，他陪在一边，冷眼旁观赵渊祭告先祖。仪式又臭又长，听得他昏昏欲睡，便忍不住想，先帝若真有在天之灵，只怕已经被念叨烦了。

　　金陵的冬天潮湿阴冷，虽没有旧都那样冷冽的西风，却也绝不好受，不多时，又飘起了细盐一般的小雪来。各怀心思的文武百官冻得瑟瑟发抖，陪同在侧，赵明琛领着一帮大大小小的皇子列队整齐，目光不小心和谢允的碰在一起，立刻便又移开。

　　谢允懒得揣测他在想什么，他同旁人不同，雪渣沾在身上，并不融化，很快便落了薄薄的一层。他已经感觉不到冷热了，觉得心脏越跳越慢，漫无边际地走着神，掐算着自己的时间，忽而寻思道："我这辈子，恐怕是回不去旧都了。"

　　这时，赵渊拉住他。谢允回过神来，这才发现已经到了"册封太子"这个环节，他觉得腿有些发麻，好不容易稳住了往前走了几步，顺势跪下。赵渊深深地看了他一眼，朗声道："朕父兄当年为奸人所害，亲人离散，朕年幼无知，临危受命……"

　　谢允面无表情地听着，看着黑压压的禁卫，心道：这种场合，阿翡恐怕是来不了了，也好，省得让她看见我这傻样。

　　"为政二十余载，朕夙兴夜寐，惶惶不可终日……"

　　一股难以言喻的感觉从谢允胸口升起，先是有点麻、有点痒，好一会儿，他才反应过来，那是某种刺痛感，华服之下，刺痛感缓缓蔓延全身，谢允眼前忽然有点模糊。

"朕以薄德，不敢贪权恋位，欲托丕图于先皇兄之子，明允贤侄，遵天序、恭景命……"

谢允缓缓将气海中最后一丝尚带余温的真气放出来，聊胜于无地游走于快要枯死的经脉中，心里苦中作乐地想道：要是我死在这里，陛下可就好看了，幸亏头天晚上就把"熹微"给阿翡送去了。

"钦此——"

谢允一抬眼，雪渣从他睫毛的间隙中落了下来，扫过鼻梁，又扑簌簌地落入他同样冰冷的衣襟中。

"臣……"谢允清了一下自己的嗓子，"臣不敢奉诏。"

一声落下，谢允也不知是自己耳鸣听不清，还是身边这帮大傻子真没料到这个答案，都愣了。四下静谧一片，落针可闻，一阵阴冷的风从高高的天地祭台上卷下来，谢允同他一下比一下沉的心一样平静，不慌不忙地接着说道："臣有负先祖与叔父所望，文不成武不就，才不足半斗，德行不端，六艺不通，体格不健，恐……"

赵渊陡然喝道："明允！"

"恐无福泽深厚之相。"谢允充耳不闻，兀自缓缓说道，"臣……"

就在这时，突然有人冷冷地哼了一声，截口打断谢允。那声音好似离得极远，又好似就在耳边，十分沙哑，喉咙中好似生锈的老铁铸就。赵渊心口重重地一跳，猛地抬头望去，只见遥远的御辇所在之处，有个鬼影似的人"飘"在御辇一丈八尺高的华盖之上。那人周身裹在黑衣之中，黑袍宽大，随风猎猎而动。

所有禁卫身上的弦一齐绷紧了，因为没有人知道此人是什么时候来、什么时候上去的！

黑衣的禁军统领一头冷汗，低喝道："拿下此人！"

禁卫令行禁止，"拿下"二字话音未曾落地，所有弓箭手便转身就位，四支小队同一时间包抄上前，第一支羽箭擦破了昏沉的夜空，"咻"的一声——那"鬼影"倏地动了！

他黑云似的从高高的华盖上悠然飘落，长袖挥出，好似推出了一堵看不见的墙，将潮水一样的箭头与禁卫挡了出去，口中朗声尖啸，不少平时身体不怎么样的文官当时便被那声音刺得头晕眼花，一时站立不稳。

一个侍卫两步上前，一把扶住赵渊："皇上，请先移驾！"

"鬼影"却出了声，用那种沙哑而阴森的声音一字一顿道："你们以为南渡归来的真是你们的皇帝吗？哈哈哈，可笑，为何不去问问山川剑，殷家满门忠君之士分明立下大功，因何被灭口？"

赵渊整个人一震，好似逆鳞被人强行拔去，整个人脸上顿时青白一片。一只冰冷的手轻轻地抓住了他的手肘，随后，有什么东西从他眼前闪过，赵渊猝然回头，见亲王高冠横飞而出，"呜"一声尖鸣，极刁钻地撞在了那"鬼影"腿上，竟当空将他打了下来——

是谢允出手了！

谢允轻轻呵出一口白气，将赵渊甩向身后侍卫："这妖言惑众的疯子。"

"鬼影"一落地，顿时便陷入了禁卫包围圈中，长枪阵立刻压上，"鬼影"踉跄了两步，头上的兜帽应声落下，竟露出一张骇人的骷髅脸来。他所有的皮肉都紧紧贴在头骨上，干瘪的嘴唇上包裹出牙齿的痕迹，血管与经脉青青紫紫，爬虫似的盘踞在薄如蝉翼的皮下，最可怖的是，细得一只手便能握住的脖颈上，皮下竟有一只巴掌大的虫子形状凸了出来！

谢允叹了口气，隔着重重的人群，几不可闻地唤道："殷沛。"

几个侍卫冲上来拦住他："殿下，还请速速离开是非之地！"

殷沛纵声大笑："吾既然名为'涅槃'，怎会死在你们这些凡胎肉体手中，吾乃独步天下第一人——"

谢允挪了一步，脚下微微有些踉跄，好像刚才将殷沛砸下来的那一下已经耗尽了他全身的力气，被侍卫慌忙扶了一把："殿下！"

殷沛一露脸，好似凭空降下了个大妖怪，吓得当场一片混乱，赵渊一边被一众侍卫簇拥着离开，一边大声喝令他们顾着谢允。谢允觉得有点啼笑皆非，不知为什么，他永远也分不出这位陛下的真情和假意。

人心和人心之间，隔了这样遥远的千山万水吗？

"不用怕，陛下，"谢允几不可闻地开口道，"我说了将错就错，就是将错就错，你的皇位，别人夺不走。"

扶着他的侍卫没听清："殿下？"

谢允轻轻一挥手，自己站稳，强提了一口气："不必管我，保护皇上去。"

周翡头天晚上在暗桩中等到了风尘仆仆赶来的应何从，先是猝不及防地被他灌了一耳朵齐门禁地中的密信与皇室秘辛，听得她脑袋大了三圈不止，找不着北的老毛病差点当场犯了。及至听到殷沛那一段，更是恍如雷击，一迭声问道："什么？殷沛？他还没死？他抢走死蛊虫干什么？难道他能复活涅槃蛊母？"

应何从一问三不知，周翡却当时就坐不住了，刚开始还算勉强有理智，谁知半夜三更，突然有个宫人送了一把莫名其妙的长刀来。周翡握着那把铭为"熹微"的刀呆立半晌，突然就失心疯了，连夜催着应何从出门，四下去搜索那不知躲去了哪里的殷沛——为此，她还想出了一个馊主意，既然殷沛身上不知有什么东西，让虫蛇全部退避三舍，不如叫应何从带她去"放蛇"。因为毒郎中的蛇听话得很，让往哪儿走往哪儿走，倘若到了什么地方，蛇群不听使唤了，那里便必然有殷沛的踪迹。

应何从闻听这"绝妙"的主意，认为姓周的怕是病得不轻，但又打不过她，只好屈从。他俩大海捞针似的从半夜找到了天亮，一直到禁卫提前戒严，一路躲躲藏藏，愣是没找到殷沛一根毛。

周翡正在暴躁地逼问应何从："李晟那孙子说得准吗？"

突然，她松开了毒郎中，皱眉望去，见城中大批的黑甲禁卫军如临大敌地经过他们，径直往城南天地坛方向跑去了。

赵渊自从即位以来，还从未这样狼狈过，脚步仓皇中，他几乎有种错觉，觉得自己好像又回到了二十多年前的逃亡之路。他已经忘了自己的故乡，只记得他从小便被养在永平朝一个名不见经传的小小京官府上，按辈分，那京官是他的远房叔爷，小女儿进宫中做了个不受宠的庶妃。他父母双亡，被亲戚推来推诿，因为面貌长得与娘娘的小皇子有几分相像，被这位叔爷领回去收养，本想让他同小皇子做个玩伴。

可是体弱多病的小皇子似乎并不需要一个宫外的玩伴，他连那位殿下的面都只见过一次。本以为自己这一辈子便是好好读书，考个功名，仗着这一点遥远的皇亲，将来讨些微不足道的照拂，谁知一朝风云突变，他不过稚龄，便懵懵懂懂地被人盛装收拾，塞上了南渡的路。

人人都称他为"殿下"，待他毕恭毕敬，唯独他怕得要死。

他过于敏感，过于早熟，心知肚明自己就是一个给正主挡灾的活靶子。

那一路上，到处都在死人，他无数次从梦中被人唤醒，在刀光剑影里缩成一团，祈求上天再给他一点运气，叫他能再活一天……

"刺客！保护皇上！"一声惊叫突然拉扯住赵渊紧张的神经，他蓦地回过神来，只见不知从哪儿杀出了一对黑衣人，横冲直撞地抢入侍卫中间。

"北斗！是北斗！"

"保护皇上！"

"来人！护驾！"

屋漏偏逢连夜雨，北斗竟也混入金陵，趁乱发难，无数双手在赵渊周围推来搡去，九五至尊成了击鼓传花里的那朵"花"。赵渊与从小在东海学艺的谢允不同，纵然有武师父，也不过是学些骑射之类的强身健体功夫，从未曾与人动过手。他跟跟跄跄，心里一时升起些许茫然，心道：为什么单单是今天？就因为我不是赵氏之后，贸然"祭祖"，所以遭了报应吗？

"皇上，这边走！"混乱中，不知是谁拽了他一把，护着他从来势汹汹的北斗黑衣人刀剑下逃离，都是一样的禁卫，赵渊不疑有他，不知不觉中便跟着走了。

风雪比方才更大了，谢允听着殷沛那疯子极富穿透力的吼声，心里有点索然无味。他想甩开这帮人，想去见周翡，因为觉得自己再不见，就走不动了。他的轻功独步天下，号称"风过无痕"，倘若吴姑娘的笔足够公正，中原武林百年间最惊艳的轻功，该当有他一笔，如今却只能用它来躲开这些多余的人。

谢允方才在一片惊呼中掠出人群，便再没力气"腾云驾雾"了，只能一步一步贴着墙，吃力地提起两条腿，缓缓往前走。突然，不知从哪儿传来一声吼："狗皇帝死了！"

谢允一愣，忙深吸一口气，将额头紧紧贴在一侧石墙上，崩裂的指尖立刻变本加厉地惨不忍睹起来。

不对，谢允心思急转，想道，殷沛突然闯进来是意外，剩下的人肯定是有预谋的。

曹宁，一定是曹宁！

眼见北朝大势已去，曹宁狗急跳墙，来釜底抽薪了！

周先生离旧都只剩下咫尺，两代人苦苦挣扎，无数人舍了命、舍了声名才走到如今这地步……他死不足惜，怎能看着他们功败垂成？

谢允浑身都在发抖，流出的血很快被冻住，在青灰的石墙上留下了一个血手印，他狠狠地将鲜血淋漓的手指攥紧，在一片霜雪纷飞中转身，往那声音传来之处掠去。

赵渊察觉到不对的时候，已经晚了。

他身边禁卫莫名其妙地越来越少，忽然，一个一直跟在他身边的"禁卫"毫无预兆地举起手中刀，当头劈向他后背。电光石火间，赵渊不知从哪儿来一股力气，蓦地往前扑去，姿态不雅地避开了这致命一刀，滚了几圈，大喝道："大胆！"

那"侍卫"轻轻地笑了起来，缓缓提起的衣袖下面，露出了一个北斗的标记。

"同伴"突然反水，赵渊身边仅剩的七八个侍卫连忙围成一圈，将皇帝护在其中。那北斗黑衣人却全然不在意，接着，只听一阵脚步声传来，有一人笑道："参见陛下，陛下，咱们可有二十多年不见了吧？"

赵渊听了这声音，脑子里"嗡"一声响——小巷尽头，一袭扎眼的红衣露出来，来人朝赵渊一躬身："北斗武曲童开阳，参见陛下，暌违二十年，甚是怀念哪。"

赵渊一咬牙，硬是从地上爬了起来，自己站定了，冷冷地问道："是曹宁吗？他人呢？"

童开阳笑道："怎么，陛下是想叙旧拖时间，等人来救吗？那我们可……"

他刚说到这里，人便已经到了近前，赵渊根本连个人影都没看清，一个禁卫便在他眼前身首分离，冒着热气的血水飞溅到他身上脸上，腥臭气扑面而来，赵渊惊得往后退了一步，后背却一下撞在了墙上。

童开阳一甩重剑上的血珠，狞笑着说完自己余下的话："……太吃亏了。"

这些禁卫虽然也都是百里挑一，却又岂是童开阳的对手，不过两句话的光景，已经变成了一地尸体。这种时候，哪怕赵渊再经天纬地，也忍不住觉得自己是到了穷途末路。童开阳格外想再欣赏一会儿他强忍的惊恐，却也深知赵渊狡猾，为防夜长梦多，他一声不吭，提剑便直接刺向皇帝光洁脆弱的脖子。

赵渊忍不住闭上了眼。

就在这时，一股极细的风与他擦身而过，赵渊脸上却好像被扇了一巴掌似的，被那掠过的风扫得火辣辣地疼。他吃了一惊，连忙抬眼望去，童开阳的重剑竟然被一小块冰凌打歪了！

童开阳蓦地转身，只见一个好像风吹便会倒下的人不知什么时候落到了小巷上面的墙上，他一袭隆重的华服水淋淋地拖在地上，发冠也已经在砸殿沛的时候丢开了，发丝略显凌乱，周身盖了一层无论如何也化不开的细雪，花白一片……可他整个人依然仿佛清风掠过高楼时端坐闻笛的翩翩公子，满天下的狼狈压在他身上，也压不住他的风雅无双。

童开阳瞳孔微缩，顿了顿，方才谨慎地叫道："谢公子，还是端王……太子殿下？"

谢允觉得自己一丝一丝的力气都是从骨头缝里榨出来的，因此不敢浪费，不吭声，只是略带微笑地望向他。

童开阳眼珠转了转，说道："怎么，我杀了这狗皇帝，殿下不正好可以名正言顺地登基吗？北朝将倾，丧心病狂的北斗刺杀南帝……听起来于您有什么不妥呢？"

赵渊嘴唇动了动，仿佛想叫一声"明允"，却不知怎的，没叫出声。

童开阳笑道："我这可是在帮你啊，殿下，难不成你还要拦着我吗？"

谢允的笑容大了些，苍白的嘴唇几乎染上了一点血色，他微微一侧身，将身上那件累赘的博带宽袖外袍甩下了，惜字如金地对童开阳道："你试试。"

此人怎么看怎么像个痨病鬼，人在墙上，好似随时会被风雪卷走，不明原因开裂的手指、手背上鲜血淋漓，被他随意揩在雪白的袖口上，透着一股行将就木的孱弱。

可他那句"试试"落地，童开阳竟真的不敢动。两人就那么僵持住了。

不知过了多久，谢允头上落的雪花将他的长发从"花白"变成了"雪白"，童开阳几乎怀疑他已经冻住了。

突然，一声长鸣自远处响起。

是军号！

风中传来人声："……进城了！"

谢允眼珠轻轻一动，童开阳脸色骤变——

"扬州驻军进城了！"

眼下正值战时，赵渊不可能因为一次祭祖就调动地方守军，能擅自做这个主的，必然是周存！

他们这回行动泄露了！

怎么会？

接着，整齐有序的脚步声传来，童开阳下意识地握紧了手中重剑，再顾不上赵渊，大喝一声便要冲出去。眼看他要跑，谢允也不去拦。

谁知就在这时，惨叫声倏地炸起，小巷中整齐的脚步声陡然乱了，喊杀声只喧嚣了片刻，便死寂下去，随后"扑通"一声，一具禁卫的尸体被扔了进来。

童开阳先是一愣，随即看清来人，大喜道："大哥！"

独臂的沈天枢缓缓走进来。

第十二章·

霜色满京华

南都金陵，累世的富贵温柔乡，一时间，忽然荒凉得四顾茫茫，叫人不知该何去何从。

谢允无声地叹了口气，隔空与赵渊对视了一眼——尽人事，还需听天命，看来赵家的气数是尽了。

沈天枢身上竟没有一丝水汽，不管是碎雪渣还是夹杂的雨水，都会自动避开他，他往那里一站，连后土都要顶礼膜拜地朝他脚下陷去。

沈天枢冷冷地瞥了童开阳一眼："废物。"

话音未落，人影已经到了赵渊面前，这回赵渊可真是连受惊的机会都没有。

谢允本以为自己这副残躯拖到这里，发挥余热装个稻草人，吓唬吓唬"乌鸦"就算了，万万没料到还得亲自动手。眼看赵渊小命要完，他只好从墙上飞掠而下，咬破自己的舌尖，一生修为全压在了那好似浑然天成的推云一掌中，麻木的腿却再没有力气——谢允隔空打了沈天枢一掌，自己却跪在了地上。

然而即使在油尽灯枯时，推云掌也并不好相与。沈天枢被迫侧身平移两步，发丝缓缓飘动，那北斗贪狼一眼便瞧出了谢允只是强弩之末，当即哂笑一声，轻飘飘道："可惜了。"

方才被谢允吓得一动不敢动的童开阳眼睛一亮，再不迟疑，重剑冲谢允后背砸下。沈天枢则别开视线，伸手抓向赵渊咽喉。就在这时，极亮的刀光一闪，直直逼入沈天枢瞳孔中。

沈天枢眼角一跳，蓦地缩手，同时，童开阳感觉自己的剑砍在谢允身上，竟好似砍中了什么极坚韧的硬物，剑尖竟"噌"一下滑开了，连他一根头发都没伤到！原来电光石火间，有人在谢允和童开阳之间扔了一件银白的软甲，那软甲不知是什么材料织就，非常邪门，正好严丝合缝地贴在了谢允身后，替他挡了一剑。

谢允再也支撑不住，保持着半跪的姿势往旁边一倒。周翡面无表情地横过"熹微"，挡在他身侧，心里狂跳不止。眼前的沈天枢与她当年在木小乔山谷中，甚至华容城中所见的那人，都不可同日而语，面对这人，她手中长刀几乎在战栗。而旁边还有个虎视眈眈的童开阳。周翡几乎能数出自己的呼吸声，她有生以来第一次后悔起自己闹着玩的时候满嘴跑马，说什么"脚踩北斗，天下第一"。

呸，好的不灵坏的灵。

沈天枢眯着眼打量了她许久，竟认出了她来："是你？"

周翡虽然心急如焚，却打定了主意输人不输阵，闻声只冷笑了一下。

童开阳道："大哥，这丫头多次坏我们好事，留她不得，你我联手……"

　　沈天枢突然一抬手，打断了他的话音："让开，你我联手，她算什么东西，你又算什么东西？"

　　童开阳："……"

　　沈天枢冷冷地端详着周翡，问道："当年因为半个馒头留下你一命，倒是没料到还有这一天。"

　　童开阳急道："大哥，咱们还……"

　　沈天枢言简意赅道："滚！"

　　他话音没落，脚下"棋步"陡然凌厉起来，先不辨敌我地一掌挥开童开阳，随即竟不变招，直接扫向周翡。周翡只能提"熹微"同他杠上，几乎臻于天然的浑厚内力与无常刀短兵相接。银河似的内力如九天瀑布，倾颓而下，撞上最飘忽不定的不周之风，从枯荣间流转而过，明灭不息——赵渊胸口当时一阵窒息，在极窄的巷子里被两大高手波及，忍无可忍，生生地被震晕了过去。

　　童开阳恼极沈天枢这不合时宜的高手病，狼狈地踉跄站稳后，心道：就你他娘的厉害，误事的老龟孙！

　　眼看扬州守军已经进城，曹宁恐怕已经凶多吉少，他们若不能速战速决杀了赵渊，便只能是死路一条。童开阳颇有些决断，看准时机，正在周翡与沈天枢两人错开的一瞬间，一挥重剑便朝周翡偷袭过去。周翡被沈天枢甩出去半圈，正惯性向前，没料到还有这一出，正好往他剑尖上撞去，再要躲避已经来不及了！

　　童开阳狗舔门帘露出尖嘴，沈天枢怒不可遏，谢允瞳孔骤缩，却已然力竭，用尽全力，也没能移动一寸，他一口血呕了出来，墙角半死不活的青苔顷刻间红了一片。

　　这时，一根长练凭空卷起周翡的腰，险险地将她往后拖了两步，周翡的前襟堪堪被童开阳挑破了一条半寸长的小口。她接连退后了三步才站稳，急喘几口气，蓦地回头，便听来人娇声道："啊哟，好不要脸啊，两个老乌龟，欺负小姑娘。"

周翡猝然抬头，见不远处长裙翩跹，正是霓裳夫人！

又有另一人懒洋洋地说道："我可不愿救那劳什子皇帝，你们打吧，我瞧热闹。"

周翡低声道："朱雀主。"

随着霓裳现身的木小乔哼了一声，有一搭没一搭地拨动着怀中的琵琶。

琵琶声中，第三个人出了声："你不愿动手，我来，红衣服的，你使重剑，我使刀，我奉陪到底。"

周翡难以置信："……杨兄？"

杨瑾应声自小巷尽头走来，扫了她一眼："药农们帮那养蛇的找殷沛去了，我来帮你打架。"

四个人分列四角，就这么将横行二十年的两个北斗围在中间。

"本以为只是过来恶心一回那狗皇帝，不料还能赶上阁下二位大老远赶来送死，"霓裳夫人娇声笑道，"这回可真是能有冤报冤、有仇报仇了。"

木小乔嗤笑道："霓裳老太婆，你龟缩二十多年，老成了这副德行，还要借着后辈才敢露头逞一回威风，真有出息，我要是你，早一头磕死了。"

霓裳夫人翻了个白眼，却怕这疯子一言不合便从帮忙变成搅局，硬是忍着没与他打口舌官司，只好将火气都撒到了童开阳身上。她轻叱一声，手中长练毒蛇吐芯似的卷上了童开阳面门，与此同时，杨瑾长刀出鞘，严丝合缝地封住了童开阳的去路。

沈天枢一皱眉，纵身上了围墙。他踩过的地方直接化成了齑粉，行动间，围墙上转瞬多了一排整齐的坑。周翡紧随而至，柔弱的江南细雪为此起彼伏的真气所激，竟暴虐了起来，打在周翡手上，留下了细细的小口子。

这边"拆房"的动静终于惊动了禁卫与扬州驻军。沈天枢站在墙头，居高临下一扫，便能看见大部队正赶来。他偏头看了看昏迷不醒的赵渊，又看了看周翡，忽然说道："赵渊命真大。"

周翡神色不动："当年我娘在旧都，大概也曾经这样感慨过曹仲昆。"

沈天枢脸上露出了一个吝啬的微笑："哦，这么说，是风水轮流转？"

周翡没回答，将熹微刀尖下垂，做了个常见的晚辈向长辈讨教的起手式："沈前辈，请吧。"

沈天枢用一种十分奇特的目光打量着周翡。周翡无疑是很好看的，而且并不是英气健壮的女孩子，她模样有几分像周以棠，带着蜀中女子特有的柔和精致，很有些眉目如画的意思，比几年前没头没脑地闯黑牢时少了些孩子气，倘若她不说话也不动刀，看起来竟是沉默而文静的。

而这样的一个"沉默而文静"的女孩子，竟有胆子提长刀拦在他面前，还胆敢大言不惭地叫他先出招。

她凭什么？

李家的破雪刀，还是年幼无知？

沈天枢缓缓说道："老朽一生自负武功，创下独门'棋步'，取黑白交叠、三百六十落子变幻之意，只可惜职责在身，于武学一道，未能全心投入，神功晚成，没能赶上'双刀一剑枯荣手'的年代，未曾以所怀绝技与当年绝顶高手一战，甚是遗憾。小丫头，你不是我的对手。"

说话间，沈天枢的袖口鼓起，无风自动地微微摇晃，细雪纷纷而落，行至他身侧，又惊惶地弹开。

周翡听了，嘴角略微一弯，弯出一个冷笑："对着打不过的段九娘，你便施以暗算，美其名曰'职责在身'，对着恐怕不如你的我，便将脸一抹擦，又成了'甚是遗憾'。贪狼大人，听我一句，像阁下这么臭不要脸的，老老实实地承认自己不是东西就算了，装什么孤高求一败？谁还不知道谁，你自己不尴尬吗？"

她出言不逊，话未说完，沈天枢已经一掌推出："找死！"

他动作并不快，周翡却觉得自己周身被某种无形的内息牢牢封住了，一时进退维谷，左右为难，不得不闭嘴，抬手将熹微刀鞘打了出去。那刀鞘弹到空中，好似撞上了一层看不见的墙，同落不到沈天枢身上的雪渣一样，诡异地往地面飞去。周翡紧随着刀鞘从墙头上一跃而下，同时反手一刀"斩"，悍然攻向沈天枢。

沈天枢低喝一声，双掌往下一压，浑厚不似人力的一掌再次封住周翡所有去路——青石板被压出了一个坑。窄巷中，周翡根本没有四下躲闪的余地，空中好像有一把看不见的大锤，以她为中心，不断往外扩，压住了一块从赵渊身上掉下来的玉佩，那张牙舞爪的蟠龙竟硬生生被看不见的力道压碎了一角。

一力降十会，那一瞬间，周翡仿佛回到了多年前的秀山堂——任凭刀光诡谲，仍会被李瑾容一掌便拍飞出去。

霓裳夫人正好与童开阳错身而过，余光瞥见，脸色一变："阿翡，快闪开！"

周翡充耳不闻，她忽然一反方才的机变，"斩"字诀竟敢使老不变，当空强行，实打实地扛上了贪狼一掌。霓裳夫人胸口一缩，几乎能预见那女孩连人带刀被沈天枢一掌搁进墙里。

贪狼的掌风与熹微眼看便要撞上，沈天枢面沉似水，他固然高看周翡一眼，这一眼中却有大半只眼都是放在她家传的破雪刀上的，并不认为这么一个小丫头片子能与他正面角力，当场便要将这不知天高地厚的后辈毙于掌下。可是掌风与长刀相触的瞬间，沈天枢却陡然一惊，因为他清晰地感觉到，这来势汹汹的一刀竟是虚晃，力道毫无预兆地从极强转向了极轻，而且轻飘飘地从他掌中滑了出去。一掌走空，还不待他收力，那刀又摇身一变，由极"衰"转为极"盛"，当空化作"破"字诀，直冲向他面门！

沈天枢愣是没看明白这无比诡谲的一手是怎么来的，情急之下，他抬起自己那条断臂，断臂上接的长钩一下格住了熏微，铁钩禁不住宝刀一撞，裂缝顿时蛛网似的弥漫开。沈天枢忽然意识到了什么，脸色骤变，失声道："枯荣手！"

枯荣手，何等声威赫赫、举世无双，而后销声匿迹数十年，竟至泯然无踪。直到段九娘那疯婆子在华容城中现身，才叫人隐约想起一点——当年那横行关西的荣光。

可那疯婆子不是死了吗？

枯荣手不是早就失传了吗？

电光石火间，沈天枢眼前闪过那滚在地上犹不肯瞑目的头颅，一股说不出的寒意从他肝胆上升起，顺着微末的良心，一下戳破了他画皮似的声势。

沈天枢目眦欲裂，从牙缝中挤出几个字："不可能！"

周翡刀尖微晃，当着他这一声"不可能"，周身内力再次于盛衰两极中回转一圈，蓦地施力。沈天枢现如今的功力，能算是天下第一人，周翡当然远不是对手，哪怕她再练上二十年的枯荣真气也未必赶得上。他本可以在熏微与长钩接触的瞬间便将周翡从墙头上震下去，周翡不死也是个重伤，可他竟迟疑，甚至退却了。两股力道相撞，铁钩炸起的铁片四下乱飞，一时间，沈天枢竟仿佛难当其锐，独臂微颤，后退了半步。

周翡也被这一下逞强震得内息翻涌，她一咬牙端平长刀，忽略了自己发麻的手腕，脸上硬是没露出破绽，同时心思急转——拳怕少壮，鬼怕恶人，那么……北斗的贪狼星君又怕什么呢？

突然一个念头划过她心头，周翡抬起头，冲沈天枢笑了一下，少女的笑容为刀光所映，竟无端多了几分莫测的血气："我不可能参透枯荣真气吗？"

沈天枢咬牙："你这个——"

"沈大人，您方才还说，未曾赶上双刀一剑枯荣手，甚是遗憾呢。如今我这亲眼见过南北双刀、学过枯荣手的后辈还在，不正好给您大成的神功当磨刀石吗？"周翡打断他的话，"不过沈大人，倘若段九娘在世，你真敢上前与她一较高下吗？'职责在身……未能全心投入，神功晚成……'哈！"

沈天枢双目一红，一掌朝她当空拍来，竟是使了全力，窄巷两侧的矮墙轰然倒塌。周翡强提一口气，纵身落地，脚尖尚未点地，沈天枢已经追至，碎石子飞起丈余高，霓裳等人竟不敢硬扛，纷纷闪开。

沈天枢怒喝道："小贱人找死！"

周翡将流转不息的枯荣真气提到极致，手中熹微仿佛当年拨开牵机的柳条，叫人眼花缭乱，嘴里仍然不依不饶："啊，我明白了，你是根本不敢，因为你这'第一人'是自封的，你怕打破自己的自欺欺人，让人发现你只是……"

一颗碎石从周翡颈侧险险地擦了过去，留下一道触目惊心的血痕。周翡身形一滞，沈天枢杀招已在眼前，在北斗贪狼面前，退却就是找死，因此周翡不退反进，一道刀光，"山"字诀凌空劈向沈天枢面门。沈天枢怒极，不躲不闪，一掌拍在熹微上，他掌心仿佛是个沼泽，牢牢地吸住了刀身，排山倒海似的内力自粘连的刀身上传来，直逼周翡，逼她撒手弃刀。

在沈天枢面前，周翡这刀弃也是死，不弃也是死，要是她不肯撒手，就得被沈天枢一巴掌拍个实在，而她一身功夫全在刀上，撒手弃刀，不外乎一败涂地，非得被沈天枢拍成柿饼不可。

然而周翡撒了手，却并未弃刀。

不远处的杨瑾余光瞥见，刀背上的金环齐齐"哗啦"一声。刹那间，周翡好似与刀光融在了一起，整个人成了一把人形的窄背刀，去向与空中的熹微如出一辙，全然不着力，仿佛一片黏附在刀身上的枯叶，随着沈天枢的掌风飞了出去。下一刻，真刀的刀柄碰上了人形刀的手——

如同广袤的草地上春风吹又生的新芽，一夜间便能声势浩大地席卷荒野，高耸的河冰轰然开裂，露出湍急暴虐的水流。枯荣真气从极衰走向极盛，附在刀尖上，刀尖划出了一个璀璨的弧度。

破雪刀，不周风！

沈天枢的瞳孔几乎要缩成一点，旁人根本看不清他们两人的动作，只能听见空中传来一阵乱响的金石之声，随后两人仓促分开。沈天枢晃了晃，周翡踉跄着从墙头翻下来，一时竟站不住，只能以长刀拄地，略一弯腰，一行细细的血迹就顺着她的嘴角淌了下来。

周翡一抬袖子擦去血迹："……让人发现你只是个卑鄙无耻的废物，跟其他六个北斗一样，都是狗。要不是你们这群恶犬抱着团作恶多端，江湖中哪儿有你沈天枢这一路货色，你以为你是什么东西？别哄着自己玩了。"

沈天枢面色铁青，竟好似比周翡还狼狈。他一生自负武功，虽位列北斗之首，却素来以与北斗陆摇光、谷天璇、仇天玑等跳梁小丑并列为耻。他觉得自己是隐世的高手，是堪与双刀一剑比肩的大恶人、大魔头，纵然遗臭万年，也让人闻风丧胆，他愿意可憎、可恨、可怕，却绝不能可鄙、可笑。

然而倘若段九娘还在世，倘若他面前不是周翡这半吊子的小小后辈，而是那些老怪物亲临，他真敢为了证道，一对一地同那些老怪一决高下吗？那么他这许多年来聊以自慰的自欺欺人，岂不是如那镜花水月一般，轻易就碎了？

周翡牙尖嘴利，一句就戳中了他最隐秘的卑鄙心思。沈天枢双目中风雷涌动，疯狂的杀意锁定了周翡，难以言喻的压力当头而下，远在数丈之外的木小乔手中琵琶弦"铮"一声断裂，朱雀主的内息竟有些翻涌。

直面沈天枢的周翡只觉周身骨骼都要寸寸断裂，她却忽然偏头去看谢允，谢允的目光几乎已经涣散，熬干了神魂，只剩一点微光，勉强能看清周翡影影绰绰的轮廓。他无声地动了动嘴唇，对她比口型道："天下第一啊。"

不论眼前强敌者谁，不论你是不是遍体鳞伤、狼狈不堪，也不论你神功几层、声名几丈……

那年你带着一堆不知所云的瓶瓶罐罐，在北斗围山之时，从那逼仄狭小的山中地牢里一跃而下，不假思索地同我说出"交代重要"——你就是我心里的天下第一。

周翡的眼圈一下红了。

刀剑声、落雪声，都开始远去，谢允的视野暗了下去。红衣、霓裳、大魔头的琵琶、南疆小哥的黑脸……渐次沉寂。

终于——

终于，他眼里只剩下那一线熹微一般的刀光。

阿翡，今日暂别，二十年后，我仍去找你，他心道，要一言为定啊。

这时，沈天枢动了，他脚下的石墙一裂到底，铺天盖地的一掌压向周翡头顶，打断了仓促的生离死别，周翡不躲不闪，手中熹微凝成一线，螳臂当车似的直接迎上沈天枢。不远处木小乔冷哼一声，长袖一摆甩开童开阳，直奔沈天枢后心。

就在这时，突然有人大叫一声："小心！"

话音未落，一个巨大的黑影飞蛾似的扑了过来，难以言喻的阴寒之气竟让江南苦寒都退避三舍。木小乔的脚步突然顿住，沈天枢只觉一股大力反噬，急忙抽身撤力。周翡刀尖走偏，几乎趔趄了一下，侧身撞在身边矮墙上。

那不速之客大大咧咧地飘落到三人中间。

"飞蛾"先是朝周翡看了一眼，周翡被那张突然冒出来的骷髅脸吓了一跳，本能地将熹微横在身前："你是谁？"

"飞蛾"却没理她，周翡这才意识到他看的是自己身后。只见那骷髅脸的"飞蛾"张开两片扁唇，号叫道："死了，哈哈！报应！"

周翡很想回头看一眼他说谁"死了"，可无论是这个诡异的骷髅脸，还是不远处的北斗贪狼，都叫她不敢分心。

"飞蛾"的目光倏地移回来，这回，他用一种难以言喻的眼神深深地看了周翡一眼。周翡一愣，觉得那疯癫的眼神叫她有种说不出的熟悉感，可还不待她仔细回想，对方便扭头望向沈天枢，口中"嘶嘶"作响地低声道："北斗？"

沈天枢眉头一皱："来者何人？"

那"飞蛾"全然不理会，人已经腾空而起，不置一词地直接扑向沈天枢。沈天枢脸色一沉，当胸一掌拍了出去，将那人前胸后背打了个通透，近在咫尺的周翡都听到了骨骼尽碎的声音。

那骷髅脸的"飞蛾"瘦得惊人，后背不自然地凸起，折断的白骨连他的皮与外袍一同刺破，支棱八叉地带出一块血淋淋的内脏来。饶是周翡天不怕地不怕，见了此情此景，也不由得有些恶心。

更离奇的是，那"飞蛾"被打成这样，竟不肯死！

他好似不怕疼、不怕打、死而不僵，背着一身稀烂的骨头，竟能强行突进两步，低头一口咬在了沈天枢的独臂上。

周翡脑子里一道流光划过，难以置信地脱口道："药人！"

沈天枢先是惊怒交加地骂了一声，使了蛮力要甩开这疯子，骷髅脸脆弱的脖颈被他扭出了一个巨大的折角。若是常人，脖颈已断，早该死透了，可那骷髅脸不知是何方妖孽，命门活似长在了门牙上，眼看脑袋都要被揪下来，依然咬紧不放。

沈天枢强提一口气，正打算将这颗妖孽头颅打个稀碎，可他这口气还没提到喉间，整个人突然一颤，接着，堂堂贪狼竟忍无可忍地在大庭广众之下惨叫了起来。一股黑紫气顺着他的手臂直往上涌，而沈天枢一臂已失，原本代替胳膊的长钩又不巧被周翡绞碎了，情急之下，居然来不及壮士断腕。黑气如龙，转瞬便越过他肩头，直接冲上了他的脖颈和脸！

周翡："……"

她手中刀尖都没来得及垂下，已经被这变故惊呆了。

沈天枢一边惨叫，一边四处乱撞，周遭矮墙都在他倾泻的真气中遭了殃，周翡被迫后退，连昏死过去的赵渊也被惊醒了，不巧被正好后退的周翡一脚踩中了小腿，当即哼出了声。

周翡这才注意到皇帝这个金贵人物，突然明白了那"飞蛾"方才往她身后看什么。电光石火间，她明白了前因后果，连忙一抬手压住赵渊肩头，低声道："别动！接着装死，不然我保不住你。"

沈天枢一阵抵死挣扎，暴虐的内力乱窜，骷髅脸的"飞蛾"自然首当其冲，他周身的骨头好像没堆好的秸秆，四处裂着，将一身宽大的袍子也扯得乱七八糟。

接着，沈天枢像是被什么东西慢慢抽干了皮囊，周翡等人眼睁睁地看着他迅速萎缩下去，肌肉转瞬消失，绷紧的人皮紧紧地贴在骨头上，从被咬的手臂一直枯到了头颈，无声无息地往后仰倒，同那仍然不肯松口的"蛾子"一起，颓然扑倒在地。

而直到这时，高喊"小心"的应何从方才气吁吁地带着一帮禁卫赶到。周翡看了看那支离破碎的"黑蛾子"，又看了看应何从，低声道："他……他是……"

应何从瞥了一眼已经被几大高手制住的童开阳，上气不接下气地喘了片刻，才说道："疯了，这个殷沛绝对已经疯了！他用自己身上残存的蛊毒养着那母蛊的尸体，又不知用了什么怪方，将那母蛊的尸体炼化吸进自己体内……"

周翡："什么？"

应何从不耐烦地解释道："就是他把自己养成了一只蛊母，这回懂了吗？！"

话音刚落，那殷沛"骨碌"一下，从已经被吸成了一具干尸的沈天枢身上滚了下来，露出满是血迹的脸，仰面朝天地倒在地上。他着实像个活鬼，禁卫们纷纷冲进来，扶起跟跟跄跄的赵渊，里三层外三层地保护起来。

周翡一抬手，把应何从拦在身后，警惕地看向殷沛。

众目睽睽之下，那殷沛仰面朝天，竟仿佛在笑。

周翡试探性地往前几步，走到他面前。殷沛似乎认出了她，吃力地伸出仅剩的一只手，指了指周翡，又艰难地打了个回弯，指向自己。

"你……你什么？"周翡不明所以地皱眉，见那殷沛颤颤巍巍地举着爪子，不依不饶地指着他自己。

周翡心里忽然明白了什么，试探道："你想说……你是殷沛？"

殷沛像条垂死的鱼，无意识地在地上抽搐挣动着，眼睛里的光却炽烈了起来。周翡低头看着他，透过他炽烈的目光，恍然明白了他这许多年来的执念与痛苦，她以熹微挂地，吃力地半跪下来，低声道："你叫作殷沛，是殷闻岚之子，殷家庄唯一的幸存者，又被北刀纪云沉养大，出身于……"

她话音一顿，见殷沛不知从哪儿抽出了一把沾满了血迹的剑鞘，缓缓地往周翡的方向推了半寸。这不过是区区一个藏剑之匣，然而山川剑死于此物，青龙主死于此物，冲云道长也死于此物。

殷沛守着这把剑鞘猜忌了一辈子，至此，他好似终于明白，这不是他的东西。

周翡的目光从山川剑鞘上掠过，喃喃道："……出身于……"

那只骨架似的手倏地垂了下去，砸起了一小圈尘埃。

"……名门正派。"

殷沛眼睛里疯狂的亮光同嘴角的血迹一起暗淡了下去，不知听没听完她这句"盖棺论定"的话。

周翡呆呆地与那不似人形的尸体大眼瞪小眼，心里一时不知是什么滋味，应何从却一把推开她，两步扑到殷沛的尸体前，不知从哪儿取出了一个特制的小壶，丝毫不顾及什么"死者为大"，一刀豁开了殷沛的心窝，一股腥臭扑鼻的黑血立刻汩汩地涌入那小壶里。

"这是天下至毒的涅槃蛊。"应何从原地跳起来，将那泛着异味的小壶举起来给周翡看，狼狈的脸上好似点着了一大团烟火，"快点，你不是自称学会了齐门那什么'阴阳二气'吗？"

周翡只是看着他，一动不动。她的五官六感何等敏感，方圆几丈之内落雪摩擦的声音都听得一清二楚，怎会不知道那人已经没有气息了。

应何从一把抓住她的肩头，冲着她的耳朵大叫道："你发什么呆！"

周翡抽出自己的手臂，低头避开他的目光，小声道："晚了。"

应何从呆了片刻。

"我……"周翡轻轻一抿嘴，"算了，也算是命吧，没什么……"

应何从不等她说完，就大叫一声打断她道："我是大夫，我还没说晚呢！"

他一把拖起周翡，生拉硬拽地将她往谢允那里拖："我是大药谷正根的传人，我药谷有生死者、肉白骨之能，我说能治就能治！"

周翡："应兄……"

"他身中透骨青十年之久，比别人凉、比别人气息微弱怎么了？你没听说过人也是会被冻住的吗？"

周翡脚步有些踉跄，她突然很想对应何从说，当年永州城外，她脱口便骂他这大药谷"浪得虚名"，其实只是因迁怒而起的口不择言，并不是真心的。

应何从将她拖到谢允面前，谢允已经无声无息，身上落了一层化不开的细雪，像是个凝固在时光里的冰雕，面朝着她方才与沈天枢对峙的方向，嘴角似乎还带着一点细微的笑意。

应何从蓦地扭头，一字一顿地问道："周翡，你的不见棺材不落泪呢？"

周翡怔怔地看着他。

应何从掀起衣摆，直接跪在地上，果断地割开谢允的手掌，强行折起冻硬的四肢，将他摆出五心向天的姿势，又把致命的毒血滴在了谢允身上："我先将蛊毒逼入他手厥阴心包经，直接入心脉，只有两种枯荣相依的内力能将蛊毒逼入再带出来，蛊毒不入则无用，入内出不来则要命，洗髓三次……我说，你还有力气吗？"

周翡离开齐门禁地之后，明知没有希望，一路上却仍然不由自主地将吕国师记载的"阴阳二气驱毒"之法反复默诵，此时虽然神魂不在家，却仍然能按照他的话照做。

据说死人的身体，倘若以外力强行打通经脉，也能有一点动静。周翡茫然地想着，自己也不知道自己在做什么。

生在凡尘里，其实各自魔在自己的魔障里，谁也拉不动谁，一如谢允是周翡的魔障，大药谷是应何从的魔障，他们两个走火入魔的人，在冰天雪地里折腾一个衣冠不整的死人，好像这样鸡同鸭讲地拼尽全力了，磐石便能转移似的。

然而……

毒血分三次，一点一点地被推入谢允身体，及至一滴不剩，黑血又被重新逼出来。霓裳夫人等人谁也不敢打扰，静静地围在一边，连赵渊也一声不响，只将禁卫与一干守军全都喝退了小巷之外。

满壶毒血怎么进去的又怎么出来，可是谢允依然没有一点动静。

寒冬腊月天里，周翡整个人好似刚从水里捞出来的一样，周身已经被热汗湿透了，一阵寒风吹过来，她已经再没有力气，受伤的肺腑疼得发木。她不由自主地打了个冷战，似乎是想站起来，又脱力坐在了地上。

无边的疲惫像关外的大雪，将喜怒哀乐一起埋了，周翡像个反应迟钝的人，方才应何从将疯狂的希望强行塞给她的时候，她没来得及欣喜若狂，此时再一次失望，她也没来得及痛彻心扉，依旧是怔怔的。

霓裳夫人忍不住上前一步，从后面抱起跪在地上的周翡，小声劝道："孩子，咱们尽人事，听天命吧。"

尽人事，听天命。

周翡极轻地颤抖了一下，她抬了头，目光空落落地指向晦暗如许的天色，星星点点的落雪冰凉地落在她脸上，将她灼热的眼眶一点一点地冻住了。

什么是天命呢？

她说不清，破雪刀借"山海风"之力，传到她手里，将"无常道"
走到了极致，可是凡人的"无常"，如何能度量星辰日月、兴衰祸乱呢？

三年，她挣命似的走遍南北东西，到头来，终归是一脚踩空、无济
于事。

周翡抓住霓裳夫人的手，借力站了起来："是，我……"

我什么？她说不出了，胸口空荡荡的一片，连两句场面话也说不出
来，南都金陵，累世的富贵温柔乡，一时间，忽然荒凉得四顾茫茫，叫
人不知该何去何从。

周翡晃了一下，霓裳夫人连忙扶住她，正要说什么，就在这时，应
何从突然叫了一声："别动，快看！"

周翡猝然回头，只见谢允掌心被划破的地方，本来泛白的皮肉之下，
竟缓缓泛了红，随后好像什么东西融化了似的，冒出了细细的血珠来！

尾声

"怎么二十年不见，你竟……
也不老……你到底是哪个沟里
的水草成的精？"

曹宁被俘三个月后，八百里加急的传令兵撞开金陵城门，一路风驰电掣似的闯进皇城，两侧行人纷纷退避，不少好事之徒探头探脑地望着那马绝尘而去的方向，七嘴八舌地议论了起来。就在几个时辰之后，消息像是破纸而出的火苗，迫不及待地扫开初春清晨的迷雾，口耳相传到大街小巷——王都收复了！

数十年离乱，很多人已经死了，终于没能等到这一天，活着的人也已经两鬓斑白，或失亲朋，或失故友。

河山生疮痍，生民多离散。

一个满头花白的老人忽然跌跌撞撞地跑到大街上，伏在青石板上，放声大哭，哭声好像打开了一道闸门，整个南都都沸腾了。艰难挨过一冬的流民、背井离乡的商贩、茶馆里尚未敲下惊堂木的说书人……一个个冲上大街，呼号奔走，以头抢地。

应何从抬手关上窗户，隔绝了外头嘈杂的人声，从袖中取出一张药方递给周翡："换这个药方试试——你真要走得这么急吗？人都没醒，叫他在金陵静养不好吗？"

"夜长梦多。"周翡简短地说道，"毕竟当天在场的都看见了，殷沛把山川剑剑鞘交给了我，眼下'那位'靠我爹给他打江山，再者他身边那一帮饭桶也奈何不了我，我来回进出还算顺畅，再要拖一拖就不好说了。"

应何从忍不住尖酸刻薄道："周大侠天不怕地不怕，北斗贪狼说削便削，还会怕那皇帝老儿？"

"怕啊，"周翡面无表情地蹭了蹭自己的刀鞘，"万一他作死犯到我手里，我可不是我外公他们那些为国为民的大侠，别指望我能忍气吞声放过他，万一捅那老儿一个'三刀六洞'，岂不是毁了大家这么多年的苦心？那我怎么过意得去？"

应何从不知怎么接这句狂上了天的话，只好闭嘴。周姑娘确实不只嘴上狂，她往皇帝脖子上架过刀，又几次当面抗旨，把帝王召见当个屁，眼下还打算招呼都不打一声，把差点成为太子的端王殿下拐走……据说，她这一番作为堪比黑道的"妖女"，很是让木小乔那厮欣赏，将她引为忘年的知己。

应何从问道："你还真敢冒天下之大不韪弑君不成？"

周翡没有正面回答，只是沉默了一会儿，说道："太多人为声名所累，一举一动都在别人算计之下——你猜，梁绍为何要找木小乔他们这些亦正亦邪之人做'海天一色'的'见证'？"

应何从不解道："为什么？"

"君子怕小人，小人怕混账，就这么简单。"周翡一摊手，"'海天一色'里，殷大侠与我外公他们这些守秘人是君子，赵渊与梁绍这些玩弄权术之徒是小人，君子未见得会泄密，小人却必会灭口，可是没有守秘人，梁绍又怕他有朝一日控制不住赵渊，因此招来一帮杀手和混账当见证，正好两边牵制。"

应何从道："可……"

"可梁绍并不想保全那些君子的性命，甚至最想杀人灭口的恰恰就是他自己，但他利用那些混账和只有象征意义的水波纹编了一个巨大的疑心病，他死后这么多年，赵……那位一丝也不敢偏离他留下来的政见，可见是成功的。现在四处在传唱那位不敢明着禁的《白骨传》，他既找不着梁绍的尸骨，又找不着水波纹，往后做什么事之前怎么也得掂量掂量，否则搞不好就变成混淆皇室血脉的罪人了。"周翡摇头笑了一下，收起应何从给她的药方，"多谢了，你有什么打算？"

应何从愣了愣，说道："我应了杨兄邀约，要去擎云沟住一阵子，与同道中人多学学。"

"挺好，就当大药谷搬到南疆，同小药谷合而为一了，以后省得分什么'大小'，叫初出茅庐的后辈们听了困惑。"周翡站起来，冲他一拱手，"青山不改，绿水长流，来日到蜀中，请你喝……"

她本想说"请你喝酒"。

话没说完，那应何从便当场撅了她的面子："酒会伤嗅觉和味觉，我不喝酒，只尝药。"

周翡没好气道："哦，那你不必来了。"

说完，她便提起熹微，在一帮人手舞足蹈的兴奋中离开了小酒楼，身形一闪，便不见了踪影。奉命追踪她的大内侍卫好不容易才赶来，尚未看清她今天穿了什么衣裳，就又把人跟丢了，简直欲哭无泪。

翌日，一辆马车便悄无声息地离了京。

官道长亭边，细柳绿了一片，不时有人黏黏糊糊地停留在此间彼此送别，久而久之，旁边便搭起了各色的茶肆茶摊，以供人歇脚停留。一场春雨刚过，满地泥泞，旁边送亲友的正泪洒前襟，茶摊成了车马队的行脚帮汉子们躲日头的地方，几个汉子一人捧着碗粗茶，聊得热火朝天。

"所以皇上那太子还是没立成嘛！因为什么呢？"

"哎，不是说北斗刺杀陛下，给搅黄了吗？"

"搅黄了还能接着立，分明是端王殿下固辞不受。"

"啧，还转起文了，我倒是听说……"

说话间，一辆马车缓缓走过，周翡从车上跳下来。

路上到处都是风尘仆仆的臭男人，鲜少碰见漂亮大姑娘，一帮汉子的胡侃戛然而止，集体抻长了脖子，张望过去。

周翡进门道："老板，麻烦灌点水……凉水就行，有吃的吗？不挑，都包一点。"

茶摊上豁牙的老板也鲜少见到好看的女孩，忙殷勤地替她收拾了过来。周翡道了谢，重新坐上马车。

等她走远了，那方才像煞有介事地说话的才一边恋恋不舍地看着车辙，一边接道："我倒是听说，是端王殿下身染恶疾，怕是命不久矣呢。"

那汉子自觉声音压得很低，周翡却仍是听见了，她的脸色黯了黯，心不在焉地上了马车，伸手一扯缰绳，催着拉车的马缓缓往前走去。

这时，不知哪位送君千里的雅士吹起了《折柳》曲，顺着风声隐隐约约地飘过来。风吹柳絮，音尘长绝，笛声缠绕在辘辘的车轮声里，别是一番凄凉，周翡将马鞭垂在膝上，往前看，只有两匹从不回头的驽马，单知道闷头跑。

周翡看着起伏的马脊背，不由自主地出了神，一不留神，将车赶进了一处大坑里，车身剧烈地震颤了一下。周翡整个人一歪，方才回过神来，忙一拉缰绳，同时急惶惶地回身掀开车帘查看，怕将车里那人事不知的病号摔个好歹。

才看了一眼，周翡的手便一哆嗦，将车帘重新甩了回去。

她难以置信地盯着自己的手，好一会儿，才唯恐惊着什么似的，一点一点地重新挑起车帘。

这一回，她确定自己眼没花。

谢允不知什么时候睁开了眼睛，正望着她的背影笑，一开口，声气还十分微弱，话却没个正经："怎么二十年不见，你竟……也不老……你到底是哪个沟里的水草成的精？"

——全文完

番外一·

道阻且长

自以为终于等到了救星的谢公子
恐怕还不知道，周以棠每次看到
"熹微"，脸色都不是很好。

周翡前脚刚回来，连口水都没顾上喝，就被大当家叫走了。

李瑾容行事利落，废话不多，只用下巴往旁边小桌案上一点，冲周翡说道："你惹的麻烦，去解决了。"

周翡："……"

她上前翻了翻，不看则已，一看要疯——只见那小桌案上厚厚一沓，全是挑战书，各种大侠歪歪扭扭的孩儿体与错字不提，战书套路却是如出一辙，活像出自一个代笔先生之手。

一个杨瑾消停了，千万个"杨瑾"还等在山门外。

周翡忍无可忍道："娘，闲杂人等不得入四十八寨的规矩能不能改

226

回来？"

李瑾容："别说废话。"

那就是不能了——周翡只好将那一沓战书往胳膊底下一夹，怒气冲冲地冲下山去。

前来挑战的"大侠"们其实倒也没有看起来的那么多，很大一部分只是打听到她不在家，才趁隙跑来递个战书，递完就跑，回去跟人吹牛皮说"俺也是单挑过南刀的人，啧，吓得她都不敢应战"。

不过实心眼的大傻子也不在少数，譬如等在山门下面的那五位。

守门的师兄一见周翡，就笑嘻嘻地说风凉话："阿翡啊，才回来？我跟他们都等你两个半月了！"

周翡冲他翻了个白眼。

她一露面，五个挑战的"大侠"呼啦啦全站起来了，先是难以置信地打量着眼前这个既无虎背，也无熊腰的大姑娘片刻，好几个小青年脸红了，原本背好的词差点胎死腹中，好一会儿，才有个人结结巴巴道："阁……阁下……不，姑娘，你就是手刃七……七大北斗的南刀吗？"

"七个北斗，有一个我压根儿没见过就掉了脑袋，两个是被他们自己人狗咬狗弄死的，还有两个是被旧仇家上门寻仇宰了的，一个刺杀皇帝，被几位前辈联手拿下，已经问斩了，只有一个脑子里水最多、武功最差，据说是靠裙带关系才能位列北斗的货色，那位倒是我杀的——还是在他轻敌大意的时候。"这番话周翡感觉自己说过没有一千也有八百次，说得简直比破雪刀还要烂熟于心，一口气说出来，不用过脑子，绝对错不了半个字，"还有什么以讹传讹的，来，一起说，我挨个儿澄清。"

五位大侠面面相觑了片刻，有三人脸上率先挂不住，低头冲她道了声"得罪"，退出战圈，脚下抹油，掉头走了。

因为人们通常认为，一个年纪不大的姑娘，如果她不是长得奇形怪状、五大三粗，武功通常不会太厉害。

英雄怎么会是女人呢？即便万里挑一，确乎是女人，也该是个同李瑾容一样的活夜叉，又怎么可以年轻貌美呢？世间女子自然是人，有时候又不大是人，对这些见识有限的汉子来说，除了高堂在上，其余的女子仿佛都是似人非人的精怪，除了生儿育女，"英雄们"大抵觉得自己同她们没什么话说，是"非我族类"。依照周翡的相貌，当算是"精怪中的精怪"，拿得起刀已经叫人刮目相看了，又怎会是南刀传人？

只要是见了周翡的人，便已经先入为主地怀疑起有关"南刀"的江湖传言不可尽信，等再听她开口说话，很多人便对"南刀是个谣言"深信不疑了，以至往往将"只有一个……是我杀的"那句话忽略不计，也没人想去追究一句，为何她一个小小后辈会对这一群北斗这样如数家珍。

这样一来，那些在江湖中已经小有名头的，或是年纪稍大的，便会自负身份，不肯再和她纠缠了。

世人莫名其妙的偏见倒是让周翡少了不少麻烦，她混到这种地步，倒也不太在意别人怎么看她。

一个人刀锋利不锋利，敌人知道就够了，闲杂人等无须挂怀。

周翡用嘴皮子和脸解决了三个，剩下两位，一个是觉得自己来都来了，不切磋一二就白跑了的愣头青，还有一个看起来是近似番邦人杨瑾那样的二百五。周翡用了一炷香的时间，熹微未出鞘，就把愣头青和二百五一起解决了——两位"大侠"一个磕掉了半颗门牙，一个被刀鞘戳到了胃肠，吐了个死去活来。

周翡爱搭不理地一抱拳，敷衍地客气道："承让，两位要到我寨中喝杯茶吗？"

两位大侠闻听此言，十分惊惧，比方才那三位临阵退缩的跑得还快，转眼便没了踪影。

　　周翡索然无味地叹了口气，低头往寨中走去，感觉大当家这段时间一直在刻意遛她。李瑾容的态度是"来者是客"，对端王殿下竟肯赏脸落脚四十八寨没有任何异议，一方面从未明确表达过自己的不满，另一方面又一会儿支使周翡去干这个，一会儿又支使她去做那个，总之不让她与谢允多接触。

　　也不知道这回能让我在家待几天。周翡心道。

　　她正心不在焉地往寨中走，身后忽然有人轻咳了一声，刻意压着声音道："阁下就是手刃七大北斗的南刀吗？"

　　周翡激灵一下，以她的功力，竟也没听见身后人是什么时候靠近的！

　　她握刀的手陡然一紧，猛地扭过头去，却见一个熟悉的人，头上戴着个斗笠，手中拎着一把"生年不满百"的折扇，笑盈盈地用扇子将斗笠推了推，露出一口小白牙。不等周翡回答，那货就一转身，学着周翡那不好客的站姿，把头一仰，捏着嗓子，一字不差地背出了她方才那一段长篇大论。

　　周翡："你怎么在这儿？"

　　谢允笑道："我主动请缨，下山替大当家打理山脚下的产业。"

　　周翡一脸疑惑，不知他是怎么吃饱了撑的，居然找活干。谢允先朝那好奇地看过来的守门弟子挥挥手，又压低声音道："我不在寨中，也好让你能在家踏实住几天嘛。还方便我在山脚下神不知鬼不觉地截和，是吧？"

　　周翡听完一愣，有理！

　　谢允："走。"

　　周翡问道："去哪儿？回家？"

　　"回个鬼。"谢允一把拉住她的手，飞掠而出。

他的手依然比常人凉一些，却不冰人了，出神入化的"逃之夭夭"大法俨然比先前更胜一筹。周翡一个"等"字没说出来，已经被他拽着跑到了数丈之外。

四十八寨的兵劫已经过了几年，足够焦灰的土地长出新芽，透骨的伤口结了疤，也足够此地重新聚集起新的人气，那些已经关门的茶肆酒楼又渐次开张，还请回了过去的说书老先生。特别是在谢允接管以后，周遭村郭城镇几乎有了点欣欣向荣的意思。

周翡道："慢着，我才不要去听你写的那些胡言乱语的小曲。"

"千岁忧"先生自从定居蜀中，时常文思泉涌，写上几段给山下人传唱，久而久之，纠集了好一批拥趸，俨然要组建一支自己的戏班子，唱得蜀中仿佛要跟羽衣班分庭抗礼——周翡估计李瑾容看谢某人不顺眼，也不是没有这方面的缘由。

谢允不回答，径自将她领到了一处小铺子。

周翡奇道："裁缝？"

"嗯，"谢允轻车熟路地伸手敲敲门，探头道，"王婶，做好了没有？"

老裁缝已经老得腰都直不起来，做活的时候，一双老花眼要紧贴着针鼻才能纫上线，见了谢允，却挺高兴："谢公子来了？好了，好了！"

她一边说，一边忙不迭地跑进去，片刻后，从屏风后面捧出了一坨红得灼眼的东西。周翡才一愣，便见老裁缝当着她的面，将那东西抖了开，居然是一条火红的裙子。

"这位公子好眼力，给姑娘做来穿，漂亮得很哟，来瞧瞧。"

周翡忽然好像被人下了哑药，一声不吭地站在一边，乖巧地让那老裁缝拿着裙子在她身上比来比去。

老裁缝拉着她的手道："若是哪里不合适，就给王婶送回来，给你好生改改。"

周翡还没说什么，旁边谢允便慢悠悠地插话道："不必，尺寸我打眼一扫就知道，错不了。"

周翡："……"

老裁缝愣了愣，随后捂着脸笑了起来。

还不等周翡恼羞成怒，谢允便几步滑出了小裁缝店，口中还道："别打别打，我还要告诉你一件好事呢。"

周翡小心地叫老裁缝帮她将那红裙裹好，才走出去问道："什么好事？"

谢允笑道："你爹就要回来了。"

周翡吃了一惊。

"前些日子，大当家将凑齐的五件水波纹信物连在了一起，印在纸上，正好是一道波浪弧线。"谢允道，"她将那张印过水波纹的纸寄了出去，还是我亲自送到暗桩的，要送抵京城。你想，大当家总不可能是平白无故耍着他们玩吧，所以我猜，恐怕是你爹想挂印了，拿着水波纹跟赵渊要自由呢。"

周翡越听眼睛越亮，这时，一道人影脱缰野马一样地奔将过来，满大街乱叫道："阿翡！阿翡！"

正是李妍。

李妍一眼看见戳在路边的周翡两人，忙道："阿翡，大当家叫你去……"

周翡一听大当家要使唤她，就一个头变成两个大，顿时头皮发麻，不料李妍道："……接姑父！"

周翡震惊了："什么？这么快！"

谢允在旁边笑："我说怎么今早就看见喜鹊了呢，不枉我早早起来梳洗更衣，原来是老天提醒我要见……"

周翡瞪向他。

谢允轻咳一声，将后面的称谓咽了回去，同时十分促狭地冲周翡一挤眼睛，淡定地整理衣冠，走在前头："请阿妍姑娘指路，咱们一起去迎接。"

此时，自以为终于等到了救星的谢公子恐怕还不知道，周以棠每次看到"熹微"，脸色都不是很好。

嗯，他求娶周家姑娘的路还很长。

郎骑竹马来

李徵朝那女孩伸手道：
"爹回来了，快下来，
见见你周家哥哥。"

　　那会儿，四十八寨还不叫四十八寨，就统称"蜀中"。

　　蜀中多山、多险路，早年间有不少大侠拖家带口隐居其中，给后辈儿孙传的都是家学，好多也懒得专门成立个门派，因此姓李的就叫"李家人"，姓张的就叫"张家人"，还有一些混居或是姓氏太常见的，便说自己是蜀中某某山的。只有个别格外有心思的家主愿意好好拾掇拾掇自己那一亩三分地，给门派起个像样的名字——譬如满门糙汉，但内心都比较细腻的"千钟"。

　　周以棠记得，他年幼时，蜀中还没有那么大的规矩。不管外面风风雨雨，群山之中还是安宁而自由的，大家世代比邻而居，不少还有姻亲关系，因此也没那么多门户之见，倒有点像个依山而建的大村子，倘若有什么事，家主们凑在一起商量着来，商量不出结果，便去找"村长"出面裁决。

"村长"就是南刀李徵。

但说来也是好笑，李徵恐怕自己也说不清他是怎么被扣上了这"天降大任"的。

他是个一团和气的人，不怎么爱管闲事，闲来无事，除了琢磨自己的刀，也就喜欢在家里做做饭，跟孩子玩——不单是他自己的一双子女，整个蜀中的猴崽子没事都爱往李家跑，或是蹭饭，或是聚众游戏。李徵耐心十足，从来不嫌烦。反倒是他那女儿李瑾容，年幼时性情霸道得很，不喜欢自己地盘上来这么多猢狲，闹了几次脾气未果，便干脆领着弟弟，将整个蜀山里乱窜的猴崽子挨个儿找来殴打个遍，自此打出了名，莫名其妙地成了一代孩子王，大有说一不二之势。

周以棠跟着李徵入蜀时才只有八岁，他满心茫然，眼前是望不到头的青山与曲折的夹道，遮天的草木长得无法无天，树丛中偶尔爬过一些什么，往往会吓人一跳，细看又不见踪迹，使得蜀山不免带上些许诡秘气息。途中晴雨全无规律，潮气始终缭绕左右，恰似古人所说"雷填填兮雨冥冥，猨啾啾兮狖夜鸣"的场景。

他努力藏起尚且属于孩童的怯懦，摆出老成的模样，文质彬彬地称李徵为"世叔"。再险的路也要咬着牙自己走，绝不要李徵抱，倘若李徵中途拉他一把，或是扶他一下，他便要一本正经地道谢，叫看惯了山里野孩子的南刀李大侠好生不知所措。

在山中行进了三天，李徵才回头冲他笑道："这就到了。"

果然很快就有了人迹，周以棠瞧见成群的少年在空地上练枪，一边练一边嗷嗷叫，见他们二人经过，便整齐划一地将长枪往地上一戳，又齐声叫道："李叔好！"

这一声问候比府衙里的衙役们叫的"威武"还声势浩大，直震得人耳根生疼，李徽哭笑不得地冲他们摆手。

再往前，还遇见了几个樵夫打扮的男子，笑嘻嘻地与李徽寒暄，"樵夫们"个个挽着裤腿袖口，背着半人高的大筐，看起来又纯朴又憨厚，然后周以棠一转头，便眼睁睁地看着这几个"纯朴樵夫"挨个儿跃上山崖，活似背生双翼一般，几个点地，转眼便消失在了山中。还不等他惊奇完，便又见了一个被几个孩子围住的妇人，那妇人生得慈眉善目，正从小竹篮中拿出糖果糕点分给小孩们，一看就叫人觉得亲切，可是下一刻，她手中突然有剑光一闪。周以棠没来得及弄明白那是什么，那道极细的光便已经收回了鞘中——旁边树上应声掉下一只死蝎子。

周以棠本生在钟鸣鼎食之家，因力推新法，被朝中云谲波诡的党争波及，方才家破人亡。他是个小少爷出身，从小只读四书五经，从未接触过那些高来高去的武林中人，一步踏入蜀中，简直仿佛来到了充满幻想的话本中，一时看见飞鸟走兽都觉得新奇，总以为它们也得是身怀绝技。

忽然，李徽抬头喊了一嗓子："瑾容，又顽皮，还不下来！"

周以棠吃了一惊，顺着他的目光望去，见一棵几丈高的大树枝头，一把浓郁欲滴的枝叶窸窣片刻，继而一分为二，露出一个小小的女孩来。她看起来比周以棠还小，脸蛋非常娇嫩，瞪着一双大大的杏核眼，视线居高临下地扫过来。

周以棠心里几乎一紧，下意识地挺直了本来就足够端正的肩背，接着又不免担心起来，怕她从那么高的地方摔下来。

李徽朝那女孩伸手道："爹回来了，快下来，见见你周家哥哥。"

女孩闻声，好像有点生闷气，也不理人，转身就要往下跳。

周以棠不由得惊呼出声，却见她倏地悬空，脚尖轻轻巧巧地钩住了一根稍低些的枝杈，熟稔且优美地落到了另一棵树上，带着点讥笑回头，白了周以棠这没见过世面的小白脸一眼，转身没入浓密的树丛中，留下个目瞪口呆的男孩，怅然若失地立在原处。

周以棠在李家住下，渐渐习惯了蜀中生活，便也同李徵习武，但因以前没什么基础，只能从认穴和站桩开始，与李氏姐弟学不到一处去，每天只有用饭的时候能碰见李瑾容。但李瑾容好似对自己家里突然多出这么一个外人颇觉不喜，懒得正眼看他。年幼的周以棠敏感非常，不敢去打搅她。两人住在同一屋檐下，却没什么机会说话。

周以棠启蒙早，四书已经读了大半，俨然有了稚拙的谦谦君子气，又兼年幼时家逢大变，时常多思多虑，与野猴子一般满山跑的蜀中群童玩不到一处，除却同李徵学艺的时间，大多数时候他都是窝在自己房里看书，偶尔听见外面喧哗，便从窗棂中往外望去，总能看见那小小的女孩被一大帮孩子围在中间，众星捧月似的，她却一脸不耐烦。

周以棠心里生出隐隐的羡慕，却只敢在远处默默看着，他想过无数种开场白，又无数次地被自己推翻，到底还是不敢上去和李瑾容搭话。一转眼，他已经格格不入地在绿野茫茫的蜀中住了两个多月，并且不知不觉中被山中其他孩子记恨了——凭什么他们平时去一趟李家都要看李老大的脸色，这个不合群的小白脸就可以天天住在李叔家里？

坏小子们开始憋馊主意，派了个人跑到周以棠的窗口，骗他说"晚上准备夜游荒山，打鸟来吃"，邀他一起。周以棠对跟一群泥猴去祸害鸟没有任何兴趣，本想开口婉拒，话到嘴边，却莫名其妙转了个弯，问道："李姑娘也去吗？"

那捣蛋鬼一愣，半天才反应过来"李姑娘"是谁，被这酸唧唧的称呼笑得差点从墙上翻下来，一口道："去！去！怎么少得了咱们李老大？"

周以棠迟疑片刻，鬼使神差地答应了。那可真是智计无双的甘棠先生一生中最大的污点，多年后他回想起来，仍觉得不可思议，仿佛自己当时是被鬼迷了心窍，居然连这种粗制滥造的当也上。

那天李徵恰好不在，夜幕降临时，周以棠便按照与那些捣蛋鬼事先约好的时间出了门。他听说李瑾容会一起去，便忍不住在她门前晃了晃，想寻个由头一起走，谁知李瑾容一直没现身，偏偏他怯懦荏弱，连上前敲门都不敢，便被前来催促的猴崽子拽走了。

周以棠忍不住道："不是说她也……"

这些山里的猴精有几分小心眼，一眼看出这小书生其实根本不敢和李瑾容说话，便眼珠一转，故意道："李老大还有点别的事，一会儿去和我们会合……要不你去和她说一声？"

果然，听了后面那句，小书生当场就蔫了，再不敢发表异议，转眼便被拖走了。

他们前脚刚走，就有一颗小脑袋从墙头上探出来，疑惑地挠着头看了看，随后大猫似的跳下来，伸了个懒腰，慢腾腾地来到李瑾容的院门前，拖着长音和长鼻涕吼了一嗓子："姐——"

这小东西是李二郎瑾锋，其实才比李瑾容晚半个时辰出生，和他姐简直好似出自两个娘胎。李二郎长得虎头虎脑，从小就非常会"假正经"，大人们说话的时候，其他小孩都会嫌闷自行跑开，唯独此怪胎纹丝不动地在旁边听，还时常像煞有介事地跟着点头，好像别人说什么他都懂似的。五岁以前，李二郎曾经蝉联蜀中第一笑料之桂冠。李瑾容每次看见这弟弟，都急得想往他屁股上踹一脚，这会儿她正练刀，懒得给他开门，便只动嘴道："做什么？"

李二郎淡定地吸溜了一下永远吸不干的鼻涕，站在门口，不紧不慢地说道："我刚才看见那书呆子被黑虎糊弄走了。"

"黑虎"是蜀中有名的捣蛋鬼，长得不像他小名一样威武雄壮，有点瘦小，其人却是个天生的坏坯，戳一下能流出二两多的坏汤。有一次坏到了李二郎头上，被李瑾容抓住揍了一顿，拴在悬崖上吊了两天，吓得尿了裤子，自此老实了半年。可惜好景不长，黑虎蔫了一阵子，认了李瑾容当老大，随即见老大仿佛不大爱管他，便又翻身起跳，接茬儿在原地兴风作浪起来。

撺掇聚众打架，纠集一帮狗腿子欺负不合群的，抢小孩东西吃……诸如此类，不一而足。

只是一帮人打一个这种事当时虽然爽快出气，过后叫大人知道了，动手打人的指定得挨揍，不划算，因此把落单的骗到没人去的小荒山，就成了黑虎的惯用伎俩。那里人迹罕至，地形也不知有什么古怪，特别容易迷路，大人们一般不去。

黑虎他爹养了一条大狼狗，相貌很是狰狞，但性情十分温驯，而且听话。黑虎他们每次都事先将这大狼狗乔装改扮一番，头上插两根巨大的假犄角，脖子上挂一圈鸡毛，身上再给披件旧甲片改的"衣服"，打扮成个怪兽。等将人引到了荒山深处，便叫事先埋伏在那儿的捣蛋鬼悄悄把狗放出来，叫它撒丫子狂奔，专门去追他们要整治的人。到时候荒山窄道、夜半无人，叫天天不应，叫地地不灵，一个孩子，连害怕带迷路，身后还追着个"嗷嗷"狂叫的"怪物"……那滋味就别提了。

据说被这样整过一次的小孩，轻则吓得号啕大哭，重则回去做上一年的噩梦，天大的胆子都能吓破，百试不爽。而且通常吓得迷迷糊糊，根本顾不上告状。

李瑾容闻听二郎这番通风报信，颇感意外，问道："那个姓周的这么傻？"

李二郎问道："你不管吗？"

李瑾容不耐烦地一抖手中长刀，没好气道："关我什么事？找你爹去。"

李二郎"哦"了一声，一点也不介意被姐姐关在外面，迈开两条小短腿跑了。过了不到一刻的工夫，他又回来了，伸出"爪子"在他姐院门前磕了磕，顺便抹了一把亮晶晶的鼻涕："姐——"

李瑾容带了点火气的声音传出来："又干什么？！"

李二郎用脚有一下没一下地踢着院门口的小土坑："爹不在家，出门了……"

"那书呆子爱死不死，别烦我！"

李二郎慢吞吞地补上了自己被打断的后半句话："咱们是不是可以去爹的兵器库里玩啦？"

院中沉默片刻，紧闭的院门"吱呀"一声开了，李瑾容没说要去，只是矜持地将一只脚踏在门槛上，先冠冕堂皇地训斥二郎道："你怎么一天到晚就想着玩？"

李二郎眨巴着一双无知的大眼睛回视着她。

李瑾容想了想，好似"很不乐意"地一摆手道："算了，走吧。"

李徽出门在外，永远只挂一把朴实无华的长刀，但他私下有些小爱好，时常收集一些有趣的"兵器"。在他的库房中，有前后左右都弯、身上好似水波滚过的怪刀；有外表像寻常雨伞一样的"木棍"，但往前一推，便能"开"出一朵七十八条刃的"刀花"；还有好几只背靠背的铁质松鼠，憨态可掬，缠在一起的大尾巴能活动，倘若往下一拉，松鼠口中便会喷出铁莲子来……不过谁也不知道是哪只喷，砸自己脸上的可能性也很大。

诸如此类古怪又有点危险的小玩意儿很多，李徽平时在家时不让孩子们进去瞎玩，只有趁他出门，姐弟俩才能溜门撬锁地混进去翻腾。

而就在李氏姐弟偷偷翻进李大侠的库房撒欢的时候，周以棠已经跟着黑虎到了后山。他发热的脑袋渐渐被夜风吹凉，问了黑虎两遍"要去哪儿"和"李姑娘什么时候来"，见那小子都搪塞，一双贼溜溜的小眼睛还四处乱转，还时不时偷偷给谁递个眼色，便察觉到了不对，再一看越走越荒的路，周以棠心里明白了大半。

只是他生性内敛，察觉到了也不声张。周以棠先是默不作声地跟着黑虎他们走了一段，忽然抬起眼睛，直直地盯着黑虎，没头没尾地问道："你们是不是都很讨厌我？"

此时距离跟小伙伴约定放狗的地方，已不过百十来丈，黑虎正在暗暗摩拳擦掌，准备看热闹，骤然听此一问，不由得愣了片刻，茫然道："啊？"

旁边一帮猴孩子忙互相挤眉弄眼，有两个坏小子不动声色地靠近周以棠身后，冲黑虎做了个"他想跑"的口型。黑虎眼珠转了转，龇出一口龅牙，假笑道："那怎么会？你是不是不想跟我们一起玩啦？"

周以棠略低着头，听着山间掠过的风声，小小的男孩可能是模仿大人模仿得多了，身上居然奇异地带上了某种沉静而忧郁的气息，等山风一声拖得长长的呜咽暂歇，他才不惊不怒地对黑虎说道："我从小出趟门都要受限制，不曾同一般年纪的朋友一起玩过，初来乍到，武功也才刚开始学，有时候想和你们说话，都不知该说些什么，并不是有意怠慢。"

黑虎油滑地笑道："知道啦，你是大官家的少爷嘛。"

"我不是少爷，我爹娘都死了。"周以棠轻轻地说道，黑虎一怔，便听他又道，"我从四岁开蒙至今，每天都是天不亮就得起，先同一圈长辈请安问好，再去跟先生读书，午间送走先生，休息片刻，下午还要做他留下的功课，写上一沓大字。晚上我爹回来，便唤我去，考校一天学了什么，再看过功课，稍有怠慢，便要拿来戒尺，在手心上打三板，接着要面壁思过、自省其身半个时辰，反省完，便已是深夜里。除非白天功课写得一丝不苟，晚上才能免去'思过'的一段，能有小半个时辰的光景，可惜时辰已经太晚，不方便再去打扰别人，多半也只是自己鼓捣虫鸟一类……"

他一番话叫每天吃饱了就是玩的众孩童听得目瞪口呆，一时面面相觑，不知该接些什么话。在一片短暂的静谧中，周以棠听见了不远处某种动物"呼哧呼哧"急促的喘息声。他脚步微顿，神色却不变，不慌不忙地接上了自己的话音："我一直想，什么时候我也能像别人家的孩子一样，白天成群结队地去玩，晚上回去也不会被拎去面壁……现在总算达成所愿，我爹却没了。难得你们肯叫我出来，就算只是戏耍于我，我也还是很开心的。"

他话音没落，只听"嗷呜"一声，原来是牵着狗的那位听见他最后半句话，以为阴谋败露，心一慌、手一松，不小心提前将狗放了出来。

"盛装打扮"过的大狗足有小马驹大小，顶着一脑袋被熊孩子们闹得花红柳绿的乱毛，欢天喜地地便朝着主人黑虎狂奔了过来，一伙小崽子没料到这变故，都忘了佯装惊慌。

没有他们一哄而散地嗷嗷乱叫制造恐慌，一时间气氛居然有点尴尬，众人都傻呆呆地看着狂奔而至的"怪兽"。刚好这天晚上月色不错，跑近了一看，便能看清那"怪兽"摇出了花的大尾巴，非但不吓人，反而有点滑稽。

大狗转眼间奔到黑虎面前，一屁股坐在地上，吐出长舌头，谄媚地等着人和它玩。

周以棠感兴趣地看了一眼，问黑虎："你家的狗？"

黑虎木然道："……哦。"

周以棠饶有兴致地打量它片刻，问道："让摸吗？"

黑虎："……"

不等他答话，便见那"柔柔弱弱"的小书生上前两步，试探着摸了摸大狗的头，大狗扬起脖子"噭噭"叫了两声，亲热地伸出舌头舔他的手腕。

半夜三更，李瑾容偷偷把李徽的"兵器库房"恢复原状，又冲鼻涕王弟弟伸出一只手，勒令道："拿出来！"

李二郎撇撇嘴，磨磨蹭蹭地将他藏在手里的一支小蛇形的南疆笛子交了出来。就在这时，忽听院外传来一阵熟悉的狗叫声，李瑾容一回头，李二郎忙趁机将那支小笛子揣了起来。只听院外窸窣片刻，墙头上露出个小脑袋，捏着嗓子朝院里喊："李老大！李老大！"

李瑾容道："这儿呢，什么事？"

黑虎没料到她恰好在门口，被她突然出声吓了一跳，"哎哟"一声从墙头上栽了下去。

李瑾容皱了皱眉，把院门打开，居然看见传说中被黑虎"拐"去荒山整治的周以棠全须全尾地站在门口，正好整以暇地牵着黑虎家那条傻狗，捣蛋鬼们竟一团和气地围在他身边，看起来还挺友好。她一眼扫过去，周以棠忙有些紧绷地站直了，冲她一笑，文文静静地站在一边不肯先出声。

黑虎两步蹿到李瑾容面前，快言快语道："李老大快来，你猜怎么着，咱们今天才算是把荒山那边走明白啦，小周哥哥说那里是个什么奇什么甲……"

周以棠轻声道："是有人用木石摆出来的奇门遁甲阵法，经年日久，已经损毁了一部分，只是晚上看不清，贸然进去仍然容易迷路。"

"对对！"黑虎跟他那只被收服的大狗一个表情，手舞足蹈道，"我说怎么人一进去就晕，多亏小周哥哥聪明，他写写算算，搬开了几块石头，立刻就不一样啦——对了，我们还在那儿找到个山洞，用茅草遮住了，里面有人迹，快跟咱们去瞧瞧。"

李瑾容："……"

前几天还是"那讨厌的书呆子"，怎么不过一宿，就变成"小周哥哥"了？

周以棠迎着她打量的目光，突然有些脸红，欲盖弥彰地移开了视线，伸手给旁边的大狗抓了抓脖子。

一行猴孩子带着条狗，趁夜浩浩荡荡地前往小荒山，果真找到了一个古老的石洞。

"我看这些痕迹得有百十来年了。"周以棠就着火把的微光，抚摩着墙上的划痕说，说完他又有些懊恼，因为其实他只能看出那些痕迹陈旧，"百十来年"纯属自己顺口胡诌。家里从小教他"知之为知之，不知为不知"，在李瑾容面前总是忍不住显摆多嘴，一时又羞又愧。

幸好，他像煞有介事，其他傻孩子也没那个见识当场揭穿。

李瑾容凑过来看了一眼，断言道："不是刀剑，豁口太粗，应该是斧子之类。"

周以棠后颈一僵，含糊地应了一声，好半天才敢偷偷回过头去，却见李瑾容已经毫不拖泥带水地走远了，才失望地松了口气。

山洞很深，回音悠长，有一些人迹，但年代实在太久远，不知是哪一位落难的高手设下迷阵后在此地落脚，阵法的主人悄无声息地来，又悄无声息地走，除了一些刀斧痕迹，连只言片语也不曾留下。众孩童很快就无聊起来，李二郎率先打了个哈欠，把偷偷藏起来的蛇形小笛子拿了出来，有一下没一下地瞎吹，发现一点声音也吹不出来，便没趣道："姐，咱们走吧，我困了。"

李瑾容正要说什么，突然，黑虎家的狗龇出了牙，浑身的毛都奓开了，扯着嗓子狂叫起来。凶狠的狗叫声在山洞里来回回响，竟有些说不出的凄厉意味，黑虎一激灵，瞪圆了小眼睛。

李瑾容一伸手按住自己从不离身的长刀，顺着狗的目光望去，然而四处黑灯瞎火，她什么都没看见。狗叫声震耳欲聋，听也听不出什么，她"嘘"了那狗两声，可往日一喝止便老实的狗居然不听话，紧紧地夹着尾巴，喉咙里发出"嗷嗷"的咆哮，前爪在地上抓出了几道痕迹。

李瑾容后脊无端升起一股寒意。

黑虎一哆嗦："它……别是看见什么不干净的东西了吧？"

此言出口，众孩童立刻乱成一团。

李瑾容："闭嘴，少放屁！"

周以棠皱眉道："别管了，狗害怕，里面肯定有东西，我看咱们还是先撤。"

李瑾容想了想，将长刀提在手里，冲黑虎等人一摆手："走！"

众孩童此时已经害怕了，连忙牵着狗，一窝蜂地往外撤，脚步声一片混乱，在阴森的山洞里来回回响，越发恐怖。李瑾容自觉断后，面朝山洞深处，提刀倒着往外撤，十分戒备。突然，她手中火把剧烈地晃了一下，一股腥风扑面而来，她还没来得及看清眼前的黑影是什么，已经本能地将长刀架了上去。

下一刻，她被那东西撞得横着飞了出去，火把陡然脱手，一串火星"呼啦"一下砸了出去，那东西被火光燎得微微往后缩了一下，巨大的影子晃动在石壁上，露出一只缩成一条缝的竖瞳。

落地的火把原地滚了两下，"呼"地灭了。

那竟是一条足有合抱粗的大蟒蛇。

照理说，蜀中鲜少能见到这么大的蛇，而且蟒蛇通常行动缓慢，即便捕猎，也往往埋伏在某处守株待兔，倘若一击不中，大抵也不会不依不饶地追。可这条巨蟒好像是疯了，被李瑾容一刀撞在脸上，又被脱手的火把燎了一下，竟没有一点退缩的意思，反而飞快地调整头尾，闪电似的冲李二郎张开大嘴，再次扑了过去。

李二郎吓得鼻涕都顾不上擦，一双手在身上乱摸片刻，发现除了他偷偷顺出来的小笛子，连个铁片也没有。眼看大蛇逼至眼前，李二郎两条小短腿好似长在了地上，挪不动分毫。就在这时，一把长刀横着飞了过来，从侧面撞上蛇头，来势汹汹的大蛇脑袋被撞偏了，它愤怒地猛一扭头，转身对上胆敢打断它捕猎的"蝼蚁"。

李瑾容将她一身轻功发挥到了极致——提气一跃踩上了巨蟒蛇身，感觉脚下滑得几乎不着力，她忙一拧腰，踉踉跄跄地从蟒蛇背上掉了下来，险而又险地与蟒蛇遍生倒刺的大嘴擦身而过。

李瑾容转头冲一帮吓傻了的大小孩子吼道："还不跑！"

李瑾容很少和蜀中的熊孩子们混在一起捣蛋，但兴许是每个人都被她揍过的缘故，危急情况下，众猢狲对她的话异常顺从，集体撒丫子开始往外狂奔，虽然年纪小，但毕竟都是名门之后，竟然也没乱。

大蟒蛇彻底被激怒了，高高地昂起头，粗壮的身体游龙摆尾似的扫过来，李瑾容本来就没站稳，狼狈地就地滚开，躲得险象环生，几次三番险些被大蛇缠住。她天资卓绝，一向自视甚高，此时居然被一条畜生逼得到处乱滚，心里非但不惧，反而升起一把无名火。

李瑾容倏地往前蹿了一步，听着身后令人头皮发麻的摩擦声，纵身蹿上山洞石壁，转身，拔刀便砍。小女孩手上的长刀当当正正地撞上了巨蟒张开的大嘴，她到底年纪幼小，气力不足，握刀的小手顿时被震得开裂，后背重重地撞在石洞山壁上，火辣辣地疼。皮糙肉厚的大蟒蛇却只是微微见血，同时更加怒不可遏，微微一顿之后，它再次张开了血盆大口，李瑾容几乎能看见它口中参差不齐的利齿。

就在这时，一道火光倏地掠过，正好横在大蛇和女孩中间，巨蟒对火光还略有畏惧，梗起脖子往后一仰，一只手趁机伸过来，一把拉起李瑾容，猛地将她往洞口方向扯去。拉住她的那只手的手心布满了冷汗，手指冰冷得像冻了一宿的铁器。李瑾容没料到这时候竟还有人等她，不由得一愣，抬头望去，发现来者竟是那一根手指就能戳一个跟头的小书呆子。

周以棠不知从哪儿弄来了两根火把，一根丢出去了，另一只手还拿着一根。

他死死地攥着李瑾容的手腕，用力将她往前一甩，自己略微错后她半身，侧过身，以拿着火把的那半身挡在巨蟒与李瑾容之间。

李瑾容其人，天生与正常人不同，遇到什么突发情况，她很少会像别人一样感觉到恐惧，好似就没长出"害怕"那根筋——即使随着年龄增长，她渐渐能基本判断出什么东西比她强大，但知道归知道，真遇到事的时候，兴奋或是愤怒总能占上风，什么她都能跃跃欲试地挑战一二。

此时，她在这么个节骨眼上，竟还有暇以一种十分新鲜的目光打量周以棠——那小书呆子是个小白脸，笔直的眉与眼珠却又漆黑，黑白分明，十分清秀，小脸绷得紧紧的，嘴唇上一点血色都没有，清晰的冷汗顺着鬓角往下淌。让李瑾容想起她逮到过的一只年幼山猫，分明是个小毛团，哆嗦成一团，还要战战兢兢地冲人亮出稚拙的小爪子。她不知哪根筋搭错，居然"扑哧"一声笑了出来。

周以棠简直已经不知道是何方神圣撑着自己这两条腿了，那巨蟒不知是不是活太久，俨然已经成了精，虽然怕火，却好似知道火把是能被吹灭的，一边追，一边不停地往上扑，试图借着行动间掀起的风吹熄他手中的火把。每次巨蟒扑上来，他都觉得这团晃得一塌糊涂的火苗要完蛋，狂跳的心快要顶破脑壳，而在这节骨眼上，那不知缺了哪根弦的小姑娘竟然还笑得出来！

这一刻，在这个蛇洞里，周以棠终于看出了李大小姐的真面目。他用力将李瑾容往洞口方向一搡，有生以来头一次正经同她说话，还是上气不接下气的："笑……笑什么，还不快跑！"

李瑾容道："你这书呆子好没道理，难不成哭就能把它哭死？"

说话间，大蛇又一次扑上来，火苗剧烈地颤了一下，猛地缩成一团，周以棠的心也好似跟着那火苗缩成了一团，他闻到蛇嘴里那叫人作呕的腥臭气，手软得几乎没了知觉。与此同时，李瑾容一步越过他，抓住这一瞬的空隙，再次将手中长刀送了出去。

巨蟒剧烈地一颤，李瑾容方才被震伤的手再次涌出血来，倒退好几步，靠石洞山壁才站住，她咬牙切齿道："我回去就把'斩字诀'练上十万八千遍，非得剁碎了这畜生的脑袋炖蛇羹。"

周以棠觉得她简直像个走在路上摔倒了，就非得把地面砸出个窟窿的小孩子，无奈道："妹子，你不如先想想我们还回不回得去！"

因她那一刀的缓冲，周以棠手中那哆哆嗦嗦的小火苗又苟延残喘地重新着了起来，孩子与巨蟒再次彼此僵持起来。就在这时，只听外面传来一声闷响，剧烈的亮光顺着洞口传了进来，原来不知哪个小猢狲身上带了个从大人那儿偷来的联络烟花，方才都跑慌了，这会儿才想起来，紧接着，临阵脱逃的李二郎跑着跑着发现他姐没跟上来，连忙又哆嗦着小短腿往回赶，一边跑一边在洞口大叫："姐！姐！你在哪儿呢？"

而这倒霉孩子叫还不算，可能是怀疑自己动静不够响，他还在原地使劲蹦着踩地，又把那蛇形的小笛子拿起来使劲吹，方才一直不响的小笛子"不负众望",在这时候竟发出了一声能刺穿人双耳的尖鸣。

山洞中的巨蟒活似被施了定身法,周身一僵,昏黄的眼睛直直地竖在脸侧。

一股前所未有的战栗爬上了周以棠的后背,他当机立断,用尽全力推了李瑾容一把:"快……"

这时,巨蟒突然动了,它倏地抬起头,好似发出了一声听不见的咆哮,竟连火也不顾了,一口咬了下来。危急之中,周以棠别无办法,只好将手中火把抛了出去,他运气不错,火把竟不偏不倚地砸中了巨蟒面门,飞溅的火星跳进了那畜生嘴里,巨蟒痛苦地在原地摆动庞大的身躯,周以棠趁机死命拽住还想着冲上去与那大蛇大战三百回合的李瑾容,往洞口跑去。

已接近破晓,洞口处有了隐约的亮光,周以棠觉得腿简直已经不是自己的了,全凭着本能在摆,身后要命的窸窣声越来越近。

周以棠看见扒在洞口的李二郎面露惊恐,而同时,劲风袭向他后背,他本能地一回头,便看见一张咬下来的大嘴。那一刻,小书生脑子里居然连"完蛋"俩字都没有,装满了半懂不懂的经史子集的脑袋里空空如也,只记得他松开了李瑾容,张开两条麻秆一样的胳膊,奋力挡在女孩和巨蟒中间,甚至闭上了眼睛——

李瑾容可不是会闭眼等死的,她轻叱一声,提刀砍向巨蟒的獠牙,然而她手中的刀尚未来得及送出去,眼前便有极清亮的刀光一闪,擦着她头顶,自下而上地捅了上去。只听"噗"一声轻响,巨蟒那颗好似无坚不摧的脑袋被这一刀直接顶到了石洞顶端,蛇身撞在山壁上,发出一声闷响。

李瑾容纳闷道:"咦?"

她保持着砍了一半的动作,一仰头,就看见了李徽气得发青的脸。

半个时辰以后，大半个蜀中都被惊醒了，各家闻听这惊魂一宿的荒唐事后，连忙把自家熊孩子和狗一起领回去，叫他们饱食了一顿"竹笋炒肉"。

李瑾容和李瑾锋两个人是被李大侠一只手一个，揪着后脖颈拎回去的——由于周以棠认错及时，且李大侠没长第三只手，小书呆子逃过一劫，得以有"尊严"地自己走回去。

后来才知道，原来李二郎偷摸拿出来的笛子名叫"引蛇笛"，是南疆小药谷那边的人控蛇用的。南疆自古有玩蛇控蛇之法，倘若使用得当，能将方圆数里的蛇都引过来，供其驱使——当然，不得当就只能被愤怒的大蟒蛇狂追了。

因为这件事，李二郎被李大侠揍得哭声绕梁三日，差点被鼻涕呛死。李瑾容见势不妙，趁弟弟遭殃的时候直接蹿上了树，躲了两天没敢下来。周以棠习武才刚入门，不禁打——被罚每天在梅花桩上站马步。

经此一役，周以棠算是彻底和蜀中的猴孩子们混熟了，同时彻底明白了在李姑娘面前不敢说话的自己是多么愚蠢。初见时那杏核眼、冷若冰霜的小女孩彻底支离破碎，注定是个美好的幻觉。

破灭了的。

番外
三
·

桃李春风一杯酒

"你要是再欺负我，明儿我就写一出《南刀传》去，揭露某大侠表面道貌岸然，私底下一言不合就虐打文弱书生……哈哈，阿翡，你轻功还欠练啊。"

　　"真的假的？"周翡愣了愣，又不放心地问，"可那李婆婆不是向来懒得担事吗——我娘怎么说？"

　　"姑姑说他们爱怎样怎样，只要别把人都招来四十八寨里乱就行。"李妍侧身坐在一块巨大的礁石上，双手端着个烤得肉是肉、水是水的贝壳，吹了两下，一下倒进嘴里，烫得眼泪差点下来，"呜呜"半天，哆哆嗦嗦地憋出一句，"好……好吃，姐夫，太好吃了！"

　　谢允默默地坐在一边守着火堆烤贝壳，这是个细致活，他一个人烤赶不上那两位吃，忙活了半天没顾上自己，手里就剩最后一个，刚想下嘴，被李妍横空出世的一声"姐夫"叫得心花怒放，主动把最后一个让

250

给了她。

李妍高高兴兴地接过来，一点也不跟他客气，只恨嘴不够大，不能将整个东海装进肚子里带走。她心满意足地吃完了最后一个贝肉，顺手将壳扔进大海，从礁石上一跃而下，问道："我的话可带到啦，姐，你到时候去不去？"

周翡道："楚楚的事，我砸锅卖铁也得过去，何况又不远。"

不远处的陈俊夫冲李妍招了招手，问道："小丫头，鱼干吃不吃？"

李妍听闻，二话不说，撒丫子就跑，丢下了她英俊的姐夫和更加英俊的姐，义无反顾地奔向一个百十来岁的老头子。

南北归一那年，赵渊改了年号为"乾封"，此时正是乾封二年，谢三公子经过了两年的艰辛历程，恨不能将四十八寨所有没人愿意管的琐事一手包办，才总算换来李大当家对他睁一只眼闭一只眼。

这年秋天，周翡陪着谢允回东海，探望师长并祭奠先人。

"先人"总共有两位，一位是那位舍命救过谢允的小师叔，另一位是梁绍。

梁丞相的尸骨被木小乔误打误撞地炸了，连同山谷一起灰飞烟灭，到底是尘归尘，土归土，谢允便在蓬莱小岛上替他立了个简单的衣冠冢。想那梁公生前轰轰烈烈、机关算尽，死后也该清净了。

他俩探过了老人，又扫完了墓，正打算走，李妍就不请自来，还捎来个口信——吴楚楚这几年四处搜集整理各派典籍，已经颇有些成果。正好李晟时常被李瑾容放出去联络各方，交游颇广，便不知怎的突发奇想，牵头替吴楚楚四方发帖，打算在这一年中秋办个"以武会友"的集会。没带什么噱头，只说近些年整理了一些流落各处的典籍，想借此机会叫大家来喝杯薄酒，愿意来凑热闹的，说不定能遇见一些新朋故旧。地方定在了柳家庄，李晟崭露头角便是从柳家庄围剿十八药人开始的，自那以后，他同柳老爷倒是成了忘年交。

帖子和消息是行脚帮帮忙发出去的，本以为响应者寥寥，多不过请来几个老朋友凑个热闹。谁知居然闹大了，一传十，十传百，四方豪杰一大帮一大帮地往柳家庄赶，比当年永州城中霍连涛弄出来那场"英雄会"还热闹。小小的柳家庄已经不够安排，眼看把济南府的大小客栈都挤满了，满大街都是形态各异的江湖人，闹得李晟有些发慌，不得已派李妍来叫周翡这把"南刀"过去给他撑场面。

"这个嘛，倒不意外，"谢允道，"这么多年了，先是活人死人山，再有北斗、殷沛等人横行无忌，仇怨相叠好几代人，四处乌烟瘴气，好不容易大魔头们都死光了，中原武林这潭死水也该否极泰来了。你哥心机手腕出身武功一样不缺，更难得为人谦逊，不把自己当回事，据说在老一辈中人望很高，都在捧他的场，这回恐怕是各大门派的人有意推波助澜。"

周翡诧异道："难不成他们还想把他捧成下一个山川剑吗？"

谢允问道："有何不可？"

周翡总觉得有些奇妙，她是未曾见过当年山川剑风采的，只是听这个说几句，那个说几句，从只言片语中大概得出个模糊的印象，那位前辈德高望重，一柄重剑镇住了整个中原的魑魅魍魉。在她心里，如果说殷大侠是仰止的高山，李某某就是碍事的小土包，如果说殷大侠是镇守一方的圣兽，李晟就是哆嗦个尾巴嗷嗷叫的小野狗——总而言之，除了都是人，都是男的，李晟与山川剑在她心里好像没什么共同之处，她实在有点难以想象。

周翡思索片刻，便忧心忡忡道："他？武功也拿不出手，纯会耍嘴皮子，万一遭人嫉恨，想害他，连阴谋诡计都不必使，直接打死也费不了什么事。"

谢允："……"

李晟如今的武功纵然比不上成名多年的老一辈高手，也是青年一代里的凤毛麟角了，谁知到了周翡嘴里，他好像成了个一打就死的文弱书生。怪不得李少爷分明是年轻气盛的年纪，身上却总有不把自己当回事的"超然"气质，原来从小成长在这种险恶的环境中。

周翡将熹微在手中转了个圈，十分嫌弃地说道："我还是多叫几个人去给他壮壮胆吧，真是麻烦。"

谢允忙见缝插针地溜须拍马道："可不是嘛，周大侠宇内无双，天下无敌。"

周翡总觉得这话听起来怪怪的，姓谢的好像又在讽刺她，便狐疑地看了他一眼。

她仰起头的时候显得下巴很尖，眼睛半睁不睁地略微上挑，是个颇不好哄的小美人。谢允佯作无辜地与她对视片刻，便憋不住手嘴齐贱起来，他略一弯腰，捏住周翡的下巴，低声道："我要是早知道这周大侠最后能便宜我，当年夜闯洗墨江的时候一定打扮得漂亮一点，轻功也一定能再飘逸一点。"

周翡似笑非笑道："去见个水草精，你还想打扮成什么样？"

谢允眼珠一转，弯腰凑在她耳边说了句什么，不知怎么下流无耻了，说完他就立刻蹦开，刚好躲过周翡戳他肚子的刀柄。谢允以手抚胸道："小生提了六次亲，被你爹娘软硬钉子喂了十二颗，生生嚼出了一口铁嘴钢牙，不料娶回家来天天挨揍，苦也——"

最后俩字，谢允诌出了唱腔，连说带唱也不妨碍他转瞬蹦出了一丈多远，还回头对周翡道："赵渊至今叫我一出《白骨传》唱得睡不着觉，你要是再欺负我，明儿我就写一出《南刀传》去，揭露某大侠表面道貌岸然，私底下一言不合就虐打文弱书生……哈哈，阿翡，你轻功还欠练啊。"

周翡轻功确实不如他——毕竟先天不足，脖子下面不全是腿。

两人一追一逃，转眼跑出去半个岛。

忽然，谢允脚步一停，在一块礁石上微微一点，浑似不着力一般，尘土不惊地落在上面，背着手冲周翡微微摆了摆。

周翡探头一看，发现他们两人竟不知不觉地来到了那两座墓前。那两座比邻而居的石碑在三面环礁处，好似被天然林立的礁石环绕出了一方小小的天地，十分幽静，开阔的一侧面朝浩瀚东海，一眼能望见海天交接处。

同明大师正拿着一柄长扫帚，有一下没一下地扫着两座墓碑上的浮灰。老僧与石碑在涛声萧瑟中，有种难以言喻的宁静。谢允冲周翡打了个手势，拉着她的手轻轻飘落到一边，两人从大礁石后绕着走开了，没有惊动同明大师。

走出老远，谢允才轻声道："我师父身份特殊，他们那一支人自从亡国后，便一直隐居东海蓬莱，其他几位师叔都是当年随侍的忠臣之后。若不是因为我，他老人家根本不会离岛，倒是几位师叔偶尔出门跑腿——当年陈师叔几次三番受山川剑所托，替他做盔甲兵刃等物。你也知道，陈师叔天性懒得应酬，都是小师叔替他跑腿当信使，一来二去，同殷大侠有了些交情。"

他话说到这儿，周翡已经明白了，便接道："后来他对殷大侠之死有疑虑？"

谢允点点头："不错，山川剑、南刀——老南刀，还有当时我的事，他至死都一直耿耿于怀，遗愿便是要我去追查'海天一色'，给他一个交代……如今他与梁相两位比邻而居，想必可以面对面地交代清楚了。"

周翡微愣——"海天一色"像一个好似所有人都心照不宣、互相牵制的由头，所有人都想利用这个由头，所有人都讳莫如深。四十八寨原本人就多，后来周以棠又带了一批心腹回家，堪称人多眼杂，有些话至今她都没机会口头问清楚，此时在东海之滨，四方视野平整，周遭一目了然，她才斟词酌句地含蓄道："那位真的不姓赵吗？"

谢允微微弯了一下眼角，同样含蓄地回道："我们赵家这几代人，优柔寡断、妇人之仁，特别容易热血上头，凡事想当然耳，吟风弄月的本领不错，纸上谈兵也都是好手，却都上不了真章。从先帝到我爹，再到我，都是一路货色，没出过这么有出息的人物。"

周翡下意识地回头张望了一眼，然而视线被挡住了，她看不见那两座比邻而居的墓碑："可梁绍到底图什么？"

"当时箭在弦上，"谢允轻声道，"南边策划许久，集结了数万大军，牵一发而动全身，一旦被人发现……必定四下溃散，大昭就真的亡国了。"

周翡诧异道："可那个谁都不姓赵，这就不算亡国了吗？"

谢允伸了个懒腰，顺手勾住周翡的肩，懒洋洋地将手搭在她身上："舆图未曾换稿，满朝文武未曾改志，江山未曾易姓，最重要的是，先帝当年所思所愿，还有实现的余地。梁公与先帝心心念念的新政，能在江南铺开，而新帝年幼时只能倚仗梁绍，等他翅膀硬了，纵然梁绍已死，也有'海天一色'阴魂不散，只能永远在他设想中的既定路线上走下去。一两代人之内，天下必有安定时，届时你登礁东望，茫茫一片，天海相连，又有什么分别？"

谢允说得不痛不痒，语气抑扬顿挫，只缺个小桌案和惊堂木，不然讲到这里可以收彩讨赏了，亲自为周翡表演了一番赵氏后人是怎样烂泥扶不上墙的。接着，他的"爪子"又十分不规矩地轻轻挠了挠周翡的下巴，凑到她耳边道："咱们先去柳家庄，等看完热闹，我带你去旧都玩好不好？过了冬，咱们再去塞外看新草和嫩羊。"

周翡一巴掌拍开他的"爪子"："滚，有点正事没有？就知道玩，大当家要是有事差遣我去……"

谢允笑眯眯地打断她，悠然补充道："还可以高价买几只小羊羔就地烤，外焦里嫩，根本不必放许多香料，一点盐便滋味无穷。"

周翡立刻改口："……那我去给我娘写信说一声。"

谢允大笑。

江山依旧在，前尘俱以往，老一辈的跌宕起伏渐成传说，又一辈新人换了旧人。

这一代的"山川剑"，是从小被姊妹欺压得敢怒不敢言的好脾气，这一代的"南刀"，是个一头小羊羔就能拐走的吃货。若干年后，也许能成就一段新的传奇，付与惊堂木与三尺桌案间，也未可知。

独家番外一·

朱雀桥边

> "我只听过木小乔挖人心的故事，他与霍老堡主到底有什么渊源？"

"阿翡！阿翡！"

周翡将掌心里的柳条甩了出去，正好搭在一条牵机线上，她好似一朵风中柳絮，借力飘起，稳稳当当地落在洗墨江山壁间的山岩上，抬手扯下了蒙在眼睛上的丝绢，朝江中小亭一摆手。倚在小亭里石桌旁的谢允瞧见，放下茶盏，挥挥袖子，洗墨江中的牵机立刻如同蛰伏的凶兽，带着雷鸣似的咆哮沉入水下。

这位吹风赏月品茶，顺便围观自己媳妇用功的奇男子懒洋洋地朝洗墨江岸上一笑："阿妍来啦？"

不学无术如李妍，也忍不住五十步笑百步地道："姐夫，真够上

257

进的！"

谢允皮厚三尺，死猪不怕开水烫地回道："可不嘛，现如今，蜀中再没有第二个比我熟悉牵机机关的了。"

周翡感觉他们俩的不着调各有千秋，实在难分高下，无从评判，于是简单粗暴地说道："闭嘴——李大状，你有什么事？"

李妍经历许多事后，也不那么怕高了，蹲在洗墨江边，她答道："寨中来了个贵客，姑姑和姑父出门了不在家，李缺德打发我来叫你去见见。"

周翡一愣，因为"接客"向来是李晟的事，倘若有"贵客"需要她露面，那么该"贵客"必定是个不速之客："来的是什么人？"

李妍扯着嗓子嚷嚷："朱雀主木小乔。"

木小乔今日光临四十八寨，并没有要兴风作浪的意思。他没将自己打扮成妖魔鬼怪的样子，只穿了一身普普通通的长衫，两鬓斑白，面貌上虽带了些挥之不去的妖气，但总体而言，十分眉清目秀，是个比较耐看的中年男子。

周翡到的时候，他正在跟李晟说话，李晟虽然属于"臭男人"，但因为是美男子，所以木小乔对他态度还不错，有一句算一句，说的都是人话。见周翡进门，木小乔还正经人似的冲她一点头："周姑娘，久违了。"

周翡被前任大魔头一句"周姑娘"叫得呛口风，险些绊倒在门槛上，总觉得他老人家是夜猫子进宅——无事不来。当下，她带了几分犹疑一点头，客套了回去："朱雀主，当年金陵一役，多谢你援手。"

木小乔一摆手："别自作多情，我自己乐意去瞧热闹，看那狗皇帝满地爬开心得很，没打算帮你。"

这句说得十分有木小乔的风格，周翡莫名其妙松了口气，问道："木前辈大驾光临，不知有何贵干？"

木小乔也不绕圈子，坦然道："确实有事，我想见一见贵寨中的吴小姐——为中原武林著书立传的那位。"

李晟和周翡听了这话，脸色都是一变，两人不动声色地对视了一眼，周翡摩挲了一下刀柄，李晟则十分谨慎地说道："吴姑娘确实是我们寨中人，但她出身大户人家，有时难免不懂江湖规矩，或有莽撞之处，倘若她写了什么得罪朱雀主的东西，也是我们疏忽了没和她提的缘故，还望见谅。"

"我又不吃人，这么防备做什么？"木小乔似笑非笑地看了他一眼，笑道，"我听说她最近写到了霍家堡的腿法，想打听打听她写完了没有，倘若已经完成，能不能先借来看看？劳驾和她说一声，我不白看，拿'百劫手'同她换。"

李晟想了想，朱雀主是出了名地爱打架不爱要手段，话说到这种地步，应该没什么恶意。而且周翡正是全盛状态，活人死人山四大魔头到齐了她也能一刀切开，倒不必怕，于是两刻过后，吴楚楚来了。

当年霍连涛抛家舍业，从洞庭逃到永州，又在永州作了一回死，将显赫一时的霍家堡作得渣也没剩一点，曾经纵横天下的霍家腿法眼看要失传。幸亏吴楚楚寻访到了一位隐居的霍家堡故人，又辅以四十八寨中霍老堡主故交前辈的意见，花了近一年的工夫，将霍家腿法补全了。

吴楚楚走遍万水千山，不是为了将一干秘籍私藏的，本就打算写完后在江湖上传阅。所以听了木小乔的话，她没什么意见，痛痛快快地把手稿誊了一份，让他带走了。木小乔此行目的达到，便不耐烦再和李晟他们扯淡，起身就要告辞，吴楚楚却突然叫住了他："朱雀主。"

木小乔一顿。

只见吴楚楚将方才得到的百劫手手稿抹平，平整地放在膝头，好像她翻看的不是徒手剜人心的魔功，而是某位大儒手中传下来的四书五经注释本，连那血淋淋的图稿都跟着斯文风雅了起来。

"我见识短浅，鲜少见到'百劫手'这样的功夫。"吴楚楚温文有礼地冲他笑了笑，"多谢朱雀主让晚辈长了一回见识。"

木小乔懒洋洋地问道："怎么，吴小姐有什么见教？"

"不敢当，晚辈只是个门外汉，自己武功也稀松平常，不敢拿浅见贻笑大方，"吴楚楚十分谦逊地说道，"但总是听老人说'过犹不及'，我见朱雀主的百劫手刚烈异常，不留余地，时间长了，不免伤人伤己。霍家腿法又是极霸道的硬功，若不是自小培养，强行练起，也容易伤人……我是看朱雀主面色略有憔悴才多这一句嘴，霍家腿法虽然交给您了，但也请您多保重。"

她声音轻柔，语气和缓，听在耳朵里叫人十分享受，哪怕是骂人的脏话，从她嘴里说出来，别人恐怕也不觉得是冒犯。木小乔虽然一贯任性妄为，但对赏心悦目的人，脾气往往会好一些。听了这话，他不以为意地笑了一声，看了吴楚楚一眼，他带着几分彬彬有礼，出言不逊道："多谢，不关你的事。"

说完，也不与主人家告别，便径自扬长而去。

周翡一出长老堂，正好和慢腾腾收拾完茶具的谢允走了个对脸，谢允十分手欠，顺手一捞，将她捞进怀里，四下张望一眼，见远近没人，便翘起尾巴，在她嘴角偷了个香："朱雀主这么快就让你们给打发了？怎么，吴小姐那霍家腿法的一章居然已经写完了？"

"起开，"周翡按住他十分不老实的手，"你怎么知道他来干什么？"

谢允嘴角一翘，仗着自己个头高，伸手按在周翡头顶："小红玉，为父无所不知。"

周翡："……"

姓谢的恐怕是活得不耐烦了。

"木小乔与霍老堡主关系匪浅，你不是都知道吗，"谢允见好就收地缩回手，笑道，"不然当年他弟弟霍连涛怎么支使得动朱雀主？哎……话说回来，要不是他的人打劫了李公子，又把你引到地牢，我还没缘分见你一面呢。算起来，朱雀主还是你我的大媒人，方才应该留他喝一杯才是。"

被打劫的李公子正好出来，听了个正着，当场被气成了一个葫芦。

谢允因嘴欠得罪了大舅哥，眼看大事不好，连忙脚下生风，施展开他腾云驾雾似的轻功，裹挟着周翡逃之夭夭。

一路跑回了他们俩的小院，周翡才问道："我只听过木小乔挖人心的故事，他与霍老堡主到底有什么渊源？"

"我知道两个故事，你想听哪一个？"谢允竖起两根手指，"一个类似江湖谣言，只是传说，另一个倒有来龙去脉，听起来比较合情合理。"

周翡问道："合情合理的是什么？"

"木小乔是'海天一色'的见证人之一，这你知道，"谢允道，"所谓见证人，就是'中人'，两边拿好处，监督两边。"

周翡点点头："他和我聊起过，他说一边答应帮他查一个仇人的身份，一边答应帮他脱离活人死人山。"

"他跟你聊？"谢允愣了愣，追问道，"什么时候？聊了什么？周翡，你这就不对了！平时在我面前沉默寡言的，逗你多说几句就翻脸不耐烦，怎么在外面跟谁都能聊？"

周翡道："你在东海躺尸的时候。"

"好啊，还是趁我看不见你的时候，"谢允指责道，随后他半真半假地学着木小乔捏起嗓子，"难道你喜欢这种腔调的小妖精，我也会……"

周翡："滚，说人话！"

"哦，"谢允如愿以偿地讨了骂，老实了，继续道，"见证人要确保知情人不把秘密说出去，还要防止梁绍杀人灭口，肯定是跟在知情人身边。鸣凤楼的二位楼主来到你们四十八寨，封无言隐姓埋名去了齐门，山川剑活着的时候，霓裳夫人带着羽衣班客居在殷家附近，木小乔自然就到了岳阳——那时活人死人山内讧，四大魔头分崩离析，南北正邪两道都等着将他们逐个击破，木小乔来到霍家堡，也是霍老堡主答应帮他脱离活人死人山，给予庇护。两人虽说是互相利用，那么多年下来，大概也颇有交情，想来朱雀主并不像传说中那样凶残不讲理，还是有情有义的。"

周翡想了想，总觉得这故事虽然合情合理，却又有什么地方不对，因为依她看来，木小乔比传说中还要凶残不讲理。他一身戾气逼人的百劫手，心冷似铁，这些年跟在他身边的朱雀教众蚂蚱似的死了一茬儿又一茬儿，从来也没见他吝惜过，可见其心性之凉薄，并不是相处久了就能见交情的——霍老堡主傻了以后，十多年来与木小乔相交甚笃的是他弟弟霍连涛，木小乔照样说杀就杀，都是亲兄弟，难不成霍老堡主真能比霍连涛英俊百倍吗？

周翡便问道："江湖谣言又是什么？"

谢允道："说木小乔年幼时家破人亡，曾经被卖到戏班里，班主是个王八蛋，专门虐待小孩子，还要拣生得漂亮的糟蹋。木小乔被当时还是少年的霍老堡主遇见，顺手救下带回家。"

周翡奇道："霍家堡是名门中的名门，正派里的正派，他既然被带回了霍家堡，是怎么长成这副德行的？"

谢允："他并不是在霍家堡长大。"

周翡："怎么？"

谢允叹了口气，说道："你和羽衣班的人混惯了，大概不知道，早年民间戏子中其实没有那么多坤角女伶，大多还是男旦的天下，为了扮起来像，便将那些眉清目秀的小男孩从小充作女孩养，久而久之，他们自己也不知道自己是男是女。木小乔那时正是年幼懵懂的年纪，像一棵被强行修剪出来的病梅，所以一不小心便误入歧途，对救过他又同他要好的霍老堡主起了'女孩的心思'。霍家堡的长辈当时瞧了出来，自然不愿意让自家少主同一个来路不明的小戏子搅和在一起，就使了手段，将他驱逐出霍家堡，自此有了一段恩怨情仇。"

周翡好一会儿才反应过来什么叫作"女孩的心思"，"啊"了一声，愣愣地问道："真的假的？"

谢允大笑："当然不是真的，跟你说了是江湖谣言——差不多的故事至少还有十八个版本，多猎奇的都有，我这是给你挑了个颇为正经的呢。"

蜀中附近小镇，因为有"千岁忧"先生常驻，在淫词艳曲方面总能高过其他地方一筹，渐成一景，吸引了一帮吃闲饭的骚客来此游历，连路边茶楼酒肆之类都比别处繁华不少。木小乔独自一人经过小镇上一座茶楼，听见里面正在唱新出的词曲。

近年来，国仇家恨的故事大家都听腻了，风花雪月与才子佳人的风尚又起，木小乔素来爱这些靡靡之音，便走进去驻足细听。

一曲终了，戏班的小跟班将盘子顶在头上，四下讨赏。那孩子不过八九岁的模样，长了一张圆圆的小笑脸，倒腾着两条短腿跑上跑下，一不留神，被隆起的木条绊了个大马趴，正摔在木小乔脚下。客人们都是来取乐的，见他出丑，便哄堂大笑。男孩爬起来，眼角嘴角一耷拉，像是要哭，可是到底不敢，抬头的瞬间就忍住了，强行拗出了一个没皮没脸的笑模样，猴似的从地上一跃而起，作了个憨态可掬的揖，引得众人又一阵发笑，他便摇头摆尾地朝那笑声最大的人讨钱。

转了一圈回来，又讨到木小乔脚下，那小男孩笑嘻嘻地看了他一眼，不料正对上大魔头冷冷的目光，吓得一激灵，再不敢造次，连忙低头含胸地将托盘往身后一藏，小心翼翼地往后退去。

退出了十几步远，小男孩憋了半死，这才大出一口气。正想回头张望，忽听耳畔一声轻响，他吃了一惊，只见托盘里多了一锭碎银，足有二两，男孩张大了嘴，连忙去看，方才那位吓人的客人已经无影无踪了。

有这样的收获，想必今天下去就不用挨打了，小男孩没料到那位凶巴巴的客人竟肯这样好心，命贱的孩子向来无人怜惜，很容易知足，臭揍少挨一顿是一顿，于是欢天喜地地跑了。

此后，吴楚楚虽将霍家腿法与其他一干快要失传的功夫公之于众，但因霍家腿对资质与苦功太过苛求，问津者寥寥。倒是二十年后，江湖中有一派名为"长风"，竟以霍家腿法见长，掌门姓霍，是个虽然初出茅庐，但老成持重的后生，自言并非霍家堡后人，只是个不知爹娘姓甚名谁的孤儿，从小跟师父学艺，师父给改了姓。至于霍掌门尊师是哪位，他便讳莫如深了，有人问起，长风派便只说他老人家退隐已久，不愿再传出声名，此事一直是个谜。

江山百代，渐渐不再有人追究，当年霍家堡虽然分崩离析，功夫却机缘巧合，就这么一直流传了下去，也算源远流长。

狂澜之巅

> 功也好，过也好，她自认这一生，无愧于天，无愧于地，无愧于己。也就够了，李瑾容心道，很够了。

"李瑾容，你要造反吗？"李徵怒不可遏地夹着一截断刀，拉高了调门。

断刀是从他那倒霉姑娘手上夹断的，倘若他方才出手慢了一分，断的恐怕就是"乾元"派首徒身上的某个部件了。

这一年，李家大姑娘瑾容年方十七，大眼睛双眼皮，天是老大，她是老二。

乾元派是四十八寨之一，平日里不言不语，十分和气生财的门派，掌门座下大弟子宋晓非与李瑾容同岁，也是个翩翩少年郎。不过这少年郎从小就是李姑娘的跟屁虫，在她的殴打中十分茁壮地长了七尺高，可能是被打坏了脑子，竟求着他师父到李寨主面前说亲。

乾元的宋掌门听了他的白日梦，也很发愁，认为自家徒弟挨揍上瘾的毛病可能得吃药，到底耐不住小辈几次三番地磨，只好硬着头皮找上门来。

李徵听了他的来意，没发表什么意见。因为知道自己说了不算。他亡妻去得早，自己又是一副好性子，对一双儿女很是怜爱，难免纵容多过管教，等察觉管不了的时候，已经来不及了。

李瑾锋的温暾性情倒是随了他，李瑾容却不知在娘胎里出了什么问题，天生带着一点邪气。她非但不像个女儿家，连个名门正派之后也不像，四十八寨"奉旨为匪"本是笑谈，大家都是挂名土匪，本质还是大侠，唯有李姑娘"匪"得货真价实。她桀骜不驯、心狠手辣，而且为人处世非常之混，是一笔八个算盘也打不清的混账，惹急了她，什么事都干得出来，除非舍得真刀真枪地动武砍她，不然李徵自认不是她的对手，哪里敢做她的主？

李徵正要开口婉拒，李瑾容正好不知有什么事跑到了长老堂，将这尴尬的提亲来龙去脉听了个尾巴。

李徵心道："坏了。"

果然，李姑娘二话没说，径直闯进长老堂，提刀就砍。和和气气的乾元掌门见势不好，忙在李徵的护卫下带着自己哭哭啼啼的徒弟逃之夭夭，剩下这一对名刀父女自行断官司。

李徵把断刀往地上一扔，七窍生烟。

然而十七八岁的大姑娘，既然已经到了说亲的年纪，总不能说打就打。而李寨主素来是温良恭俭让，气急了骂人，也就会说一句"岂有此理"四个字来回车轱辘未免欠了些气势，他无计可施，气得连干了三大碗凉茶。

李瑾容手中半截刀身犹在震颤，面无表情，不知悔改。

李徽怒道："今天同门相残，明天你是不是就要欺师灭祖！"

李瑾容振振有词："我没同门相残，就宋晓非那废物，我三刀能把他肋板剔出来炖一锅，我跟他残得起来吗？"

李徽听了这番厥词，失手摔了茶碗盖："那你就是恃强凌弱，更不是东西！"

李瑾容理直气壮："我怎么他了？我方才用的是刀背，又没想真砍死他，你又凭什么夹断我的刀？"

"刀断了是你自己学艺不精！"

"他挨揍也是他学艺不精！"

李徽叫一口怒火噎住，烧熟了大半副心肝肺。

李瑾容想起方才自觉排山倒海的一刀，竟能被李徽在猝不及防间以两指夹断，非但没有生出对长辈的赞叹，反倒有了一腔咬牙切齿的不甘心。她越想越不服，于是对着威名赫赫的南刀道："爹，你等着，早晚有一天，我也能砍断你的刀！"

李徽：""

这丫头的破雪刀是他手把手教的，不知哪几出了问题，没有一点"无锋"的君子气度，反而刚烈得有些不知进退。李徽总怕她过刚易折，着实操碎了心。他知道李瑾容吃软不吃硬，只好勉强压下声气，语重心长道："瑾容，独木不成林，我们四十八寨共同进退，同门之间，是要讲颜面的。人家看得上你，诚心诚意来求，无论如何都是好意，你不愿意，找个借口推了就是，怎能这样无礼？"

"同门颜面"在李大小姐眼里一文不值，听了这番啰唆，她用鼻子出了口气。

李徽又喋喋不休道："乾元的宋掌门前些日子同我说，想问问你哪天方便，去他那儿指点一下后辈弟子功夫。我看啊，不如你明天就过去一趟，去了跟人家好好说话，也算赔礼道歉。"

李瑾容斩钉截铁道："不去。"

她在刀法这一道上，是老天爷赏饭吃，单凭着一把破雪刀，十四五岁时就已经能同四十八寨的长辈们一较高下。眼下不说四十八寨中年轻一代，就是不少门派的长辈掌门之流，动起手来也要让她三分。便有人时常请李瑾容代李徵指点一下自家后辈，刚开始还好，有人叫她就去，只是去了没几次就烦了，她单以为自己那弟弟李瑾锋已经是世间罕见的笨蛋，没料到天下之大，无奇不有，一蛋更比一蛋蠢！

李徵不是尿人也压不住火了："李瑾容，四十八寨装不下你了是不是？"

"要去你去，"李瑾容口出狂言，转身就走，"我不去那特产是蠢货的地方浪费口舌。"

话音没落，这一身反骨的大姑娘就纵身上树，身形一闪便不见了踪影，剩下她爹一个人原地跳脚。

李徵火烧火燎地生了一会儿闷气，终于还是无奈。他推开窗，望着被李瑾容借力一跃时震了一地的碎花瓣，心里忽生郁结。

儿子瑾锋从小被强势的长姐压制，习惯了看她脸色，为人处世上便少了几分主心骨，仁义有余，魄力不足，有时候还有点不靠谱。至于女儿瑾容……李瑾容的根骨、悟性、毅力，无一不是万里挑一，好像是李家列祖列宗各取了一点精华，全都倾注在她身上，天分卓绝，比同龄的男孩还要强出百倍。

偏偏又是这么一副孤傲骄狂的心性。

当此乱世，有天赋铁肩，她肯不肯担这一副道义？

她没见过天高地厚、世情险恶。不知什么是外，自然也不知什么是内，从未遇见过危难，更不懂太平难得。

　　四十八寨，现如今不过是看在他们这些老家伙的交情上勉力维持在一起，将来怎样呢？后辈们，当真有人挑得起这杆匪旗吗？倘若不行，这南北夹缝里的"匪寨"中人，会落个什么下场？

　　李徵一想就想多了，出神良久，被一阵急匆匆的脚步声打断，他这才回过神来，不由得自嘲一笑，不明白自己怎么突然忧虑起身后事来了。左右他正当壮年，少说也还能庇护四十八寨一二十年，少年人心性不稳，最易变化，到时也许儿孙自有儿孙福，车到山前必有路呢？

　　"李师伯！"脚步声到了门前，来人颇为慌张地喊了一嗓子。

　　李徵放开心胸，应道："什么事？"

　　"山下暗桩传信，见您那位朋友段姑娘在附近与人动手争斗，对方仿佛是北斗的人！"

　　李徵的眼角倏地一跳。

　　秀山堂的考核被李晟改成了半年一次，师父准了就能报名，到统一考核那天，领了牌子去排队即可，每个考核日都会引来众弟子争相围观，堪称盛会。这会儿正是临近中秋，出门在外的弟子们能回来的都回来过节了，秀山堂四十八根木桩的守桩人难得没有缺勤的，连万年空缺的李家木桩也出了考核人——周翡回来了。

　　李瑾容来得早不如来得巧，她经过时，正赶上秀山堂烦琐的仪式与过场已经走完，弟子们开始逐个登台。

　　小弟子们一个个摩拳擦掌，有默默数着场中木桩的，有反复检查自己的兵器的，还有紧张得来回往茅房跑的。四十八张红纸花在风中猎猎而动，只听"喧唥"一声锣响，一个小弟子应声冲进木桩阵中。他一看就是早有准备，进入场中，头也不抬地避开了各派长辈和精英，从最东边开始，直奔资历最浅的小师兄，一路争分夺秒，香烧尽的时候，正好拿到了四张纸花，弟子名牌稳了。

那小弟子难掩喜色，闷头便要往台下跑，跑了一半才想起什么，连忙又掉头回来，朝长辈和师兄师姐们道谢。

守桩人资质不一，各派派来的都很随便，那些弟子众多的门派，派出来的往往是刚拿到自己弟子名牌的年轻人，不大会为难师弟师妹。人少的就不一定了，赶上这拨考核的弟子运气好，碰上的便是小师兄小师姐，运气不好，来个师叔师伯也未可知。

秀山堂夺纸花，一生只有一次，自然是成绩越漂亮越好，因此众弟子都是一个思路——到了考场先大致扫一圈，掂量掂量谁是软柿子，先易后难。

周翡平时比较忙，很少赶上这种场合，刚开始站得颇为严肃，可是一轮过去，两轮过去……十轮八轮过去，一个往她那里去的都没有。守桩人不能离开木桩周围方圆一丈之内，周翡无聊地在原地晃悠了一会儿，见没人理她，干脆拄了长刀席地而坐。李瑾容看过去的时候，她已经快睡着了。

好不容易有个潇湘的后辈，在同侪之中甚是出类拔萃，香还没燃完一半，他便已经拿到了十张纸花，一时得意忘形没刹住脚步，眼看着就直奔李家木桩下。周翡眼睛一亮，熹微迫不及待似的跳出鞘来，清冽的刀光一闪，潇湘的弟子回过神来，才看清眼前是谁，万万没料到她居然不是来充数的，而且真会拔刀，顿时大惊失色，掉头就跑。

周翡："……"

李瑾容抱臂在外面围观了一会儿，不由得摇头失笑，正打算悄悄离开，忽听有人同她打招呼："大当家。"

李瑾容一偏头，见吴楚楚朝她走了过来。

说来也是遗憾，周翡自小磕磕绊绊地跟在她身边长大，没享受过什么温情，天生也不是会撒娇讨好的性情。李瑾容对她，说是母亲，其实更像是个值得敬仰和挑战的前辈，永远少了母女间的亲密，时过境迁，周翡也大了，现在想补是补不回来了。这几年，四十八寨内有李晟，外有周翡，中间还有个比猴还精的端王殿下，李瑾容不再需要事事操心。现如今，她人过中年，两鬓生了华发，年岁渐长，脾气渐消，对吴楚楚尤其有耐心，因为她同周翡年纪相仿，李瑾容对她多少有一点移情。

"几时回来的？"李瑾容原地等了她片刻，淡淡地问，"剑阁之行顺利吗？"

"剑阁的守门人本来不见外人，幸亏有大当家的信，"吴楚楚同她说话从不拘谨，笑盈盈地回道，"我还以为赶不上中秋了，谁知在洞庭碰上了阿妍，蹭着行脚帮的车队，居然还提前了几天，赶上秀山堂的大事了呢，看得我也想上去试试，不知道能拿到几张红纸窗花。"

李瑾容不以为意："你要修《武典》，一年到头四处奔波，不见得赶得上，不过要是有空，倒可以去找阿翡比画比画，要是能在她手下走上十来招，秀山堂的红纸窗花可以随便拿。"

吴楚楚笑道："您这话要是肯当着阿翡的面说，她指不定有多高兴。"

李瑾容一摆手："那丫头这点随了我，不知谦逊为何物，没人夸她，自己都狂起来没边，要是再给她两句好话，只怕要蹭鼻子上脸，还是算了。"

吴楚楚好奇道："阿翡当年过秀山堂，拿了几张红纸窗花？"

李瑾容："两张。"

吴楚楚一呆："啊？"

李瑾容好像想起了什么有趣的事，眼角浮起浅浅的笑纹："不过有一张是从我手上拿去的。"

吴楚楚眼角抽了抽，感觉这确实像是周翡能干出来的事，她想了想，又问道："那大当家呢？"

李瑾容一愣。

"李师姐，师叔回来了，叫你去……"

十七岁的李瑾容充耳不闻，手中长刀去势不改，当空劈下，凌厉的刀风一分为二，旁边的古树"簌簌"发抖，木叶纷纷落下，断口干净利落，好似被利器割开，跑来的弟子倏地刹住脚步，前襟"刺啦"一声，竟被一丈远的刀风撕了一个三寸来长的口子。

李瑾容最讨厌别人打扰她练刀，看也不看来人一眼，没好气道："吵什么，烦不烦！"

自从她被她爹教训一通负气离去后，李徵还没来得及追上来啰唆，就不知因为什么，突然离开了四十八寨，一走走了月余没有消息。李瑾容这几天总是莫名其妙地心慌，正难得有些牵挂，就听说那老东西回来了。

刚回来就来找她麻烦。

李瑾容怒气冲冲地收了刀，瞥了旁边噤若寒蝉的报信的一眼："在哪儿？我家还是长老堂？"

"在……在秀山堂。"

李瑾容愣了愣——那时，四十八寨还没有"秀山堂摘花"的传统，更没有小弟子不出师不得下山的规矩，秀山堂也不是什么考场。只不过那边地方够大，装得下人，各门派新旧掌门交替、同门之间理念不合闹分家、大人物拜师或清理门户等会有很多人围观的场合，一般在那儿办得开。

李瑾容心里有点七上八下，因为怀疑她爹是吵架吵不过她，打算将她逐出家门。

刚一到秀山堂，她就觉出了不对，只见那苍松翠柏中围出来的空地上站满了人，放眼望去，四十八寨各大门派里拿得出手的长辈几乎来齐了，听见动静，人山人海地齐刷刷回头看向她，饶是李瑾容胆大能包天，也不由得摸不着头脑地起了一身鸡皮疙瘩。

李徵背对着她，一个长个子长得手脚颇不协调的少年侍立在侧，正是平日里打扫秀山堂的小弟子马吉利。数月不见，李徵好像变得陌生了——李瑾容愕然发现，他瘦了一圈，单薄的后背竟有些直不起来。

马吉利见她来，先是客客气气地唤了一声"师姐"，随后双手将窄背长刀递给李徵，从怀中摸出一张剪裁精致的纸窗花，纵身一跃，轻巧地上了树，将那窗花挂在了李徵身后那大树枝上，继而默不作声地退到一边。

李瑾容一头雾水，问道："爹，这是要做什么？"

李徵应声转身，李瑾容陡然一惊，只见他一身风尘尚未卸下，面色憔悴、印堂发黑，竟是带了难掩的病容。再怎么置气也是亲爹，李瑾容便忙问道："爹，你怎么了，受伤了吗？"

李徵不回答，掂了掂他掌中的刀，缓缓说道："瑾容，破雪刀，你和爹走的不是一个路数，我已经没有什么能指点你了。"

李瑾容一脸不明所以。

李徵淡淡地说道："拔你的刀，今日你要是能越过我，取到树上的纸花，你就可以出师成人了。"

李瑾容不明白李徵为什么这时候要她出师，更不明白这种"家务事"为什么要请这么多人来围观，然而李徵已经根本不容她细想，当头一刀便劈了下来。

他整个人都有些病恹恹的，然而在挥出窄背刀的一瞬间，便仿佛已经超脱了肉体，难以言喻的压力毫无保留地向李瑾容当头压过来，正是破雪刀"山"字诀！

李徵刀如其人，最是中正平和，处处留有余地，时常让人忘了他是冠绝天下的"南刀"，然而山壁立千仞，一朝倾倒，便是穹庐压顶，避无可避。李瑾容从来不知道她那唠叨又琐碎的父亲手中长刀竟是这样的，她自以为锋锐到了极致，一时竟不敢硬接，仓促避开，被绵延不休似的劲力扫过，胸口发闷，冷汗已经下来了。

李瑾容一直承认李徵比她强，却总是将他当成一个总有一天能击败、能赶上的目标，然而就在这一瞬间，她竟有了一丝小小蝼蚁仰望不周高山的错觉——

锋锐尽碎。

李徵分毫也不让她，几不可闻地低声道："瑾容，你不是说要打断我的刀吗？来，让我瞧瞧你的刀锋。"

话音没落，第二刀已经横扫而至。李瑾容避无可避，只能提刀硬扛，"锵"一声，她手腕巨震，险些拿不住自己的刀，整个人险些跟着一起飞出去。一阵厉风划过，树叶萧萧，她抬头瞥见树梢上的纸窗花。此时秀山堂中分明挤满了人，周遭却是一点动静也没有。他们全都神色凝重地看着她，那些目光沉甸甸地压在她身上，像藏着蜀中的十万大山。

李瑾容分神只有一瞬，李徵第三刀已经逼至眼前，她实在退无可退，手中刀身蜂鸣不止，只能重新站稳，强提一口气接招。

两把长刀狭路相逢，不过三招，李瑾容半个臂膀已经没有了知觉。

李徵道："你要是认输，爹会停下。"

李瑾容，若无可战胜之敌在前，你当如何？

对面持刀的是她亲爹，总不会真的一刀杀了她，就是不敢退避又能怎样呢？以天下第一刀之锋，试一个初出茅庐的少女，本就十分荒谬，认输一点也不丢人，毕竟她才十七岁。

无数念头在近乎浩瀚的刀光剑影中窃窃私语，李徵将李瑾容随身佩刀的刀尖撞出了一条裂口。这把刀不是那天在长老堂中被他夹断的便宜货，是她及笄时，李徵亲自去求了蓬莱陈大师所作，是一把不折不扣的宝刀，宝刀可以传世，倘若不是功力悬殊，绝不会轻易折断。

李徵神色不变，又语气平平地问道："你认输吗？"

你认输吗？

李瑾容，倘若身后有退路千条，条条宽阔通天，唯有前路孤独，布满风刀霜剑，你会走吗？

你会顺风而退吗？

你知道趋利避害，寻一个更轻松的活法吗？

李瑾容，如果世道逼你孤注一掷，你这一生，所求者为何？

破雪刀九式三道，哪一条是你的道？

少女在父亲凌厉的刀锋下，几乎折成了两半，堪堪躲过李徵一道"不周风"，她却突然做出了反击，手中断刀刀尖向下，蓦地扬起一道沙土，于难以想象之地酝酿出了一刀"斩"，义无反顾、自下而上地撞上李徵的刀，宛如蚍蜉撼树——

蚍蜉撼树，螳臂当车。

精卫衔微木，刑天舞干戚。

本就裂开的刀尖忍无可忍，又断一截，李瑾容脚下踉跄半步，顺势别过手腕，刀背撞向李徵身后的树干，人和古木都是狠狠一震，各自弹开，她勉强站稳，树枝上沾的露水劈头盖脸地掉了她一头一脸，顺着不甚平整的双眉流入鬓角。李瑾容的手微微有些哆嗦，她努力站稳了，再提起刀，仍是"斩"字诀的起手式。

我的道是"无匹"。李瑾容心道，那些窃窃私语声轰然湮灭。

李徵突然上前，赶尽杀绝一般，再次逼她拿着那柄断刀来战，李瑾容不退反进——

一刀，她从手腕到肩颈一线仿佛被刀劈开似的疼，冷汗糊满了后脊梁骨。

两刀，那本可传世的宝刀再碎一截，随着她旋身卸力，刀片直接插进了树桩里。

李瑾容蓦地借着拔不出来的刀片往上一蹿，李徵却一掌拍在了树干上，要将她生生震下来，李瑾容在他出手的一瞬间就纵身而下，只剩下不到一半长的刀的刀光如天河之水般倾泻而下，一刀分海！

李徵的刀尖划出一个近乎完美的圆弧，在目力所不及之下，一瞬间连出三刀，第四刀撞飞了李瑾容的刀，第五刀直指她持刀的手。李瑾容的虎口顿时撕开，再也拿不住断刀，断刀脱手而出，第六刀又至！

这一刀杀机凛冽地斩向吊在空中的李瑾容，李瑾容却不躲不闪，抬手向刀口撞了上去。李徵一惊，立刻便要撤力，不料撞上了铁物——她手指中间还夹着一片断刃。

李瑾容力已竭，整个人顺着李徵的平推之力，重重地撞在了身后的古木上。李徵一愣，却见那狼狈的少女突然抬起头冲他一笑——原来方才那一撞将树梢上挂着的红纸窗花震了下来，正好落在她手边。

"爹，"她靠着树，跪在一堆废铜烂铁之间，裂开的指缝间隙里夹着一张窗花，被血染得鲜红一片，"我拿到了。"

那一刻李徵居高临下地看着她，眉宇间闪烁的是年少气盛的女孩看不懂的复杂神色。

他想，为什么不肯认输呢？

十七年来，他看着他的小女儿从一丁点大的襁褓婴儿，长成了一个齐整的大姑娘，知道她脾气不太好，功夫还不错，将来不管嫁给谁，总不至于受人欺负，世道再乱，她也有活路。将来绾发成家、生儿育女，平心静气地过上几十年，儿孙满堂，说不定还能闯出一份不大不小的家业。

可她不肯，她在众目睽睽之下，义无反顾地亮出了她的无悔无匹之道。

那么恐怕逼不得已，她注定要做这个不得好死的英雄了。

"你带人去金陵，找阿存，让他把这封信转给梁相爷，切记不可耽搁。"

那日李瑾容从秀山堂出来，翌日就被她爹一脚踹出蜀中——李徵交给她一封信，也不说清楚是什么事，只命她带人立刻赶往金陵。

除了信，李徵还将自己的刀给了她，那窄背刀的刀柄摩挲得油光水滑，是李徵带在身边多年的心爱之物。

李瑾容一路将要离开蜀中，依然不明就里，这夜疾行赶路到三更方才在山头上扎寨休息。李瑾容环顾周遭，暗自算了算，发现四十八寨中青年一辈里勉强拿得出手的，几乎全跟着她出来了。

李瑾容很不明白这安排有什么深意，送封信而已，她既不是不认得金陵，也不是不认得周以棠，一人来去东西，倘若快马加鞭，往返不过月余光景，为什么要弄得这样兴师动众？

紧跟在她旁边的便是那日在秀山堂中挂窗花的马吉利，马吉利颇为乖觉，最擅察言观色，见她目光扫过来，立即上前道："师姐，什么事？"

李瑾容问道："我爹让你们跟着我，还交代了别的吗？"

马吉利道："未曾，只是各家师父长辈嘱咐过，说出门在外，让我们一切听师姐吩咐。"

李瑾容心不在焉地应了一声，觉得有些不对，这些后辈集体被打发出来，不像办事，倒像避祸。李瑾容想起李徵发乌的脸色，心里打了个突。她摸了摸随身的小包裹，将李徵那封写给梁绍的亲笔信摸了出来，拿在手里。她反复端详片刻，然后在马吉利的惊呼中，大逆不道地将封信的火漆直接抠开了。

马吉利失声道："师姐，这是密信！"

李瑾容摆摆手："我知道是密信，我又没偷看，我光明正大地看，梁相爷要问起，就说是我拆的，少啰唆。"

马吉利是十来岁才入蜀的，称呼李瑾容作"师姐"，只是谦卑尊重而已，其实比她还要年长一些，以前跟她不太熟，不知道李大小姐竟离经叛道到了这种地步，一时间瞠目结舌。李瑾容却已经抽出李徵的信看了起来。

刚开始她还只是好奇，三行扫过，李瑾容的脸色就不对了。马吉利是个规矩人，自然不肯打探长辈们不告诉他的事，这会儿见她面色骤变，也不知当问不当问，正在他犹豫时，李瑾容猛地站了起来，没头没尾地道："我要回去。"

马吉利："什……"

不远处一道尖锐的鸟鸣声打断了他的话音，众人同时抬头望去，只见跑到前面探路的李瑾锋快马加鞭地掉头回来："姐，前面有火光，好像不对劲。"

李瑾容他们都是土生土长的蜀中人，从小骑马在山间跑惯了的，出山自然抄了本地人才熟悉的近道，并未走谷底官道，是从山腰上过来的。此时居高临下往那官道上一看，只见远处火光点点，连成了一片，像是有大队人马在那里安营扎寨。

有人情不自禁地压低声音道："这得有上千人吧？是什么人？"

李瑾锋瞥见她拆开了密信火漆，便问道："爹的信上都说了什么？"

李瑾容不答，往身后扫了一眼，点了几个人，吩咐道："你们几个跟我过去看看，其他人就地隐匿，等我的消息，先别露出形迹。"

众青年——因为都打不过她，本能地屈从了李瑾容。李瑾容很快带人靠近了火光来源处，仔细一看，心里便是一沉，"上千"说得少了，林中少说有三四千人，都是披坚执锐之人，生火巡逻有条不紊，错落成阵，仿佛是来者不善。

马吉利突然面露惊骇之色。

李瑾容："怎么？"

马吉利："甲……他们穿的甲叫作墨龙甲，李师姐，这些是北人的兵！"

李瑾容面色陡然一紧："你确定？"

马吉利惶惶地转向她："师姐，我全家都是被这些北狗害死的，我被他们一路追杀到蜀中，我……"

他方寸大乱，语无伦次，可惜这时候众人都无暇听他讲悲惨身世，不等他说完，便纷纷六神无主地炸起锅来。

李瑾锋忙问道："姐，怎么办？"

李瑾容还没来得及开口，突然，一簇极亮的烟火在不远处上了天，那强光晃得人一阵眼花缭乱，有人低声惊呼道："是寨中的传信烟花！"

随即，一声尖锐的呼哨自西南山壁间响起，雨点似的铁箭趁着强光未退落入北军阵中。一时间，刀兵声、惨呼声、叫喊声，无端而起，层层声浪，在狭窄的山谷中被放大了无数倍，竟有山呼海啸之势。

"咱们的埋伏……"李瑾锋下意识地要上前查看，被李瑾容一把按住肩头。

这埋伏发动得太巧合了，李瑾容觉得这些伏兵简直就像是事先知道他们会和北军狭路相逢在此，掐着他们来时，早早在这里等着给他们清障！

这时，人眼开始从强光中恢复，很快就有人远远认出了那长驱直入杀进敌阵中的人，领头的正是乾元派的宋掌门。

李瑾容听见耳畔一声惊呼："师父！"

正是乾元派的宋晓非。

宋掌门一生未曾成家，门下诸多弟子都是他收养的孤儿，个个都随他的姓，被视如己出地养大。宋晓非眼见须发花白的师父闯入人山人海的北军中，想也不想，大叫一声，便直接跟着冲了出去。

马吉利一把没拉住人："宋师兄！"

众人一时间全都去看李瑾容，李瑾容手心布满了冷汗，几乎浸染到冰凉的刀柄中，血与火在她瞳孔中汇聚，拼成了李徽的字迹——

"……我将不久于人世，然生死有命，富贵在天，死得其所，并无怨愤。"

她突然举起长刀："砍人没学过吗？看什么看，跟我上！"

四十八寨事先在此地打下的埋伏已经同骤然遭袭的北军短兵相接，充作信号的烟火尚未落下，李瑾容便催马越过宋晓非，带人从高处钢刀似的插入北军阵中——她从未打过仗，但是刀法卓绝，因此好似有种本能，将自己当作刀尖，锐不可当地一马当先。北军虽然人多势众，但若论单打独斗，寻常兵将无论如何也不是武林高手的对手。因方才四十八寨的突然袭击，整个北军被牵制到一线，此时没料到侧翼遭袭，李瑾容一路切瓜砍菜似的长驱直入，跟着她的青年们顺着她这一条血路收割起两侧试图拥上来的兵将，北军一时无法合围，像是被豁开了一条堵不住的伤口！

就在这时，一声长啸自北军中升起，当头撞来，李瑾容内息翻滚，持刀的手竟是一滑。她尚且如此，四十八寨那些根基浅薄的年轻弟子更不必说，有几个甚至被当场震下了马。随即，只见一个文士模样的男子提一把折扇，带着一伙黑衣人自北军队伍中突然冒出来，那"文士"直奔李瑾容。李瑾容一刀架上了对方的折扇，"锵"一声响，折扇有些狼狈地在那男人手里转了一圈，李瑾容手腕有些麻，双方各退一步。

李瑾容倒提宝刀，问道："是北斗吗？你是北斗的谁？"

那"文士"听了，冲她一笑："不才，在下谷天璇。这位姑娘刀法好生了得，却是个生面孔，敢问是何方神圣？"

李瑾容打听出了对方来历，却丝毫不理会什么动手之前通报姓名的江湖规矩，当下嗤笑一声："你算哪根葱，管得着吗？"

话音没落，她手中长刀已经化作不周风，上来就打，几乎快成了残影。谷天璇知道厉害，只好接招，与她你来我往地交起手来。同时，李瑾容身后的年轻一辈精英全都和北斗黑衣人交上了手，可黑衣人并非北军，是北斗的私属，个中高手不少，而且配合得当，手段卑鄙，哪里是初出茅庐的年轻人们抵挡得了的？

不过片刻，他们便陷进了黑衣人里，优势尽失。方才被李瑾容的长刀撕开了一条裂口的北军迅速合拢，将这帮不知天高地厚的后生围堵起来。北斗巨门仅次于贪狼沈天枢，为人阴险狡诈，武功又高，毒杀李徵、围困四十八寨之计便是他一手策划。谁知南刀果然不凡，身中"缠丝"，还能在他们北斗四人的围攻下丝毫不露败象，且战且退地遛了他们数百里，重伤北斗两人，诱杀黑衣人三百多。唯有谷天璇见风跑得快，转身投奔北朝大军，堪堪留下了这么一支黑衣人。此时，与李瑾容交手不过三招，他便认出了李家的破雪刀。

谷天璇心道：听说李徵有个女儿，莫非就是她？

再打眼一扫李瑾容身后众人，见这些人应付北斗黑衣人手忙脚乱，全是嘴上没毛、办事不牢之辈，全然不听四十八寨的伏兵调配，尽是瞎打，谷天璇登时明白过来——四十八寨必然已经是强弩之末，死到临头，想把这些后辈送出去。

这可真是踏破铁鞋无觅处，得来全不费工夫。谷天璇心里一喜，叫道："留下他们！"

李瑾容此时已经意识到自己错了，她方才被火气和仇恨冲昏了头，仗着功夫好，贸然闯入两军阵前很是不妥，可此时听见对方这么一句，她那已经冷静下来的火气登时又上了头："你说留下就留下吗？"

这一句话的光景，她手中长刀已与谷天璇过了七八招，一刀重似一刀，谷天璇和李徵交过手，自然知道这小女孩的破雪刀多有不及，却不料轻视之心未起，已经隐隐有招架不住的意思！

就在这时，李瑾容身后有马嘶声长鸣，紧接着，有人惊叫道："师姐！"

李瑾容一刀荡开谷天璇，侧身回头，见不少四十八寨的小弟子已经被三五成群的北斗黑衣人斩落马下，狼狈得东躲西藏，不少都挂了彩，她竟一时分辨不出方才那一嗓子是谁叫唤的。

谷天璇再怎样也是北斗巨门，方才见她年纪小，一时轻敌才落了下风，哪里容得她这样分神，耳畔厉风打来，李瑾容下意识矮身避开，谁知那谷天璇却不知从什么地方摸出了一把雷火弹，在两人错身而过的瞬间，朝她掷了过去。

李瑾容时常从蜀中溜出去玩，不是没见过江湖上下三烂的手段，只是没见过谷天璇这样的高手使这种手段，险恶的小球气势汹汹地对着她面门打来，李瑾容一刀切了三枚，第四枚却无论如何也避不开了——前三个雷火弹中途被她打出去，在半空中炸开，她那不争气的马惊了。

那马猛地往上一仰，李瑾容骤然失去平衡，漏网的雷火弹直接打向她胸口！

李瑾容心道：坏了！

突然，旁边一股大力袭来，电光石火间，有人横出一掌，愣是将她从马背上拍了下去。李瑾容猝然回头，竟是宋掌门不知什么时候冲到她身边，雷火弹在马背上炸开，那马惨叫一声，前蹄高高提起，疯了似的踏入北军阵中，李瑾容这才注意到，方才往另一个方向去的四十八寨伏兵竟又杀了回来。

透过血与火，她讷讷地叫了一声这位被她以下犯上过的前辈："宋师叔……"。

宋掌门那张总是乐呵呵的脸伤痕与污迹遍布，已经看不出底色，透露出前所未有的坚毅，隔着疯马，他回手将三个北斗黑衣人送上西天，冲她打了个手势："我护送你们，往东南走！"

没心没肺如李瑾容，一时也生出了肉体凡胎的无限纠结，她忍不住想，是不是我贸然闯进来，才让宋师叔他们被迫驰援？

北军有多少？几千人？上万人？北斗有多少人在这里？

她骑过的马在重伤中筋疲力尽，惨烈地倒下，她看见宋掌门悍然迎上北斗巨门。宋掌门从来不以单打独斗见长，虽是长辈，平时在他们这些小辈面前却没什么威信，总是轻声细语的，从不曾与人红脸争执。

"去金陵！"宋掌门冲她吼道，"我们今夜为什么在这儿动手？就是为了护送你们——"

李瑾容觉得胸口好像阻塞的河道，堵得她周身经脉疯了似的乱跳，她想拨马掉头回四十八寨，当面质问李徵为什么要将她支走，不管外面强敌者谁，她都能顶天立地地提着刀，杀到杀不动为止，大敌当前，叫她逃亡金陵，她死也做不到。

可是南朝出手相救，是四十八寨唯一的希望，跟在她身边的那些惶惶的年轻人，是四十八寨的骨血和未来，他们强行把这副该死的重担压在她身上。今夜为了护送他们安全逃出北军包围圈，将有无数人死在这里，死在黑衣人刀下……

那一瞬间，李瑾容手握李徵的刀，觉得十七年来一直充盈在她身上的力量潮水似的轰然溃败，她金身崩裂，成了个肩不能挑，手不能提的泥人。

宋掌门被谷天璇一扇子砸在肩头，使尽了全力发出一声痛呼："快走！"

李瑾锋纵马赶来，李瑾容蓦地一把抓住他的辔头，同时以长刀为钩，狠狠拽回宋晓非的缰绳，将他从重围中拔了出来。

接着，她就着充斥在耳边的刀剑声，回头看了一眼连绵幽静的蜀山，心里岩浆一般沸腾的血一寸一寸地凉了下去。

"跟我走！"

三个字落下，她成了四十八寨新一代的当家人。

月色澄澈，李瑾容带着吴楚楚走在蜀中山路间，忽然耳根一动，听见不远处有丝竹声传来，随后有人亮了嗓子，男女皆有，一对一句，都是好嗓子，随口哼上几句，就有意境逍遥而出。

吴楚楚看了一眼李瑾容，见她脸上并无愠色，才笑道："想必是端王殿下把戏班子弄进来了。"

差一点成"太子"的端王殿下现在也整日混迹蜀中，虽然他本人很是自甘堕落，但赵渊总不能由着先皇兄遗孤当土匪，只好捏着鼻子给蜀中定了个"护国有功"的名号。如今，他们再不是南北夹缝中的"匪寨"，几乎成了中原武林第一大派，风头无两。

李瑾容板着脸道："不务正业。"

吴楚楚道："不务正业的日子才是好日子，大家不用整天枕戈待旦，勤勉之余，也能偶尔松快松快了，不是很好吗？那日我听周先生说，他年幼入蜀时，蜀中没规没矩，漫山遍野都是淘气的孩童呢……"

那时山清水秀，是真正无忧无虑的桃花源，晴空朗朗，雾气昭昭，恍若仙境，隐士放达自由，醉酒者卧倒路旁，不知愁，不知苦，不知有汉，无论魏晋。

到如今，三十年如弹指一挥，故人杳然，山水依旧，蜀中擦去血泪，渐渐还以本来面貌。李瑾容面色无波，踏着遥远的歌声，负手走过小路，听见树林两侧簌簌私语，好似在议论她一生功过。

功也好，过也好，她自认这一生，无愧于天，无愧于地，无愧于己。

也就够了，李瑾容心道，很够了。

图书在版编目（CIP）数据

有匪．肆，挽山河 / Priest 著 . —长沙：湖南文艺出版社，2017.9（2020.8 重印）
ISBN 978-7-5404-8218-3

I.①有… II.① P… III.①言情小说 – 中国 – 当代 IV.① I247.5

中国版本图书馆 CIP 数据核字（2017）第 165295 号

上架建议：畅销·古代言情

YOUFEI. SI，WANSHANHE
有匪．肆，挽山河

作 者：Priest
出 版 人：曾赛丰
责任编辑：薛 健 刘诗哲
监 制：毛闽峰 赵 萌 李 娜
策划编辑：钟慧峥 张园园
文案编辑：王 静
营销编辑：贾竹婷 雷清清
封面设计：Violet
版式设计：潘雪琴
封面插画：呼葱觅蒜
出版发行：湖南文艺出版社
（长沙市雨花区东二环一段 508 号 邮编：410014）
网 址：www.hnwy.net
印 刷：三河市鑫金马印装有限公司
经 销：新华书店
开 本：700mm×955mm 1/16
字 数：229 千字
印 张：18.5
版 次：2017 年 9 月第 1 版
印 次：2020 年 8 月第 5 次印刷
书 号：ISBN 978-7-5404-8218-3
定 价：35.00 元

若有质量问题，请致电质量监督电话：010-59096394
团购电话：010-59320018